KB107358

헤르메스의 예수

헤르메스의 예수

초판 1쇄 인쇄 2016년 4월 22일
초판 1쇄 발행 2016년 4월 29일

저 자 **고수유**
펴낸이 **천봉재**
펴낸곳 **일송북**

주소 **서울시 성북구 성북로 4길 27-19 (2층)**
전화 **02-2299-1290~1**
팩스 **02-2299-1292**
이메일 **minato3@hanmail.net**
홈페이지 **www.ilsongbook.com**
등록 **1998. 8. 13 (제 303-3030000251002006000049호)**

ISBN 978-89-5732-250-5 (03810)
값 13,800원

이 도서의 국립중앙도서관 출판시도서목록(CIP)은 서지정보유통지원시스템 홈페이지(http://seoji.nl.go.kr)와 국가자료공동목록시스템(http://www.nl.go.kr/kolisnet)에서 이용하실 수 있습니다.(CIP제어번호: CIP2016005142)

JESUS OF HERMES

헤르메스의 예수

고수유 장편소설

일송북

차 례

1부

스티그마타,
그 설명할 수 없는 것

1

지금으로부터 십오 년 전이다. IMF 사태가 터져 온 나라가 태풍을 맞은 듯 휘청거리고 뒤죽박죽이 되던 그 다음해에 예상에 없던 귀향을 하게 되었다. 그때 나는 논술 회사에 다니고 있었는데, 회사의 감원 책으로 인해 길거리로 튕겨져 나왔다. 갑작스런 퇴사에 충격을 받고 이 개월여를 빈둥거렸다. 그러다가 새로운 계기를 마련하고자 급작스럽게 가방 하나를 매고 제주행 비행기에 몸을 실었다.

비행기에서 잠깐 눈을 붙이고 나니 어느새 제주였다. 제주에 있는 부모님에게 내려온다는 전화 한통 하지 않았다. 출입문 밖으로 나와서 시내로 들어가는 버스에 몸을 실었다. 이십여 분 버스가 달리고 있을 때 불현듯 옛 생각이 나서 버스에서 내렸다. 내 눈길이 머문 곳은 〈사인자〉라는 서점이 있는 골목길이었다. 천천히 주위를 둘러보며 그곳으로 향했다. 거리가 많이 변해 있었다. 못 보던 가게들과 빌딩이 새로 생겼다. 6년여 만이었다. 〈사인자〉 입구에 서자, 앞에 있는 성당이 눈에 들어왔다. 〈사인자〉와 성당, 내겐 서로 끈끈히 연결되는 추억의 이미지였다. 내가 성당을 다녔던 건 아니었다. 〈사인자〉를 다니며 수많은 책을 읽을 때 자연스럽게 접하게 된 게 천주교 출판사에서 나온 김지하의 책들이었다. 이 때문에 몇 번 성당에 들러 책을 산 기억이 났다.

〈사인자〉는 사회, 인문, 자연의 각 단어의 앞 자를 따온 말이었다. 내가 이 서점에 발길을 디디게 된 것은 고등학교 일학년 때였다. 서점 이름에서 풍기듯 이 서점은 소위 사회과학 서점이었다. 나는 대학생도 아니었건만 교과서와 참고서, 문제지를 뒤로 하고 이 서점을 자주 찾았다. 당시, 나는 학교공부는 뒷전이었다. 〈사인자〉는 전체적으로 예전 그대로의 모습이었지만 사람들 얼굴만은 다들 새로웠다. 카운터에서 일보던 나이든 더벅머리의 대학생이 보이지 않았다. 단발머리 여대생이 그 자리를 지키고 있었다. 이 공간이 나에겐 친숙하지만 여대생은 나를 낯설게 여겼다. 한 십오 분여 휘둘러보다가 밖으로 나와 버렸다.

그 길로 부모님이 살고 있는 집으로 향했다. 일부러 바닷가로 난 길을 걸었다. 동네 앞에 있던 하천이 온데간데없었다. 하천을 매립한 뒤 공용 주차장을 만들었다. 그 위를 지나서 걷다보니, 예전에 하천에 놓인 다리로 교회 친구들과 희희낙락거리며 지나던 일들이 새록새록 떠올랐다. 고향 집에서 아스팔트를 따라 서쪽으로 일 키로 정도 걸어가면 교회가 나왔다. 고향 집 대문이 열려 있었다. 조용히 발걸음을 옮겨 안채로 들어갔다. 방이 네 개인 안채는 민박집으로 쓰이고 있었는데, 내가 들어간 방에는 바깥채와 번호가 다른 전화기가 갖추어져 있었다. 부모님은 바깥채에 딸린 조그만 가게를 운영하고 있었다. 마루에 가방을 놓고 나서 도로 밖으로 나왔다. 어차피 좋은 일로 뵙게 되는 일도 아니니, 조금이라도 나중에 부모님께 인사드리는 게 나을 성싶었다.

어깨를 움츠리고 걸으면서 작은 수첩의 연락처를 뒤져보았다. 고향을 찾지 않은 지 오래 되다 보니, 제주에 사는 친구 연락처가 하나도 없었다. 다행히 가끔 연락하던 교회 선배 연락처가 있었다. 그 선배는 나중에 알고 보니 시인으로 활동하고 있었다. 선배가 제주에서 발간하는 문학잡지를 내게 보내오면서 알게 되었다. 공중전화에서 선배의 연락처 번호를 눌렀다.

낮은 목소리가 들려왔다. 내가 제주에 있다고 하니, 선배 목소리에서 놀라움과 반가움이 묻어났다. 선배는 특별한 약속 없으면 지금 자신이 있는 곳으로 오라고 했다. 선배는 문학잡지 편집장을 맡고 있었다. 이윽고 선배가 있는 사무실에 도착했다.

「원영아 반갑다. 어떻게 연락도 없이 내려왔어?」

「회사 그만 두게 된 것도 있고, 잠시 머리를 식힐 생각도 있어서요.」

「그래, 아무튼 잘됐네. 오늘 마침 시간이 있는데. 가만 있자, 좀 이르지만 저녁 겸 한잔하러 갈래?」

「좋죠.」

가까운 먹자골목의 주점으로 자리를 옮겼다. 시간이 시간이다 보니, 휑했다. 구석진 자리를 잡았다. 가까이에서 보니, 찬형 선배의 얼굴에 희미한 검버섯이 군데군데 피어 있었다. 곱슬머리도 숱이 많이 없었다. 담배를 물면서 선배가 입을 열었다.

「요즘 어떻게 지내? 그 동안 제주에 코빼기 한번 비추지 않더니 잘 지냈어?」

슬며시 미소를 띠우며 말했다.

「바쁘게 살다 보니까 그랬죠. 그나저나 선배는 시인의 몸인 데에다가 문학잡지편집장을 하고 있으니 아주 잘 나가시네요.」

「하하, 뭘 또 그것가지고. 그저 지방에서 인정받는 것뿐이지. 너처럼 뭍으로 나가면 사정이 같겠어? 너도 중앙 문단만 고집하지 말고 지방 잡지에라도 등단하면 좋을 것 같아. 여기서 인정받고 먹고 살면 되지 안 그래?」

「별 말씀을요. 전 시를 안 쓴지 몇 년 됩니다. 회사 일도 일이었지만, 의욕 상실이었죠. 지방지는 눈에 안 들어오고요.」

선배가 안경을 매만지고 나서 말했다.

「그래도 넌 집념이 있으니까 잘할 거라 본다.」

선배와 나는 소주잔을 들이켰다. 둘은 봇물 터지듯이 한 시간여 중앙 문단이 썩었다는 둥, 진정한 시는 무엇이어야 한다는 둥, 유명 시인들의 시가 어째서 잘못됐다는 둥 종잡을 수 없는 이야기를 주거니 받거니 했다. 그러다가 교회 쪽 화제가 튀어나왔다.

「너 서울 간 뒤로 교회 소식은 모르지?」

「그렇죠. 친구들 어떻게 지내는지 몰라요. 서울에서 오래 전에 몇 번 석춘이를 만나는 것 말고는요. 교회 이야기는 갑자기 왜요?」

「모르고 있었구나.」

선배는 무언가를 생각하는 듯한 표정으로 한 잔 들이마시고 나서 말했다.

「요즘 반석 교회 굉장히 잘나간다.」

선뜻 이해하기 힘들었다. 반석 교회는 변두리의 작은 교회에 불과했다. 신도가 다 해서 육칠십여 명 될까 말까. 이 가운데 절반 이상이 중·고등부와 대학생부였는데, 그것도 내가 교회를 다닐 즈음에 갑자기 수가 늘었다. 일반부에서 뚜렷하게 내세울 만한 직업을 가진 분을 찾아보기 힘들었다. 자영업자, 영업 사원, 사무직 말단 직원, 일용 노동자, 청소부, 가정주부, 백발의 노인이 대부분이었다. 교회는 육이오 때 피난민들이 내려와 살다가 만들어진 용마부락 앞에 세워졌는데, 신도들 대부분이 용마부락 주민이었다. 한데, 선배는 이런 교회를 어째서 '잘 나간다'고 했을까?

「잘 나간다니요? 그게 무슨 말입니까?」

「잘 나가니까 잘 나간다는 말이지. 신도도 늘어났고, 매스컴에도 크게 떴지.」

대체 어떻게 된 사연인지 감을 잡을 수 없었다. 선배가 우스개 얘기를 하는 건 아닌가 하는 생각이 들었지만, 선배의 표정이 심상치 않았다. 내가 말없이 선배의 눈을 응시하자 선배가 입을 열었다.

「교회에서 기적이 발생하고 있어.」

「뭐요? 기적이요!」

「그래, 액면 그대로 기적이야. 한 치의 덧붙임도 없이 진짜 기적이 발생하고 있어.」

선배가 길게 담배 연기를 뿜어내고 나서 말을 이었다.

「너도 예수의 기적 잘 알지? 갈릴리 호수 위를 걸어간다거나, 떡 다섯 개와 두 마리 고기로 오천 명을 먹이고 또 죽은 자를 살린 것 말이야. 기적 중에 기적은 예수가 부활했다는 거고 말이야. 이 믿을 수 없는 현상을 우리로서는 통 믿을 수가 없단 말이야. 요즘 예수가 살아 있다면 당장 데려다가 두 눈으로 똑똑히 체험할 수가 있겠지만 이제는 그럴 수도 없으니, 성경에 적힌 대로 그러려니 하는 수밖에 없지. 근데 그 같은 기적 현상이 지금 반석 교회에서 벌어지고 있어.」

두 눈이 휘둥그레졌다.

「선배, 육 년 만에 뵙는데 지금 너무 막나가는 건 아닙니까?」

「아냐. 내 말 끝까지 잘 들어봐. 그 기적이 진짜로 생기니까 그 소문을 듣고 신도가 많이 찾아오게 된 거고 또 방송국과 신문사에서도 보도했어.」

「대체 그 기적이 어떤 건대요?」

「너, 스티그마타(stigmata)라는 말 들어봤어? 왜, '성흔'이라고 하는 현상 말이야. 사람의 몸에 예수가 수난을 받았을 때의 상처가 생기는 것 말이야. 십자가에 박힌 흔적으로 손과 발, 가시 면류관에 박힌 흔적으로 이마, 또 창에 찔린 흔적으로 옆구리에서 원인 모를 피를 흘리는 것 말이지. 흔히 손, 발, 늑골에서 상처가 다섯 곳 생겨서 '오상 성흔'이라고 하지. 지금 교회의 한 신도의 몸에서 그 성흔이 발생하고 있어. 원래, 나는 반석 교회를 떠난 후 시를 본격적으로 쓰게 되면서 교회를 다니지 않았었어. 그런 내가 작년 초에 교회 친구에게서 이 소식을 전해 듣게 되었어. 처음엔 믿질 않았어. 그런데 시간이 지나자 여기저기서 소문이 들리더니 방송국과 신문사에서도 이 현상에 대해 다루더라고. 내가 교회를 가게 된 건 신문 기사를 보고 나서야. 뭔가 있기는 있다는 확신을 가지게 된 거지. 그렇게 해서 교회를 가서 보니, 성흔 현상이 매번 생기는 거였어. 이건 절대 조작이 없는 분명히 기적이야.」

선배의 목소리가 차츰 떨리고 있었다. 선배는 후련하다는 표정을 지으며 나를 바라보았다.

「그랬었군요. 거참 신기하네요. 나도 그런 일에 관심이 많은데 한번 교회에 가봐야겠군요.」

「나와 마찬가지로 너도 반석 교회를 떠난 지 오래됐구나. 하지만 이건 백 프로 사실로서의 기적적인 종교 현상이니까 한번 가서 보는 게 좋을 것 같아. 거기 가면 네 친구들 얼굴도 많이 볼 수 있고 말이야. 난 이 일을 체험하고 나서 한 달에 한두 번 정도 반석 교회에 나가고 있어. 이 현상을 어떻게 받아 들여야 할지를 계속 고민하고 있어.」

2

스티그마타(stigmata), 실로 선배의 말대로 이 현상이 반석교회에서 생긴다면 정말 대단한 일이었다. 하지만 처음 그 말을 들었을 때, 혹시나 눈속임이 있지 않을까 하는 생각이 들었던 게 사실이다. 과학과 이성으로 무장한 현대인으로서 나는 비현실적인 현상, 신비로운 현상에 대해 서슴지 않고 칼날을 휘두른 것이다.

우리나라의 남단에 섬으로 동떨어진 채 위치한 제주도에는 현대 문명의 손길이 아직 미치지 않는 풍습이 질기게 잔존해 있었다. 대표적으로 무당의 굿과 제사를 들 수 있다. 둘 다 영혼의 존재를 긍정하는 세계관 위에서 만들어진 전통문화라 할 수 있다. 나는 어릴 때부터 집안에서, 마을에서, 시골에서 이런 문화를 자연스레 겪었지만 나중에 학교의 제도교육을 받기 시작하면서 그것을 미신으로 못 박게 되었다. 굿이나 제사 준비를 하는 어머니 옆에서, 당돌하게도 「이런 건 미신이에요」라고 의사 개진을 했다.

이렇게 현대적인 인간으로 성장하던 내가 친구 석춘의 인도로 교회를 가게 되었다. 성경에 기초한 예배와 기도는 굿이나 제사와는 차원이 다르게 여겨졌다. 처음에는 여느 고등학생 신자처럼 고분고분했다. 두 달여 시간이 흐를 즈음, YMCA 독서모임에서 참가하면서 현대인으로 되돌아왔다. 사회과학적 사고로 무장한 나는 성경공부 시간마다 질문을 쏟아부어댔다. 그런 끝에 친구들 얼굴 보러 건성으로 교회를 다니는 신앙심 없는 학생으로 낙인 찍혔다. 이런 내가 고삼 때 교회 목사의 안 좋은 일에 대한 반발심으로 교회를 떠나버렸다.

따라서 며칠 후 선배와 함께 교회를 찾기로 한 건 순전히 그 기적 현상이 진짜인지 가짜인지를 가려내보고 싶었기 때문이었다. 「정말, 그런 일이 있을 수 있어?」 하는 오기 어린 호기심이 있었다. 교회를 찾기로 약속한 날은 주일 예배가 있는 삼월 첫째 주 일요일이었다. 그날이 오기까지 사일이 남았다.

선배를 만나고 돌아온 날, 내 머릿속에는 석춘의 얼굴이 떠나지 않았다. 선배의 말에 따르면 석춘은 제주 KBS 방송국의 아나운서를 한다는 것이었다. 그는 서울 상위권 대학 출신이었지만 IMF 때문에 서울에 취직자리가 나지 않자 낙향을 한 것이었다. 요즘 같은 최악의 경기 상황에서 볼 때 자리를 잘 잡은 듯했다. 방에서 빈둥대다가 텔레비전을 틀었는데, 제주 K방송 저녁 뉴스에서 그를 보았다. 앵커로 나온 그는 예의 당당하면서도 온화한 눈빛으로 시선을 끌었다. 그 모습을 보자 내 자신이 초라해지는 듯해 도중에 티브이를 돌려버렸다. 그리고 밖으로 나와 무작정 걸었다.

초저녁 바깥채의 가게 유리창에서 불빛이 흘러나가고 있었다. 가게 정면 위에는 세월의 발자국에 닳을 대로 닳아버린 간판이 비스듬하게 걸려 있었다. 〈영풍 상회〉 원래 그 자리에는 〈근대화연쇄점〉이라는 간판이 달려있었는데, 내가 고등학교를 다닐 즈음 간판을 갈아치웠다. '근대화'라는 글자가 적힌 간판이 내걸리는 것과 함께 변두리의 동네는 급속도로 발전을 거듭했다. 바닷가 용두암으로 관광차를 실어 나르는 아스팔트가 매끈하게 놓였고, 초가집이 사라지면서 슬래브 집과 옥상이 있는 단층집이 우후죽순으로 생겨났다. 아스팔트를 따라 가로등이 희미하게 불빛을 발하고 있었지만, 거리는 어두침침했다. 행인이 좀처럼 보이지 않았다. 집 위쪽의 사거리로 나와 집을 등지고 선 채로 주변을 두리번거렸다. 여기서 오른쪽으로 죽 걸어서 일 킬로여 끝에 버스 종착지가 있었고, 그곳에 반석 교회가 있었다. 고개를 교회 반대쪽 시내로 돌렸다. 길 건너편에 오래된 약국이 보였다. 그곳엔 동네 할아버지의 인상으로 굳어진 약사 할아버지가 수십 년간 자리를 지키고 있었다. 갑자기, 초등학교 동창이 생각났다. 홀어머니와 함께 살던 친구는 성당에 다니고 있었다. 그 친구는 내가 방위를 마치고 입시 준비를 할 때 함께 학원을 다녔었다.

발걸음을 그쪽으로 향했다. 약국과 옆의 건물 사이로 난 비좁은 입구를 쭉 걸어가니 손톱만한 마당이 나왔다. 기억을 더듬어 친구가 살던 안채 앞에 가서 친구의 이름을 불렀다. 「민섭아」 몇 번 부르기도 전에 안에서 귀에 익은 목소리가 들려왔다. 그가 밖으로 얼굴을 내밀면서 「어, 원영이네」 하고 말했다. 그가 어서 들어

오라고 해서 작은 방으로 들어갔다. 친구는 반가운 표정으로 악수를 청했다. 둘은 자리에 앉아 두서없이 그동안의 이야기를 풀어냈다. 친구는 학원 강사를 하고 있었다. 그는 본래 할아버지가 운영하는 약국을 이어받을 것으로 기대를 모았었다. 그만큼 공부도 잘했지만, 가정사에서 오는 번민과 집안의 지나친 기대가 부담이 된 탓에 실력을 제대로 발휘하지 못해 번번이 낙방을 했다. 그런 그는 종교에 크게 의지하는지, 입시를 준비할 때에도 성당만큼은 매주 빠지지 않고 다녔기 때문에 그 친구 하면 제일 먼저 생각나는 게 성당이었다.

「석춘이 아나운서 하는 거 아니?」

「그래, 텔레비전에서 봤어.」

「석춘이 실력이면 서울에서도 아나운서를 할 수 있을 텐데 말이야.」

「그렇긴 하지만 IMF 이후로 요즘 취직자리가 별 따기야. 이젠 평생직장도 없게 되고, 그 좋은 직장을 다니던 샐러리맨들이 다 거리로 나앉았어. 석춘이는 잘된 거라고 볼 수 있어. 다시 실력만 있으면 언제고 본사로 올라갈 수 있겠지.」

「그건 그래.」

방안에는 예전의 기억처럼 책상 위에 마리아상이 놓여 있는 게 보였다. 마리아상에 잠깐 시선을 멈추고 나서 돌연 화제를 바꿨다.

「너, 반석 교회 소문 알고 있지?」

친구가 눈빛을 반짝거렸다.

「그거 말하는구나. 성혈!」

「성흔이라고 하던데.」

「성당에선 성혈이라고도 해. 그거 정말 대단한 일인데 텔레비전에서 나온 것을 봤어. 그걸 보면 예수님을 안 믿을 수가 없지.」

「넌 성당을 다니니까 반석 교회를 찾아가서 직접 볼일은 없겠구나.」

「굳이 찾아갈 이유가 없지. 너 그것에 대해 관심이 많은 모양이구나. 그런 현상은 우리 천주교에서도 생겨나고 있어. 전라도의 어느 성당에 모신 마리아상이 눈물을 흘리고 있고 또, 그곳의 한 자매님이 성흔 현상을 보이고 있다고 해.」

그때서야 머릿속을 스치는 게 있었다. 오랜 전, 뉴스에서 마리아상에서 눈물이 흘러내린다는 방송을 본 기억이 났다. 때때로 마리아상이 핏물을 흘리기도 한다는 것이었다. 그러고 보니, 성흔 현상과 같은 기적 현상을 언론계에서는 인정하는 듯했다.

「그러면 정말 그 기적이 생생한 현실이라는 말이구나.」

「그래, 나는 그렇게 믿고 있어. 내가 모태 신앙이라서 그런 게 아니라 실제로 여러 사람이 그걸 인정하고 있잖아. 참, 넌 이제 교회 안 다니니?」

「고등학교 졸업한 후로는 일절 다니지 않았어.」

친구가 걱정하는 투로 말했다.

「이참에 다시 교회 다녀보는 게 어때? 성당 다니자고는 말 못하겠어. 너는 교회를 다녀왔었으니까. 하나님이 이렇게 놀라운 현상을 증거하는 데에도 주저할 게 뭐 있어. 어떻게 보면, 너처럼 길 잃은 양을 다시 집으로 불러들이기 위해 반석 교회에서 그 기적 현상이 생긴다고 볼 수 있어. 그 많고 많은 교회 가운데 하필 반석 교회에서 성혼 기적이 발생하는 걸 보면 네가 그냥 지나치기 힘들 거라고 봐.」

속마음을 숨긴 채로 친구의 말에 화답해 주었다.

「그래서 내가 고민하고 있어.」

그날 친구 민섭으로부터 성흔 현상에 관련된 이야기를 많이 들을 수 있었다. 성흔 현상은 한국은 물론 전 세계적으로 발생하는데, 교황청에서는 이를 특별히 주목해오고 있다는 것이다. 교황청에서는 전 세계 곳곳에서 보고되는 기적 현상 가운데 그 진실성이 입증되는 것에 한해 공식적으로 승인하고 있었다고 했다. 대표적으로 아시시의 성 프란치스코, 성 비오 신부, 성녀 젬마 갈가니 등에서 생겨났다는 것이다.

3

시간이 쏜살같이 흘렀다. 그동안 〈사인자〉에서 사온 성흔 기적과 관련된 책 세 권을 뒤적거리면서 시간을 보냈다. 밝아오는 새벽이 되어서야 잠이 들었고, 점심시간이 다 되어 깨어났다. 이 때문에, 집에 처음 왔을 때 부모님께 인사드린 이후로 식사할 때말고는 부모님 얼굴을 볼 일이 없었다. 부모님에게는 뜻한 바가 있어서 퇴사해 몇 군데 회사에 이력서를 보냈으니, 취직 통보가 올 때까지 집에서 쉬겠다고 말씀드렸다. 다행히 부모님은 큰 걱정을 하지 않는 듯했다.

깨어나 보니 선배와 약속한 그날이었다. 교회에 가기로 한 것이 뇌리에 박혀서인지, 저절로 열시 이십분쯤에 눈이 떠졌다. 주일 예배 시간은 열한 시였다. 선배와 집 위쪽 사거리에서 열시 반에 만나기로 했다. 서둘러 세면을 하고 옷을 갈아입고 나서 밖으로 나왔다. 사거리 모퉁이에 서 있으니까 몇 분 후 멀리서 선배가 걸어오는 게 보였다. 선배의 손에 성경책과 찬송가책이 들려 있었다. 선배가 내 팔뚝을 툭 치면서, 「명색이 내가 성경 교사였는데 성경책을 들고 다녀야 폼이 나지 않겠어?」 하고 말했다. 서로 씩 웃고 나서 교회 쪽으로 발길을 옮겼다. 생각해 보니, 고향 집의 책꽂이 어느 틈바구니에 성경책이 있었다. 그 성경책은 교회를 그만 다닌 뒤부터 한 번도 펼친 적이 없었다. 교회와는 끝이다라고 내심 결정지었으면서도 이상하게 책으로서 성경이 꼭 필요했던 탓인지 버리지 않았다.

두런두런 이야기를 나누며 걷다 보니, 어느새 아스팔트의 끝자락이었다. 내가 걸어온 아스팔트의 반 지난 지점, 그러니까 모 고등학교 뒷담벽락에서부터 바닷가 쪽이 피난민이 이주해 와 살면서 만들어진 용마부락이고, 그 맞은편이 변두리의 일반 주택가였다. 아스팔트를 따라 바닷가 쪽에 형성된 용마부락은 아스팔트가 끝나는 버스 종착역을 지나 넓게 퍼져 있었다. 용마부락은 행정구역상 용담동에 속해 있었지만 동네에서는 그 별칭으로 불렸다. 교회 입구 앞에 서 있자니, 드문드문 낯익은 얼굴들이 스쳐지나갔다. 나이든 분들과, 대학생이 된 중·고등학생들이 새록새록 기억이 났다. 예배 시간이 거의 다 되어서 그런지 옛 친구들은 볼 수 없었다. 이미 교회 안에서 예배를 기다리고 있을 터였다.

밖에서 몇 분 서성거리다가 선배를 뒤따라 교회 앞으로 걸어갔다. 별채도 없는 교회는 마룻바닥으로 된 단층 슬래브 집이었다. 시골 교회 분위기를 물씬 풍겼다. 현관 유리문을 열고 들어가자, 훅 뜨거운 열기가 밀려왔다. 목제 가림막 옆으로 살펴보니 신도들로 가득 찼다. 선배와 나는 간신히 맨 뒷줄의 예배 석에 앉을 수 있었다. 고개를 뒤로 슬쩍 돌려보니, 예전 그대로 성화가 현관 오른쪽 벽면에 한 가득 펼쳐진 게 보였다. 들판을 배경으로 예수가 길 잃은 어린 양들에게 손을 내밀고 있는 유화 그림이었다. 처음 교회에 왔을 때, 저 그림이 내 뇌리에 강렬한 인상을 심었었다. 이 때문에 시간이 흘러 교회를 떠올릴라치면 어김없이 저 그림이 환하게 떠올랐다. 지금은 처음 그림을 접했을 때와 같은 설렘과 감동이 전혀 일지 않았다. 지금 저 그림은 전체적으로 엉성해 보여서 틀림없이 어느 미대 학생의 주체 못할 열정의 소산일 거라는 판단이 들었다. 그 미대 학생은 자신의 가슴에서 타오르는 신앙의 열기를 저 그림에 고스란히 담아냈으리라.

곧이어 귀에 익은 찬송가가 흘렀고, 기도와 성경봉독이 끝나자 통통한 체구의 낯익은 강재섭 목사가 단상 위에 올라왔다. 머리가 반 벗겨진 목사는 예의 청정한 목소리의 톤으로 유지하면서 설교를 이어갔다. 교회를 처음 다닐 때만 해도 주일 예배를 거르지 않는 게 당연하다 싶었지만, 차츰 신앙에 대한 회의가 생기면서부터는 주일 예배를 잘 참석하지 않았다. 그러다가 결정적으로 목사 비위에 대한 소문을 접하면서 교회를 떠나버렸다. 목사의 설교 중에 기억나는 게 하나도 없었지만 딱 한 마디는 유독 내 뇌리에 각인되어 있었다. 그건 「회개하라. 하늘나라가 가까이 왔다.」(「마태복음」 3:2)였다. 계속해서 흥미를 끌지 못해 몇 번씩이나 하품이 나올 뻔한 목사의 설교가 이어졌고, 나는 무중력 공간에라도 있는 듯이 바스락거리는 소리 하나 들을 수 없었다. 그런 어느 순간 기도가 이어졌다. 나는 자동장치처럼 두 손을 모우고 머리를 숙였다. 「아멘」이라는 소리가 들리자 두 눈을 뜨고 고개를 들려고 했다. 그때, 주위에서 탄성이 터지는 것과 함께 웅성거림이 일어났다. 누군가가 「성혼 은총!」이라는 말을 허공에 내뱉었다.

자리에서 벌떡 일어나 소리가 나는 쪽을 바라보았다. 예배 석에서 여러 사람이 일어나 그 광경을 바라보고 있었다. 예배 석 맨 앞줄, 예배 석 중앙 통로 쪽의 한 남자였다. 한쪽 다리를 저는 그는 누군가의 부축을 받고 단상으로 올라갔다. 그는 겨우 서 있는 듯 옆에서 누군가의 부축을 받아야 했다. 그의 고개는 약간 뒤로 젖혀져 있었고, 두 손은 부들부들 떨고 있었다. 천장 구석을 향한 그의 동공이 풀려 있는 것처럼 보였는데, 마치 무아지경에 빠져 있는 것처럼 보였다. 예전에 어느 다큐멘터리에서 보았던 장면이 머리를 스쳤다. 동남아의 어느 밀림에서 원주민이 의식을 치르는 도중에, 엑스타시에 빠진 한 남성이 자기의 뺨에 쇠꼬챙이를 꽂은 모습이었다. 그는 아무런 요동 없이 무아지경에 빠져 있었다. 전혀 고통을 인지하지 못한다는 듯이 그의 표정은 무언가에 황홀하게 도취된 듯했다. 그 모습이 사내의 얼굴 위로 겹쳐졌다. 하지만 이내 불경한 일이라도 저지른 듯이 죄스러운 마음이 들었다. 지금, 사내는 예수님의 현현을 몸으로 보여주고 있었다. 이것은 야만족의 의식과 동질적일 수 없는 것이었다. 눈을 부비면서 자세히 보았다. 사내의 벌린 입에서 침이 흘러내렸다. 사내는 서서히 정신이 들어온 듯이 떠듬떠듬 말을 이어갔다. 「할렐루야 … 예, 예수님 감사합니다. 할렐루야, 예수님 사, 사랑합니다.」 그러자, 신도들은 한목소리로 「할

렐루야」를 연이어 외쳤다. 그와 함께 여러 곳에서 카메라 플래시가 터졌다. 그 가운데에는 신문 기자로 보이는 듯한 남자도 보였다.

남자가 부축을 받던 양손을 떼어내 천천히 손바닥을 정면으로 향해 들어 올렸다. 놀랍게도 손바닥에 핏물이 맺혀 있었다. 뚝뚝 손바닥에서 핏물이 밑으로 떨어졌다. 그러자 옆에 있던 성가대에서 통곡 소리가 들려나왔다. 이내 그 울음은 전염되듯이 예배 석 곳곳에서 파도치듯이 솟구쳤다. 사내는 오른 쪽 늑골이 아픈 듯이 이맛살을 찌푸리면서 한 손을 그쪽으로 가져다댔다. 그곳 늑골에서도 창에 찔린 상처가 생긴 듯했다. 그가 기운을 내 무언가를 더 말을 하려는 듯했지만, 목사가 그의 앞을 가로막다시피 하고 나서는 목청을 높였다.

「성도 여러분, 분명히 보셨지요. 이건 예수님의 은총입니다. 예수님은 보지 않고도 믿는 사람은 복이 있다고 하셨지만 성도 여러분에게 이렇게 생생한 표적을 보여주셨습니다. 반석 교회 성도 여러분을 사랑하시는 예수님께서 기적을 펼쳐 보이셨습니다. 성도 여러분, 도마는 부활한 예수를 믿을 수 없었습니다. 그러자 예수님이 도마에게 말씀하셨습니다. '네 손가락을 이리 내밀어 내 손을 만져 보고 네 손을 내밀어 내 옆구리에 넣어 보아라. 그리고 믿음 없는 사람이 되지 말고 믿는 사람이 돼라.'(요한복음 20:27) 그러자 손가락을 넣어본 도마가 '내 주시며 내 하나님이십니다.'(요한복음 20:28)라고 말했습니다. 반석 교회 성도 여러분, 오늘 이 성흔의 은사는 예수 그리스도가 하나님의 아들임을 믿게 하여 우리들에게 영원한 생명을 주려 하심입니다.」

작은 교회 내부에서는 후끈한 열기가 화염처럼 퍼져나갔고, 여기저기에서 「아멘!」「할레루야!」가 터져 나왔다. 그 현장에 있던 내 몸에도 뜨거운 기운이 쑥 들어오는 듯했다. 옆에 있던 선배가 내 옆구리를 툭툭 치면서 귓속말을 했다. 「어때, 진짜 맞지?」 내가 고개를 끄덕였다. 설마, 일부러 상처를 내서 피를 흘렸을까? 가짜 피를 묻히는 것도 한두 번이지 공개된 장소에서 그런 일을 매번 시연하기는 어려울 듯싶었다. 대체, 어떻게 설명해야 하나? 얼이 빠진 상태로 단상에 내 시선을 고정했다. 그러는 사이 사내가 부축을 받고 단상 아래로 내려왔다. 곧이어 찬송가가 울려 퍼지고 나서 축도가 이어졌다.

4

「이게 얼마만이야?」

예배 석의 뒷줄에 있던 석춘이 나를 알아보고 다가왔다.

「서울서 마지막으로 본 게 삼사 년 지난 것 같다. 너 아나운서 잘하더라.」

「알고 있었구나. 서울에 워낙 자리가 없어서 여기로 내려오게 됐어. 너는 요즘 어떻게 지내니? 시 쓰는 건 잘되고 있어?」

시라는 말이 나오자 왠지 모르게 움츠러드는 느낌이었다. 서른 넘은 내가 일자리도 없는 상태인데 시 쓰기가 가당하기나 한 말인가? 더욱이 안정된 직장인으로 자기 길을 잘 걸어가는 친구 앞에 서게 되니, 더욱 내 자신이 초라해졌다.

「시 안 쓴 지 오래됐다. 나도 먹고 살아야 하잖아? 그냥 조그만 논술회사 다니고 있어. 잠깐 일이 있어서 내려 온 거야.」

「그랬었구나. 아무튼 반갑다. 너 교회 안 다닌다고 하더니 생각이 바뀌었나보네.」

「그냥 교회 소식 궁금해서 온 거야. 오늘 그거 대단하더라.」

석춘이 눈을 반짝였다.

「오상 성흔 말하는구나. 그거 정말 대단한 거지. 너도 그 소식 들어서 왔구나.」

「찬형 선배가 알려 주더라구. 긴가민가했는데 두 눈으로 보니 기가 막힌다.」

그때, 주변에서 나를 알아본 친구들이 하나 둘 모여 들기 시작했다. 활짝 웃음을 띠운 얼굴로 다가와 인사를 해왔다. 형제 세 명, 자매 두 명과 인사를 나누었다. 다들 용무가 있는지 잠깐 이런 저런 이야기를 나누고 나서는 자리를 떴다. 그 가운데 특별히 깊은 정을 나눈 친구는 없었다. 가까운 곳에서 신도들과 인사를 나누던 찬형 선배가 이쪽으로 걸어와 나와 석춘을 번갈아 바라보았다.

「차나 한잔하면서 얘기를 하는 게 어때?」

나와 찬형 선배는 석춘의 차에 몸을 실었다. 차 유리창으로 보니, 좀 전의 성흔 기적을 일으킨 사내가 부축을 받고 검정색 자가용에 올라타고 있었다. 사내의 표정은 여전히 넋이 빠진 듯했다. 점차 그 사내의 모습이 멀어졌다. 석춘의 차가 교회 쪽으로 난 아스팔트를 거슬러 올라가 시내로 향했다. 순식간에 내가 사는 집 사거리를 지나쳤다. 셋은 번화가인 관덕정에 내려 근처 커피숍에 들어갔다.

「선배, 또 성가신 이야기하는 건 아니죠?」

「어쭈? 공영 방송사 뉴스 앵커께서 이렇게 중요한 사안을 성가

시다고 하면 되나? 냉정하고도 진지하게 짚고 넘어갈 건 확실하게 해야지.」

내가 커피 한 모금 마시며 둘을 지켜보았다.

「자꾸 이야기 해봐도 안 되는 건 안 된다구요.」

「넌 그렇게 생각할지 몰라도 난 안 그래. 계속 두드리다보면 진척이 있을 거라고 봐.」

석춘이 나를 힐끔 쳐다보고 나서 말했다.

「이제 보니 지원군 한명을 얻은 게 진척인가 보군요. 하하.」

찬형 선배가 길게 담배 연기를 뽑아냈다.

「오랜만에 원영이도 보게 됐는데 화기애애하게 이야기를 풀어보자구.」

이렇게 진지하게 자리를 마련해 특별히 할 이야기가 무엇이었을까? 눈치로 볼 때에는 성흔 현상에 대한 것으로 보였지만 그것 말고도 또 다른 게 있을 성 싶었다.

「전에도 말했다시피 현재로선 성흔 현상이 진짜일 가능성이 높아. 문제는 말이야….」

석춘이 서둘러서 자신의 말을 내뱉으며 찬형 선배의 말을 끊었다.

「문제는 뭐가 문제라는 말이에요. 제주 노회 목사들이 이것을 인정해주었고 또 신문 기자들도 사진을 찍어 가 기사로 내보냈잖아요? 앵커인 내가 뉴스로 직접 내보기도 했구요.」

선배가 곱슬머리를 뒤로 넘겼다.

「돌다리도 건너서 건너라는 말이 있잖아? 그러니까 내 말은 좀 더 신중하게 접근하자는 거야. 나는 작년 초부터 박철수 형제님의 성흔 현상을 죽 지켜봐왔어. 그런데 흔히 오상 성흔이라고 하는 이 현상이 매번 생기지는 않았어. 상처가 이마에 생기기도 했고, 손과 발에 생기기도 했지. 가끔 오상 성흔이 생겼어. 그러다가 최근 들어서 몸 전체적으로 오상 성흔이 생기는 횟수가 늘더란 말이야. 차차 진화되어가는 현상이라고 보면 문제 될 게 없어. 실은 내가 몇 번 박 형제님에게 접근해 가까이에서 상처를 본 적이 있는데, 정말로 무언가에 찔린 듯한 미세한 상처가 생겼더라고. 말짱하던 사람이 순식간에 일부러 상처를 만들어냈을 리는 만무하지. 그렇다고 상처를 미리 만들어 놓고서 아무도 몰래 숨겨놓아다가 돌연 상처를 들춰냈을 가능성도 희박해. 한번은 내가 예배 직전에 인사치레로 그의 손을 잡아보고서 확인을 했다니까. 손에는 아무런 상처가 없었어. 그런데, 예배가 시작되자 그의 손에서 피가 나오더란 말이야. 더욱이 상처가 손 말고도 발, 옆구리에 참말로 기막힌 일이 아닐 수 없어. 좋아, 예수님의 오상 성흔이 생겼다 치잔 말이야. 이제는 흥분을 가라앉히고 오상 성흔을 면밀히 조사해봐야 한다고 생각해. 무슨 말이냐 하면 오상 성흔의 성혈을 검사하자는 거야. 그게 박 형제님의 피인지? 예수의 피인지? 아니면 제3의 피인지? 혹은 피도 아닌 다른 무엇인지? 그걸 밝혀보잔 말이야. 내가 조심스럽게 작년 초부터 이 의견을 계속 내놓았는데 왜 강 목사가 그걸 반대하는지 몰라. 강 목사는 신성 목독이라는 둥, 제주 노회에서 공인했다는 둥, 교회에 뜸하던 탕자가 갑자기 나타나 별 요구를 다 한다는 둥 하면서 회피하더라구. 왜 신문사와 방송사는 줄기차게 요구해서 성혈을 검사하지 않느냐 말이야. 적어도 성흔 기적이라고 언론사에서 공개를 했으면 책임을 져야할 거 아냐? 우리는 강 목사가 예전에 안 좋은 일이 저질렀다는 걸 잊지 말아야 해.」

이마의 땀을 훔쳐내며 석춘이 끼어들었다.

「언론사에서 할 수 있는 일이 있고, 할 수 없는 일이 있습니다. 종교의 문제, 종교의 기적 현상에 대해서 언론계에서 이성과 과학의 잣대로 이러쿵저러쿵하는 데 한계가 있어요. 일상 사회와 엄연히 구분이 된 종교계를 인정해주어야 하죠. 그리고 강 목사님 과거의 얘기를 또 꺼내시는데, 자꾸 지난날의 문제 때문에 선입견을 갖고 바라보니까 그렇지 얼마나 선행을 많이 베푸시는 분인지 잘 아시잖아요? 용마부락에서 사는 어르신들에게 해마다 쌀과 연탄을 보낼 뿐만 아니라 어려운 형편의 청소년들에게 장학금을 주시고 있어요. 선배, 이제 좀 하나님의 품으로 돌아오세요. 교회 예배 꼬박꼬박 참석하고요. 성경 교사까지 하신 분이 이게 뭡니까?」

찬형 선배가 나를 힐끗 쳐다보고 나서 말했다.

「꼭 교회에 가고, 주일 예배에 참석해야만 하나님을 만난다는 법은 없어. 언제부터인가 우리 한국에서는 이게 관행화되어왔을 뿐이야. 하나님은 우리 일상생활에서 신실하고 경건하게 살아가는 곳곳에 계신다고 봐. 내가 다른 신도들과는 더 이상 이런 얘기를 꺼낼 필요성을 못 느끼지만 그래도 너만큼은 언론사에 다니고 있는 몸이고 게다가 너야말로 용마부락 출신이니까 기대를 한다. 너도 알다시피 지금 반석 교회는 목사 집안에 의해 좌지우지되고 있는 형편이야. 목사와 사모님은 장로, 집사, 권사를 쥐락펴락하고 또 목사의 아들은 중고등부, 대학생부와 일반부를 휘어잡고 있어. 신도들 모두 목사 쪽으로 기울어져 있어. 목사 비위를 떠벌리면 그 즉시 왕따를 당하는 구조야. 예전에 목사 비위를 문제 삼았던 신도들은 다 떠나버렸고, 남은 신도들은 아무도 그걸 거론하지 않고 있어. 나는 예전에 반석 교회에 발길을 끊었던 사람인데, 그나마 성경교사를 했었기에 망정이지 보통 신도라면 지금 교회에 얼씬도 못했을 거다.」

춘석이 내 시선을 슬쩍 쳐다봤다. 그가 금테 안경을 매만지고 나서 결심한 듯 말했다.

「선배, 오늘 그 얘기는 그만 하시죠? 오늘 원영이도 오랜만에 본 날인데. 좀 건설적인 이야기를 하면 좋겠습니다.」

둘 이야기를 들으면서 지난날 교회에서 있었던 문제에 대해 떠올려보았다. 목사의 비위, 그것이 교회를 그만 다니게 한 원인이었다. 목사는 표면적으로는 인자하고 지역 사회에 선행을 잘 베푸는 것으로 알려졌다. 신도들은 철석같이 그렇게 믿고 있었다. 하지만 고삼 때 날벼락 같은 이야기를 접했다. 목사가 용마부락에 사는 노인 신도의 토지를 가로챘다는 것이다. 교회 건물 신축과 사회복지 활동에 쓴다고 노인을 회유해 토지 문서에 목사 자신의 이름을 올렸지만, 무자식에 일가친척 한 명 없는 노인이 작고하고 말아서 그 문제가 공중에 붕 떠버렸다고 했다. 건성으로 교회를 다니던 나는 찬형 선배에게서 아무에게도 말하지 않는다는 조건으로 이 이야기를 들을 수 있었다.

한창때, 나는 친구들 얼굴 보러나마 매주 교회에 찾아가 지속적으로 기독교와 관련된 토론 거리를 제기했다. '민중 신학', '남미의 해방 신학', '혁명가 가롯 유다'에다가 뜬금없는 '인도로 간 예수'를 빼놓을 수 없다. 이와 같은 굵직한 문제를 쏟아부어대는 신앙심 얕은 고등학생을 달갑게 여길 자 찾아보기 힘들었다. 그나마 초등학교 동창이며 나를 교회를 이끈 석춘이가 나에 대한 죄책감인지 책임감인지 끝까지 나를 외면하지 않았다. 그 옆에 찬형 선배가 있었다. 성경공부 때마다 성경 한 구절이 넘어가기 무섭게 「이건 왜 그렇습니까?」「이건 다른 시각으로 볼 수 있지 않아요?」「혁명가 예수님이 왜곡되었어요.」 쏘아붙이는 나를 흥미로운 듯이 다 받아주는 사람이 찬형 선배였다. 선배는 다른 성경 교사에 비해, 포용적인 태도가 두드러졌는데 그래서인지 문학과 더불어 다양한 신화, 종교에 대한 관심이 많았다.

내가 찬형 선배의 편을 들어주기로 했다.

「석춘아, 내가 보기엔 선배 말대로 한번 그 성혈을 검사해보는 게 좋을 것 같다. 그 피가 진짜라면야 왜 나서기 좋아하는 목사가 그걸 주저할까? 전에 있었던 목사 비위 문제가 다 덮어져 버린 것 같은데 이제 와서 그걸 꺼내는 것도 아닌 것 같고. 내가 너에게 약속 하나 하마. 만약 그 피가 진짜 예수의 피라면 나 교회에 다닌다. 네가 전도해서 내가 교회를 다니게 됐는데, 어때 내 부탁 들어줄 수 있지?」

석춘이 난감한 표정으로 창밖에 시선을 돌렸다. 조금 후 그가 나를 바라보면서 말했다.

「너까지 왜 이래? 예수님은 당신의 부활을 믿지 못하는 도마에게 당신의 옆구리에 손을 넣어보라 하고 '믿음 없는 자가 되지 말고 믿는 자가 되라'(「요한복음」20:27)라고 했어. 믿음은 두 눈으로 확인해야만 가능한 게 아니야.」

잠깐 말을 끊고 나서 말을 이었다.

「너 진짜로 교회를 다니겠다고 했지?」

「그렇다니까 증명하기만 해.」

「이번에 교회 다니게 되면 절대 그만두는 일 없기다.」

「그래, 약속! 찬형 선배가 증인이야.」

석춘이 무엇인가를 생각하는 듯하더니 결심한 듯 말했다.

「좋아, 그거 가능한지 한번 알아볼게. 실은 나도 그 문제 확실히 하면 더 좋겠다는 생각을 안 해본 건 아니야. 워낙 강 목사님 중심으로 장로, 집사, 권사들이 똘똘 뭉쳐 있어서 누구에게도 의견을 내놓을 수 없었어. 교회 분위기가 굉장히 달아오를 대로 달아오른 요즘, 찬물을 끼얹는 것 같기도 했고 무엇보다 신도들이 새로 많이 늘어난 걸 좋게 생각하고 있었지.」

그러자 옆에 있던 찬형 선배가 결심한 듯이 무겁게 입을 열었다.

「목사 문제가 예전의 그것 하나로 끝나는 게 아니야.」

놀란 듯 석춘이 끼어들었다. 그는 「그건 아직 소문일 뿐이라구요. 제주 노회가 비위 여부를 가려줄 일인데 덮어놓고 기정사실처럼 말을 하다니…」라며 말꼬리를 흐렸다. 찬형 선배가 눈을 지그시 감고 나서 말을 이었다.

「원영이는 그동안 서울에 떠나 있어서 모르는데, 최근 제주 노회에서 강 목사의 비위에 대해 특별 감사를 하고 있었어. 강 목사가 90년도에 들어와서 추가로 신도의 부동산 편취 비위를 저질렀다는 거야. 재작년에만 해도 소송을 건다, 파면을 시킨다는 이야기가 있었는데 작년 초에 박철수 형제님의 성흔 은총이 생기면서 언제 그랬느냐는 듯이 조용해져버렸어. 이런 점에서 분명하게 성혈을 검사하지 않을 수 없다는 말이야.」

듣고 있던 나는 흠칫거릴 수밖에 없었다. 석춘이 크게 한숨을 내쉬었다. 오래 전의 분기가 다시 솟구쳐 올라옴을 느꼈다. 목사의 비리가 한 번에 끝나지 않고 여러 번에 걸쳐 이어졌다는 게 놀라웠다. 어떻게 선한 양의 탈을 쓴 목사가 보이지 않는 곳에선 탐욕의 발톱을 세울 수 있단 말인가? 나는 그것도 모른 채 또다시 강 목사의 예배에 참석하고 말았단 말인가?

5

그날 이후로 내 머릿속에는 그 기이한 현상이 내내 떠나지 않았다. 아니, 기이하다는 표현이 불경스러운 것 같으니까 '기적'으로 정정하자. 그래, 그 기적의 현상이 자나 깨나 내 의식을 사로잡았다. 무아지경에 빠진 듯, 그의 벌린 입에서 침이 흘러 내렸고 또 그의 동공은 초점을 잃었다. 그의 몸은 미세하게나마 떨리는 것 같았고 그는 들리지 않는 소리로 무언가를 옹알거리듯이 입 밖으로 내뱉는 듯했다. 그가 떨리는 손을 들어 올리자 선명하게 양 손바닥에는 핏물이 맺혀 있었다. 그 사내는 전혀 다른 시공간에 들어선 듯 초연하면서도 황홀한 표정이었다. 형광등 불빛 탓인지 그의 얼굴은 광채로 빛나 신성한 기운이 감돌았다.

참으로 놀라운 일이었다. 내 생애 처음으로 기적을 접하게 된 것이었다. 사람들은 종종 기적을 말하곤 한다. 하지만 그 가운데 진정한 기적을 찾아볼 수가 없는 게 현실이다. 다들 기적 현상에 과도하게 감정이입이 되어서, 별스럽지 않는 현상을 기적이라고 떠벌리는 일이 너무나 많았다. 마리아 상에 맺힌 습기가 이슬이 되어 흘린 것을 마리아의 눈물이라는 둥, 부처님 상에 핀 곰팡이를 천 년에 한 번 핀다는 '우담바라'라고 하는 둥, 야외 예배가 열리는 하늘에 뜬 구름이 예수님 얼굴 같다며 예수님이 임재 했다는 둥 시답잖은 이야기가 심심치 않게 떠돌아다니고 있다. 그런데, 내가 그날 반석 교회에서 목도한 것은 정말로 '미러클'이었다. 신의 개입이 없이는 도저히 일어날 수 없는 일이었다. 일 년 넘게 그 현상이 반복되어 오고 있으며, 수십여 명의 정신 멀쩡한 사람들이 그 현상을 생생히 체험한 데에다가 무엇보다 신문 기사화되고 방송을 탔다.

이제 남은 건, 성혈을 검사하는 일이었다. 그 성혈은 다시금 더욱 성스럽고 장중한 톤으로 「이래도 기적을 못 믿겠냐?」고 예수의 피로 밝혀지기만 하면 만사 끝이었다. 그 성흔 남자의 피도 아니며, 또 엉뚱하게도 돼지나 염소와 같은 가축의 피도 아닌 예수의 피라는 게 밝혀져야 했다. 그런데 예상대로 그 일은 순조롭지 못했다.

「너 목사 아들 강요섭 잘 알지?」

석춘의 말에 내가 고개를 끄덕였다. 강요섭은 내가 교회 고등부에 다닐 때 지도교사였다. 그는 목사의 외아들이었는데 독실한 신앙심에 비추어 신학대에 가지 않는 게 이상할 정도였다.

「실은 며칠 전에 형제님 한 분이 강요섭 선배에게 성혈을 의료기관에 보내 객관적으로 입증해보자고 했었어. 모두가 원하는 대로 성혈이 예수의 피라는 게 밝혀지면 더욱 이 성흔 현상이 빛나게 되는 거라고 말했지. 그런데 그에게 돌아온 답은 '너는 나를 보았기 때문에 믿느냐? 보지 않고도 믿는 사람은 복이 있다.'(「요한복음」20:29)라는 예수님의 말씀뿐이었어. 그걸 옆에서 지켜봤던 나로서는 뭘 어떻게 해야 할지 모르겠구나.」

석춘은 오히려 나를 위로하는 투였다. 화요일 오후, 석춘의 아파트 베란다에는 저녁노을이 비쳐들기 시작했다. 바닷가의 비탈에 세워진 피난민들의 용마부락에서, 이제 그는 시내에 새로 들어선 아파트에 살고 있었다. 실은, '용마부락 출신'은 하나의 낙인이나 다름없었다. 하지만 그는 난관을 뚫고 고학을 한 결과 남부럽지 않은 사회인이 되었다. 소파 맞은편에 앉은 석춘이 보란 듯이 어깨를 폈다. 위압감이 들었다. 그의 어머니는 시내에서 마을로 들어가는 다리 앞에서 호떡 장사를 했었다. 그의 아버지는 청소부를 하다가 사고로 몸져누워 십여 년 간 병수발을 받은 끝에 소리 없이 운명했다. 공부를 잘하던 그는 나에 비해 그런 점에서 열등감을 가졌으리라. 그에 비해 나는 변두리에 번듯한 집 한 채를 가진 집안의 셋째였다. 그의 아버지처럼 내 아버지 또한 실직을 하면서부터 골방에 처박혀 살았지만, 그래도 어머니는 바깥채에 가게를 운영해 나갔다.

「그 성흔 기적을 일으키는 분 있잖아.」

「박철수 형제님은 왜?」

석춘이 허리를 폈다.

「박 형제님이 용마부락 사람이라면 너 잘 알지 않나?」

그가 다소 거센 음성으로 받아쳤다.

「용마부락 사람들이 한 핏줄도 아닌데 다 알 수 있겠어?」

그가 안경을 매만지고 나서 말했다.

「박 형제님 집이 우리 집 위쪽에 있어서 알기는 알고 있었지. 그건 갑자기 왜 물어보는 거야?」

「목사 쪽에서 순순히 성혈을 검사하는 걸 기다릴 게 아니라 직접 박 형제님에게서 성혈을 채취해 입증해보자는 거지.」

석춘의 눈빛이 파르르 떨렸다.

「꼭 그렇게까지 할 필요가 있겠어? 무슨 첩보 작전도 아니고 말이야. 내가 용마부락에 사는 지인들에게서 전해들은 이야기로는 박 형제님 집에 아무나 접근할 수 없다고 하더라고. 거기에 수행인 한 분이 상주해서 그의 수발을 들어주고 있는데 철저히 외부와의 접촉을 차단하고 있다는 거야.」

「그랬었군.」

생각난 듯이 석춘에게 물었다.

「박철수 형제님 어떤 사람이야. 잘 알겠네.」

석춘이 고개를 끄덕였다.

「그게 말이야. 그냥 평범한 사람이었어. 나도 교회에서 그와 대화를 나누어본 기억이 없어. 아무리 생각해도 특별하게 기억나는 게… 아, 그러고 보니 그 어머니가 보살이었어. 부처상 모셔 놓고 점보는 무당말이야. 어릴 때 그 집 대문에 만(卍)자가 그려진 깃발이 펄럭였었지. 그 어머니가 작년 일월 달에 용마부락 앞바다에서 굿을 하다가 익사사고를 당했다는 이야기를 들었어.」

눈이 크게 뜨였다.

「박 형제님 어머니가 보살이었단 말이지? 거 참 묘한 일이네. 그 많은 독실한 신도들을 놔두고 하필 무당의 아들에게 성흔 기적이 발현했을까? 그것도 그거지만, 그 어머니는 아들이 교회 다니는 걸 막지 않았다는 말이네.」

「그렇게 볼 수 있지. 어머니가 자식만큼은 평범한 삶을 영위하길 바랐을 수 있었겠지. 너도 그렇잖아. 네 어머니는 불교 쪽인데 너는 교회를 다녔었지.」

「그건 그래.」

갑자기 생각난 듯이 물었다.

「혹시, 성흔 기적 현상과 무당의 피가 연관성이 있는 건 아닐까?」

「뭐라고? 야, 너무 막 나가는 거 아냐? 교회 안 다닌지 오래 되다 보니, 너 생각하는 게 완전 웃긴다. 이천 년 전에 예수님도 목수의 아들로 말구유에서 태어났거늘 하물며 지금 세상에 성흔 은총이 무당의 아들에게 발현되지 말라는 법이 있겠어? 안 그래?」

친구의 기세에 눌려 아무 소리를 낼 수 없었다. 이후, 석춘과의 대화는 그간 살아온 이야기를 두런두런 나누는 쪽으로 흘러갔다. 그러다가 내가 재차 석춘에게 물어, 박 형제님의 집 위치를 자세하게 전해 들었다. 뚜렷한 계획을 갖고 박 형제님의 집 위치를 캐물었던 건 아니었다. 다만 그것을 알아 두면 좋을 듯했다.

6

이튿날, 열두 시가 조금 지났을 때 눈을 떴다. 러닝셔츠 차림으로 세면을 하고 바깥채에서 식사를 한 후 잠깐 동안 마당을 어슬렁거렸다. 삼월 초, 바닷바람에서 훈훈한 기운이 느껴졌다. 우리나라의 최남단의 섬, 제주는 거의 영하 밑으로 내려가는 일이 없었다. 육지에는 아직도 영하권의 추위가 엄숙할 터였다. 제주는 이제 완연한 봄의 길목으로 들어서고 있었다. 마당 한편에서 붉은 동백꽃이 입을 탁 벌리고 있었다. 기분 좋게 내리쬐는 햇볕에 몸을 맡기면서 하늘을 쳐다보았다. 탁 트인 푸른 하늘이 펼쳐 있었다. 실구름이 희미하게 흘러가고 있었다.

마당에 서서 세심하게 집중해보면, 소금기가 맡아졌다. 걸어서 십 분이면 바다에 도착할 수 있었다. 내가 사는 곳은 일반 주택가인데, 이곳에서 육백 미터 정도 바다 쪽으로 난 비탈길을 걸어가면 한두기라는 어촌 마을이 나온다. 그곳부터는 온전히 쪽빛 천지다.

밤낮으로 희미하게 귓가를 스치는 고깃배 엔진소리의 진원지가 그 곳이었다. 한두기 하면 빼놓을 수 없는 게 있다. 용암으로 된 너럭 바위에서 어촌 마을 사람들이 올리는 용왕제다. 연도를 기억할 수 없는 아주 오래 전 내 기억의 흑백 필름에는, 어촌 주민들이 휘몰아쳐 오는 비바람 앞에서 손을 비비면서 굽실거렸고, 또 심방(무당)이 오방색의 옷자락을 휘날리며 펄쩍펄쩍 뛰면서 주저리주저리 중얼거렸다. 자라나면서, 이젠 그 자취를 찾아보기 힘들어졌다. 어촌 마을이 도시화의 심한 몸살을 앓는 건 아닌지 모르는 일이다.

그날은 그 누구와의 약속도 없었다. 기분에 이끌리는 대로 걸어서 바닷가로 향했다. 그 길로 한두기를 지나자 용두암이 나타났다. 국제적인 관광 명소답게 여러 무리의 관광객에게서 알 수 없는 일본말, 중국말이 흘러나왔다. 용두암을 지나쳐서 해안도로를 죽 걸어갔다. 차츰 사람들의 말소리가 들리지 않는 대신 파도소리가 귓가를 적셔왔다. 매끈하게 펼쳐진 아스팔트를 따라 이십여 분 걸어가자 간간이 자가용과 관광버스만 달릴 뿐 인적이 드문 해안가가 나타났다. 해안도로 안쪽의 언덕에 자리한 용마부락이 나타났다. 고개를 들어 언덕 쪽을 바라보았다. 언덕에는 단층 시멘트건물이 빼곡하게 자리 잡고 있었다. 석춘의 예전 집은 해안 도로에 서서 쉽게 찾아낼 수 있었다. 그 집을 보고 있자니 어제 오후에 석춘이 알려준 박철수 형제님의 집이 떠올랐다.

해안도로를 건너 언덕 쪽으로 난 샛길을 따라 걸어갔다. 사람들이 잘 다니지 않는 듯 잡초가 무성했다. 거센 바닷바람을 속절없이 맞닥뜨려야 하는 피난민들의 속칭 '팔도마을'인 용마부락에는 인기척이 없었다. 석춘이 살던 집을 지나쳤는데, 아무도 살지 않는지 유리창이 깨져 있고 마당에는 쓰레기더미가 쌓여 있었다. 걸음을 재촉해 용마부락 안쪽으로 난 시멘트 길을 걸어갔다. 울퉁불퉁하게 자갈과 시멘트를 섞어 만든 조잡한 길이었다. 서서히 인기척이 느껴지는 것과 함께 티브이에서 나오는 소리, 오토바이 엔진 소리가 들려왔다. 머릿속으로 석춘의 음성이 스쳐 지났다.

「우리 집 위쪽으로 오십 미터 정도 올라가면 담배 가게가 나와. 그 가게 옆으로 난 골목길을 이십 미터 걸어가면 녹색 철문이 나온다. 거기가 박 형제님 집이야. 녹색 철문은 그 집 하나 뿐이야.」

구부러진 길을 걸어 올라가자 담배 가게가 모퉁이에 얼굴을 내밀고 있었다. 고딕체로 '담배'라고 쓰인 녹슨 철제 간판이 걸려 있었다. 가게 유리창을 지날 때 슬쩍 안을 내다보니, 흰 머리의 노파가 텔레비전에 시선을 고정하고 있었다. 장사에는 전혀 신경을 쓰지 않는 듯이 미동도 하지 않고 푹신한 소파에 몸을 뉘이고 있었다. 담배 가게를 왼쪽에 끼고 좁은 골목길을 들어섰다. 낮은 담장을 따라 단층집들이 이어졌다. 담배 가게가 있는 길과 달리 적요감이 감돌았다. 몇 집을 지나고 나자, 한눈에 골목 왼쪽에 있는 녹색 철문이 들어왔다. 가까이 다가가서 보니, 녹색 철문 곳곳에는 검버섯처럼 수많은 붉은 녹이 피어 있었다. 닫힌 철제 대문 너머로 까치발을 하고 집안을 살펴보았다. 이상하게도 좀 전에 봤던 석춘의 예전 집처럼 썰렁했다. 곳곳에 아무렇게나 잡초가 자라고 있었고, 마당 한편에는 쓰러진 채로 녹슨 자전거가 방치되어 있었다. 집 밖에도 그렇지만 안쪽에도 특별한 게 없었다. 퇴락한 용마부락 전체의 분위기를 대변하는 듯했다.

처음 이 집에 와본 사람이 나중에 이 집 주인이 성흔 은총을 발현하는 분이라는 걸 알게 되면 어쩌면 놀랄 것 같았다. 성스럽고도 은혜로운 기적 현상이 온몸에서 발생하는 분의 집하고는 거리가 멀게 느껴지기 때문이다. 박철수 형제님은 성자 중의 성자의 반열에 들어가는 분임에 틀림없지 않은가? 그런데 전혀 성스럽거나 엄숙한 분위기를 찾아볼 수 없어서, 혹시 일부러 꾸미지 않고 방치한 것은 아닌지 하는 생각이 들었다. 보이지 않는 그분의 세계에 온전히 몰입하고 있으니까 자연 눈에 보이는 것이 싹둑싹둑 가지치기가 되어버리는 것은 아닌지 말이다. 하지만 속으로 실망감이 드는 것과 함께 일말의 의아심이 들었다.

그래도 그렇지 우리 같은 평범한 사람들을 위해서라도 뭔가 특별하게 보이게끔 집을 단장해줬으면 좋았을 텐데. 품을 들으면 들인 대로, 안 그러면 안 그런 대로 뭔가 집에서 신성한 아우라가 배어나게 했으면 좋았을 텐데. 평범한 사람들의 가슴은 두 눈을 통하지 않는 감동에는 무감각하니까 말이야. 대체, 무슨 뜻에서 이렇게 박 형제님의 집을 내버려두는 걸까?

그때였다. 좁은 골목길 입구에 검정색 자가용이 세워졌고, 한 사람이 차에서 뛰어내렸다. 누군가를 부축해서 차 밖으로 끌어내렸다. 직감적으로 박철수 형제님이라는 걸 알 수 있었다. 자가용이 방향을 바꿔 시야에서 사라지자 박 형제님이 수행인의 손을 붙들고 조심스레 발걸음을 뗐다. 나는 옆 담장 쪽으로 고개를 수그리고 나서 천천히 골목길 입구로 향했다. 박 형제님이 서서히 내 앞으로 다가왔다. 다행히 내가 누구인지를 눈여겨보지 않는 듯했다. 박 형제님이 옆을 스쳐 지날 때 슬쩍 그를 바라보았다. 그의 표정은 무척이나 안온했으나 몸이 제대로 말을 듣지 않는 듯 종종 헛발을 내딛었다. 한쪽 발이 짧은 그는 수행인의 부축에 힘입어 균형을 잡고 겨우 걸어 나갔다. 나는 담배 가게 앞에서 서성거리는 척 하다가 고개를 뒤로 돌려보았다. 박 형제님과 사내는 녹색 철문 안으로 들어갔다. 곧이어 무표정한 사내가 대문 밖으로 얼굴을 내밀어 주위를 둘러보았다. 그의 시선이 내 시선과 마주치자마자, 내 시선을 담배 가게로 돌려버렸다. 그와 함께 담배 가게 앞 쪽으로 걸어가 몸을 숨겼다. 심장이 방망이질해댔다. 아무런 인기척이 없자, 골목 안쪽을 살펴보았다. 녹색 철문이 굳게 닫혀있었다.

담배 가게 안으로 들어가 할머니를 불렀다. 방바닥에서 텔레비전을 보다 졸던 할머니가 눈을 슬쩍 뜨고는 나를 바라보았다. 비대한 체구의 할머니는 그 자체로 가게의 일부가 된 듯한 인상을 풍겼다. 할머니가 입은 오일 시장에서 파는 싸구려 옷과 이마에 굵게 패인 주름과 생동감이라곤 전혀 없는 눈빛이 그러했다. 할머니에게 물었다.

「저기 녹색 대문 집 잘 아시죠?」

「녹색 대문 집 잘 알지. 거긴 왜? 무슨 일이라도 있수?」

「소문을 듣고 왔는데요. 거기 사는 박철수라는 분이 성흔 기적을 일으킨다고 하던데요.」

듣고 있던 할머니가 식상하다는 듯한 표정이었다.

「아, 몸에서 예수님의 피가 흘린다고 하는 거 말이유?」

「네, 할머니.」

「그 얘긴 많이 들었어.」

「근데 집이 조용하네요. 사람들이 북적댈 줄 알았는데 찾아오는 사람이 없나보죠?」

할머니가 내 행색을 뚫어져라 살펴보더니, 「어디서 왔수?」 하고 묻자 내가 「교회 아는 사람이에요.」라고 둘러댔다. 할머니가 눈꼬리를 내리며 입을 열었다.

「난 절간 다니니깐 그따위엔 관심이 없수. 댁도 보다시피 여긴 외지 사람이 잘 찾아오지 않는 곳이야. 이 동네에는 빈 집이 많아서 사람들도 별로 없어. 작년부터 박 씨가 교회사람 한 명과 함께 지내고 있어. 맨 날 둘이 붙어 다니는 통에 이 앞으로 지나갈 때 말고는 박씨 얼굴을 볼 수가 없어.」

「그분이 혼자 생활할 수 없을 정도로 몸이 안 좋은가 보죠?」

「갑자기 몸이 많이 안 좋아진 거 같아. 작년 초부터 항상 그림자처럼 따라다니는 교회사람 없이는 걸어다는 걸 보지 못했어. 그 전에는 가게에 담배 사러 오고 그랬수. 말수가 적어도 인사성이 밝았던 총각이었지.」

「그럼 작년 초에 신변에 큰일이라도 있었습니까?」

할머니가 입맛을 다시며 말했다.

「에구, 보살이던 애미가 굿하다가 바다에 빠져 죽어버렸지. 애미는 혼자 몸이 불편한 아들을 키우면서 착실하게 살았었어. 어쩌면 그 충격 때문에 혼자 걸어 다닐 수 없게 된 건지도 모르지.」

할머니가 말꼬리를 흐렸다.

7

저녁 일곱 시 쯤, 찬형 선배의 집을 찾았다. 선배는 이혼하고 나서 혼자 살고 있었다. 선배는 제주대학교 근처 감귤 농사를 짓는 농가의 바깥채에 살고 있었다. 파란색 슬래브 지붕을 한 단칸방이었고, 옆에 부엌이 딸려 있었다. 그의 방 세면에 책꽂이가 있었는데, 책들이 빼곡히 들어차 있었다. 방에 들어서면서 슬쩍 책들을 살펴보니, 시인 활동을 하는 선배가 유별난 지적 관심사를 다년간 지켜왔던 걸 엿볼 수 있었다. 『세계종교사상사』, 『Q복음서』, 『세계의 신화』, 『신화의 본질』, 『신비주의의 역사』, 『이집트 종교와 신화』, 『이집트 사자의 서』, 『수메르 문명』, 『샤머니즘』, 『카발라』, 『명상의 철학』, 『연금술』, 『헤르메스주의 마법』 등 종교, 신화에다가 오컬트 책들이 주를 이루고 있었다. 무슨 내용의 책인지 알 수 없는 원서와 외래어 제목으로 된 책도 상당히 많았다.

방을 죽 둘러보면서 유리창 쪽에 앉았다. 선배에게 말했다.

「선배, 성혈을 검사할 수 있는 묘안을 생각해내셨습니까? 미안하지만 내가 할 수 있는 일이 없는 것 같아요. 교회에서 이방인이나 마찬가지인 내가 뭘 할 수 있겠습니까? 세 들어 사는 사람이 집주인에게 큰소리칠 수야 없겠죠.」

실망스럽다는 표정으로 선배가 말했다.

「그래도 네가 있으니까 석춘이 조금이나마 마음의 문을 연거야. 네가 내 옆에 있어주는 것만으로도 힘이 된다. 너도 나와 함께 성혈 검사 문제를 풀어 가면 좋겠어.」

찬형 선배의 얼굴을 쳐다보았다. 그러곤 며칠 전에 책을 보다가 알게 된 성흔에 대한 부정적인 견해를 말했다.

「선배도 잘 아시겠지만, 성흔이 사기라는 이야기가 심심치 않게 들리고 있어요. 몰래 화학약품을 발라놓은 곳을 문질러 상처를 낸다고 하던데요. 이 점은 선배가 직접 박철수 형제님의 손을 만져보았고 또 가까이에서 지켜보았다고 하니, 그럴 리 없다고 하자구요. 또 있어요. 이거야말로 정말 신중에 신중을 기해 숙고해야 할 거라 보는 건데요. 흔히 몸에 생기는 성흔이 심리적인 요인에 의해 발현되기도 한다고 하더라구요. 플라세보 효과가 설득력이 있듯이, 성흔 발현자가 자신을 수난 받는 예수로 강렬하게 이미지화할 경우 몸에서 피가 나는 상처가 생길 수 있다고 봐요.」

선배가 예상했다는 듯이, 고개를 끄덕였다.

「그래, 아직 박 형제님이 발현하는 성흔의 심리적 요인 가능성은 열려 있는 거지. 난 그걸 부정하지 않아. 만약, 성혈이 박 형제님의 혈액형으로 나온다면 백 프로 그렇다고 봐야겠지만 그렇지 않은 경우도 염두에 둬야 할 거야. 그래서 요번에 석춘에게 성혈을 검사하자고 한 거야.」

길게 숨을 내쉬었다. 역시나 선배는 신중했다. 덮어놓고 교회 사람들처럼 성흔을 기적으로 떠받드는 게 아니라, 확실하게 검사를 해서 그 결과를 따르겠다는 입장이었다. 잠깐의 침묵이 흘렀다. 선배는 벽에 등을 기대고 천장을 바라보았다. 그동안 박 형제님의 성흔에 대해 고민하다가 얻어낸 의문을 툭 던졌다.

「박철수 형제님의 오상 성흔 가운데 손의 성흔은 논란의 여지가 있어요. 잘 아시겠지만 예수가 십자가에 처형당할 때, 예수는 손바닥이 아니라 손목에 못 박혔다는 이야기가 있잖아요. 그래야 몸을 지탱할 수 있다고 하잖아요.」

선배가 대단치 않다는 듯이 응수했다.

「그런 얘기가 있기는 있지. 실제로 예수 실존 당시에 십자가에 처형된 죄수의 유골을 조사해본 결과 손목에 못을 박은 상처가 있었다는 거지. 그런데, 반드시 그렇지는 않아. 학계에서는 손바닥에 못을 박아도 몸이 잘 지탱된다고 보고 있어. 그래서 손에 못 박혀 십자가형을 받는 예수의 성화는 충분히 일리가 있는 거야. 어느 쪽이든 상관이 없다고 본다.」

「그렇군요.」

선배가 입에 문 담배를 재떨이에 비벼 껐다. 그러곤 자세를 고쳐 앉았다. 선배가 「역시, 성흔에 대해 죽 고민을 해왔나 보네.」 하고 나서 질문을 던졌다.

「성혈이 예수의 것이라면 혈액형이 어떤 것으로 나와야 하는지 아니?」

전혀 예상치 못한 것이었다.

「그게… 예수의 피라면 보통 사람의 피하곤 다르니까 인간의 혈액형이 나올 수 없지 않을까요? 예수는 성령으로 잉태하셨잖아요?」

「쯧쯧, 그럴 줄 알았어.」

선배가 의미심장한 눈빛을 지었다.

「예수의 피는 AB형이야.」

「선배, 그럼 박 형제님의 성혈이 진짜라고 보는 건가요?」

「아직 일러. 그건 의료 기관에서 면밀하게 검사를 해봐야 알 수 있어. 다만 내가 알아본 바로는 예수의 피는 AB형이야. 너, '토리노의 수의' 잘 알지? 예수가 장례식 때 입었다고 하는 수의 말이야. 이게 진품이냐 가짜냐는 논쟁이 많지만, 진품이라고 할 경우 수의에 묻은 피가 AB형으로 나왔기 때문에 예수의 혈액형은 AB이라고 볼 수 있어. 실망 하지 마. 내가 겨우 이것 하나에 좌지우지되는 사람이 아니라는 걸 잘 알 줄 안다. 또 있어. 본래, 성흔 현상은 가톨릭에서 중요시해온 기적 은총이야. 가톨릭에 '란치아노의 기적'이라는 게 있어. 이탈리아 란치아노의 성 프란시스코 성당에서 700년에 포도주와 빵이 변해서 생긴 성체와 성혈이 보관되어왔지. 이것을 1,000년이 지난 1971년에 면밀하게 조사해 그 결과를 발표했지. 놀랍게도 완벽하게 봉인되지 않은 채 1,000년이 지난 성체와 성혈은 전혀 손상을 입지 않았는데, 성체와 성혈에서 AB 혈액형이 나왔다는 거야. 대표적으로 이런 두 측면의 사례를 통해서 볼 때,

박철수 형제님 성혈의 혈액형이 AB라는 결론이 도출되는 거지.」

듣고 있던 내가 끼어들었다.

「다 좋다 말입니다. 근데 교회에서는 성흔이라는 말 들어보지 못했던 걸로 아는데요. 오상성흔은 성당, 그러니까 가톨릭 쪽에서 주로 써먹는 메뉴가 아니냐는 말예요.」

선배가 손가락을 튕겼다.

「옳은 소리 했어. 그래서 잘됐다고 봐. 이번에 성당이 아닌 교회에서 그 기적이 발생한 걸 긍정적으로 볼 수 있다는 거지. 예수님이 실재한다면 성당, 교회 구분해서 딱 성당에서만 성흔 은총을 내릴 리 만무하잖아. 그러니까 이번 기회를 통해 명명백백하게 성혈의 진위를 입증할 수 있을 거라고 본다. 앞으로 네가 고개를 수그리고 다시 교회를 다니게 될지, 아니면 완전히 교회 때려치우는 것과 함께 강 목사 비리를 완전히 까발리고 심판하게 될지 그 결과가 참으로 궁금해진다. 물론 나도 예외가 되지 않겠지만 말이야. 하하.」

선배가 가볍게 웃음을 지었다. 빠끔히 열어둔 창문에서 시원한 바람이 불어왔다. 여전히 봄바람은 차가웠지만 싫지는 않았다. 창문 반대편에는 벽면 가득 책꽂이가 차지하고 있었다. 그 수많은 책 가운데 성경책이 보였다. 고등학교 때 성경 공부 차 선배가 자취하던 집을 찾아갔을 때가 떠올랐다. 겨울이었다. 귤을 까먹으면서 반석 교회 인근에 위치한 선배 집에서 네댓 명의 고등부 학생들이 성경을 공부했다. 「마가복음」이던가, 「누가복음」이던가, 아니 「마태복음」이던가 이제는 기억이 희미했다.

내게는 성경에 대한 기억이 뚜렷하지 못한 이유가 있었다. 그때, 나는 교회를 다니는 한편 시내 YMCA의 고등부 독서 서클 활동을 하고 있었다. 학교 공부보다는 책 읽고 토론하는 것에 특별한 흥미와 재능을 가진 이가 있는데, 내가 그랬다. 교회를 다닌 지 몇 달이 지날 즈음, 우연히 기독교 계열의 YMCA 고등부 독서 서클 회원 모집 전단을 보고 가입하게 되었다. 80년대 중반, 독서 서클을 하면서 제주 4·3 사건에 눈을 떠가는 것과 함께 대학생들로부터 광주사태 이야기를 전해 들었다. 점차 사회 현상을 비판적으로 바라보는 안목을 키워갔는데, 이는 교회에서 성경을 공부할 때에 유감없이 발휘되었다. 예수, 신앙, 사랑, 구원, 성경 모두를 사회과학적이며 유물론적으로 바라보았다. 때문에 성경은 주입식 암기 대상이 아니라 비판과 토론의 대상이 되고 말았다. 자연 머릿속에 남아 있는 성경 구절이 몇 없을 수밖에.

「아참, 너 교회 다닐 때 YMCA 서클 활동했었지?」

뜬금없는 질문이었다.

「그건 갑자기 왜요?」

선배가 가까이 얼굴을 드밀며 말했다.

「내가 작년부터 만나는 분이 있어. YMCA 강당에서 문학 행사를 여러 차례 하다가 그 분을 만나게 되었지. 제주시 YMCA 양진호 간사야, 너 잘 알지? 작년 가을 시 낭송 대회 뒤풀이 자리에서 그분과 대화를 나누다가, 내가 반석 교회 다녔다고 하니까 그분이 원영이를 아느냐고 물어왔어. 내가 잘 안다고 했지. 이런 인연으로 그분과 강 목사 문제와 성흔 발현에 대해서 대화를 나누었지. 그

분은 예수와 성경에 대한 접근을 유물론적으로 하더라구. 과격한 면이 있지. 그래도 나는 그 분과 교회에 대한 비판적 시각이 비슷해서 가끔 술을 마시면서 여러 가지 이야기를 격의 없이 나누었어. 그분 참 좋은 분 같더라구.」

「그런 일이 있었군요. 양 간사님 잘 알죠.」

선배가 잘됐다는 듯한 표정으로 말했다.

「그분 반석 교회 돌아가는 것 다 꿰고 있어. 너 한번 그분 만나봐라. 성흔 발현 현상에 대한 또 다른 관점도 들어볼 만 할 거다.」

8

다음날, 자고 있는데 전화벨이 울렸다.

「여보세요?」

「이원영. 오랜만이네. 그렇지?」

「누구신가요?」

「나 강요섭이다.」

그제야 그 목소리가 귀에 익게 들려왔다. 강 목사의 아들이자, 고등부 지도교사였던 강요섭이었다. 탁상시계를 보니, 열시 반이었다.

「전화번호는 어떻게 아셨나요?」

「네 집 전화번호 신도 주소록에 나와 있잖아. 예전의 주소록 찾아보고 전화하니까 네 아버지가 전화를 받으면서 이 번호를 알려주더라.」

「아, 그랬었군요. 근데 무슨 일이세요?」

「교회 식구에게 꼭 무슨 일이 있어야 전화를 하겠니? 너 저번에 주일 예배 때 나온 것 봤는데 그때 경황이 없어서 인사를 못했어. 서울 올라간 후로 연락도 못하고 그동안 잘 지냈는지 모르겠다. 너 오늘 바쁘지 않으면 한번 보고 싶은데 시간 있니?」

화창한 햇빛이 유리창으로 흘러들어오고 있었다. 잠깐의 망설임이 생겼다. 강요섭 선배는 매사에 용의주도한 선배였다. 최찬형 선배가 다소 허술해 보이고 편안한 것과 달리 그는 빈틈이 없었다. 강요섭 선배는 기성 신학의 도그마에 갇혀 한 발짝도 옆으로 비켜서는 법이 없었다. 그와 달리 최찬형 선배는 기성 신학에 대한 비판적 해석과 실천적 의미 부여를 하는 데 주저하지 않았다.

「몇 시에 볼까요?」

「반석 교회에서 다섯 시에 보자. 꼭 보고 싶다.」

하필 반석 교회에서 보자는 말에 신경이 쓰였다. 어떤 의도를 갖고서 나를 보자고 하는 듯한 뉘앙스를 풍겼다. 나는 결심한 듯 반석 교회에 발길을 끊었었다. 하지만 저번에 주일예배 참석 차 반석 교회를 찾아갔으니, 이번에 또 간다고 해도 별 상관이 없겠지 싶었다. 언제든 예전의 나로 돌아가서 교회와는 작별을 고할 준비가 되어 있었다. 내 진로는 성혈 검사 결과가 결정짓게 될 터였다.

이후, 집에서 시간을 보냈다. 책꽂이에서 이 책 저 책 뽑아서 들춰보았다. 고등학교 때 학교 공부 대신에 책 읽기에 빠졌던 내가 사 모은 책들이 두 개의 책꽂이에 빼곡히 채워져 있었다. 『불제자였던 예수』, 『도마복음』 두 권을 꺼내 와 벽에 기댄 채 방바닥에 앉았다. 『도마복음』을 대충 훑어보고 난 후, 엘리자베스 클레어의 『불제자였던 예수』를 읽었다. 오래전에 이 책을 보았을 때의 충격을 잊을 수 없었다. 이 책은 늘 예수를 인간의 관점에서 보고자 했던 나에게 든든한 지원군이 된 셈이다. 주지하듯이 성경에서는 13세에서 29세까지 예수의 젊은 시절이 공백(the missing years: 잃어버린 세월)으로 남았는데, 바로 그 기간에 예수가 인도에 가서 불교 수행을 했다는 것이다. 이 주장은 러시아 언론인 노토비치가 라다크의 히미스 대사원에서 발견한 「이사 전(傳)」에 기댄 것이다. 예수는 '이사'라 불리는 승려가 되어 인도, 티베트, 페르시아, 아시리아, 그리스, 이집트를 순례했다고 한다. 이 과정에서 예수는 페르시아에서 자신의 탄생을 예고한 동방박사를 만났다는 것이다. 참으로 놀라운 내용이 아닐 수 없었지만, 그때나 지금이나 교회는 아무런 영향을 받지 않은 듯 예전 그대로의 예수를 내세우며 신도를 늘려갔다.

점심을 먹고 나서 다시 방에서 벽에 등을 기댄 채로 책을 읽었다. 그러다가 잠에 빠져들었다. 꿈속에서 예수가 나타났다. 그는 교회에서 보여주는 인상과는 사뭇 달랐다. 그의 외모는 여느 노동자와 다를 바 없었다. 거칠고 험한 일을 오랫동안 업으로 삼아온 사람의 풍모가 전해졌다. 얼굴은 누렇게 햇볕에 그을렸고, 머리칼은 아무렇게나 휘날렸다. 다만, 그의 눈빛이 예사롭지 않게 유리구슬처럼 청명했다. 그 눈빛이 그가 예수임을 보여주는 유일한 단서로 보였다. 그는 정좌한 채로 나를 맞이했다. 그에게서 설명할 수 없는 아우라가 느껴졌다. 서서히 내 몸은 따뜻하게 데워졌고, 가슴에서는 박하향이 탁 터져 나왔다. 그는 아무 말 없이 새벽 별 같은 눈빛으로 나에게 설명할 수 없는 모든 것을 일러주는 듯 했다. 그에게 다가서고자 했지만 발이 떨어지지 않았다. 내 눈빛에서 애절함이 묻어나자 그가 눈을 감고 나서 두 손을 모아 합장을 했다. 그러자 환한 광채가 주위에 퍼져나갔다. 아무 것도 보이지 않고 오로지 찬란한 빛이 바다 속처럼 출렁거렸다. 그에게 외치는 내 말은 입 밖으로 나오지 못했다. 내 마음속에서 한마디의 말이 소용돌이쳤다. '당신이 계신 곳을 보여주십시오. 난 당신을 찾아야 해요' 그러자 가슴속에서 한 줄기 음성이 은은하게 메아리쳤다. '깨달은 사람 속에는 빛이 있어 그 빛이 온 세상을 비춥니다. 그 빛이 비추지 않기에 어둠이 깃드는 것입니다.' 조금 전보다 더 눈부신 빛이 사방으로 터져나갔다. 온통 빛의 천지였다. 내 몸에 전율이 흐르는 것과 함께 몸속에서 에너지가 용솟음쳤다.

그때였다. 잠자던 나는 팔과 다리를 크게 휘젓고 나서 눈을 떴다. 꿈이었다. 너무나 생생해서 마치 실제 겪었던 기억처럼 느껴졌다. 꿈속에서 들은 예수의 음성이 귓가에 맴돌았다. 방금 전에 읽은 『도마복음』(24절)의 한 구절이었다. 이처럼 신약의 사복음서에 앞서 기록된 『도마복음』은 전혀 다른 예수를 말한다. 예수는 자신만이 빛이 아니라, 깨달은 사람 모두 빛이라 설파한다. 혼란스러운 나는 절레절레 고개를 흔들고 나서 자리에서 일어났다. 시계를 보니, 네 시 이십분 경이었다. 조금 여유를 갖고 세면을 하고 나서 거울 앞에 섰다. 비쩍 마르고 또 평균치 키보다 조금 작은 사내가 보였다. 나는 두 눈을 크게 뜨고 응시하기도 하고 헛기침을 여러 차례 하기도 했다. 마음의 준비를 단단히 하고 싶었다. 그러곤 옷을 갈아입고 나서 밖으로 나와 반석 교회로 향했다.

9

반석 교회에 도착한 후 현관문을 드르륵 열었다. 안에 들어서서 신발장을 보니, 구두 두 켤레가 보였다. 천천히 단화를 신발장 밑칸에 넣고 돌아서서 가림막 옆으로 안쪽을 바라보았다. 예배 석 앞줄에 두 명의 사람이 고개를 숙이고 앉아 있었다. 마룻바닥을 지그시 누르며 그쪽으로 걸어갔다. 작은 체구의 한 사람이 인기척을 느낀 듯 고개를 들고 뒤로 바라보았다. 요섭 선배였다. 반사적으로 내가 목례를 했고, 그도 반가운 듯이 씩 미소를 지어보였다. 옆에 있던 사내가 고개를 들었다. 그가 누군지 대번에 알아보았다. 교회 고등부를 함께 다니던 승훈이었다. 그가 활짝 웃음을 띠며, 나를 맞이했다. 요섭 선배가 예배석 앞으로 나가 방석 세 개를 마룻바닥에 깔았다. 세 명이 자리에 앉았다.

「승훈이가 여긴 어쩐 일이야?」

예의 당당하면서도 사무적인 말투로 그가 대답했다.

「강 선배가 너를 만나는데 같이 보자고 하더라구.」

내가 굳은 표정으로 요섭 선배를 바라보았다. 요섭 선배가 말했다.

「승훈이 저번 달에 신학대 졸업했어. 대학원에 진학하기 전에 한 학기 정도 반석 교회에서 봉사를 하고 싶어서 제주에 내려온 거야.」

내가 궁금한 걸 승훈에게 물었다.

「너, 제주 대학교 진학하지 않았니?」

「사회학과에 갔었지. 막상 가보니 내 적성에 잘 안 맞더라구. 고민 끝에 졸업 후에 신학대에 들어갔어.」

「그랬었구나.」

승훈이 여유로운 미소를 지었다. 승훈은 고등부 예배에서 찬양을 이끌었었다. 항상 기타를 메고 다니면서 유려하게 찬송가를 불렀던 그였다. 여학생들에게 인기가 많았고, 여학생들과 스스럼없이 지냈던 그였다.

「선배, 특별히 할 얘기라도 있었던 건가요?」

요섭 선배가 눈을 깜박거리고 나서 말했다.

「응. 대단한 건 아니고…」

「편하게 말씀하세요.」

선배가 나직이 말했다.

「네가 찬형과 뭘 모의하는 것 같아서 말이지.」

순간적으로 요섭 선배가 나를 만나자고 한 이유가 무엇인지 알 것 같았다. 이와 함께 승훈이가 요섭 선배 편을 들게 하고자 이 자리에 대동하게 되었으리라는 추측이 들었다.

「작은 교회여서 그런지 빠르긴 빠르네요.」

요섭 선배와 승훈이가 나를 지켜보았다.

「너를 걱정해서 만나자고 하는 거니까 언짢게 생각하지 말기 바란다.」

내가 거센 어조를 말했다.

「설마, 석춘이 말한 거 아니죠?」

「석춘은 그런 말 하지 않았어. 네가 찬형이와 함께 교회에 나타난 걸 보고 대충 짐작을 했지. 너는 찬형이의 말을 잘 따르는 편이잖아. 더욱이 찬형이의 생각이 좀…」

블랙리스트에 오른 인물 둘이 어울려 다니는 걸 보고, 미리 선수를 치는 격이었다. 나는 결의를 다지듯 방석을 끌어 당겨 바싹 엉덩이에 밀착시켰다. 그러곤 말했다.

「좋습니다. 이 자리에서 그걸 이야기 해보자구요.」

말은 그렇게 했지만, 속으로 결국 다람쥐 쳇바퀴 돌 듯이 자기 고집과 입장만을 확인하게 되지 않을까 하는 생각이 든 게 사실이다. 요섭 선배가 승훈이를 쳐다보고 나서 나를 바라보았다.

「성흔 은총은 누가 뭐래도 예수님이 반석 교회에 내려준 계시다. 이것은 살아계신 성령의 임재 함을 추호의 의심 없이 보여주는 것이며, 우리는 믿을 수밖에 없는 거야. 성흔 발현은 역사적으로 500여 건 이상 생겨났어. 1222년 영국의 스티브 랭턴 대주교에게서 처음 생긴 이후 전 세계적으로 보고되어 오고 있는 명백한 기적적인 예수님의 계시다.」

요섭 선배가 준비한 듯이 거침없이 말했다. 그가 잠시 숨을 돌릴 때 말을 끊었다.

「선배, 덮어놓고 결론에서 출발하지 말고 차근차근 풀어갑시다. 먼저, 성흔 발현이 진짜냐 아니냐는 사실 확인이 중요합니다. 듣기로는 바티칸 교황청에서는 세계 각지에서 보고되는 성흔 발현 현상에 대해 조사단을 보내 다각도로 면밀하게 조사한 후에 비로소 성흔 은총으로 공식 인정한다고 합니다. 이 과정에서 사기 행위와 기독교 정신과 교리에 부합되지 않는 이단적인 현상을 배제한다고 해요. 그러니까 반석 교회 박 형제님의 성흔 발현의 경우에도 그 혈액의 엄밀한 검사 과정을 밟아야 한단 말이에요. 그런 연후에 예수님이며 성령의 임재며 계시를 천천히 생각해봐도 늦지 않다고 봐요. 신앙인이랍시고 이성적인 분별력을 도외시하고 무턱대고 하나님의 계시로 보는 건 옳지 않아요. 지금이 어떤 세상입니까? 달나라에 우주선을 쏘아 보낸 것은 오래 전이고 몇 년 전에는 복제양 돌리가 탄생했다고요. 과학의 시대라는 걸 명심하세요.」

「과학의 시대라면, 학교 교육에서 창조론이 완전 추방당해야 할 것 아냐? 현실은 그렇지 않아. 미국의 일부 주에서는 아직도 창조론을 가르치고 있어. 무신론자에게는 창조론이 허황되고 비과학적으로 비쳐질지 모르겠다. 하나, 진화론도 마찬가지야. 우리 기독교인에게는 진화론이 터무니없어 보이니까 말이야. 대표적으로 아메바에서 150여 종의 생명체로 진화했다고 하면 이를 연결하는 증거로 화석이 발견되어야 하는데 진화론에서 그걸 내놓지 못하고 있어. 과학적이라고 하는 진화론 역시 허점투성이로 하나의 가설

일 뿐이야. 대신에 신앙의 관점에서는 모든 생명체가 처음부터 하나님의 계획에 따라 창조되었다고 보고 있어. 이런 창조론의 관점에서 보면, 이 지구상의 생명체의 기원이 잘 설명될 수 있어. 여기서 더 나아가 성경에 기록된 대로 노아 홍수의 지층과 화석 그리고 노아의 방주가 발견되었어.」

「선배, 진부하게 진화론, 창조론 논쟁을 하고 싶지는 않습니다. 하나, 이것만은 말해두고 싶어요. 선배는 지적 설계 이론에 기대어 하나님이라는 설계자가 인간을 비롯한 모든 생명체를 만들었다고 말하고 있어요. 얼핏 그럴싸하게 보이지만, 그 유일자 설계자를 입증할 수 없다는 게 맹점이죠. 그래서 그건 과학이 아니에요. 노아 홍수의 지층과 화석, 노아의 방주도 그렇습니다. 세계 곳곳에 수많은 홍수 신화가 있는데 이는 실제로 세계 여러 곳에 홍수가 발생했다는 걸 말해줍니다. 하지만 지층 분석 결과 그 시기가 일치하지 않습니다. 이는 여러 시기에 걸쳐 여러 곳에서 홍수가 발생한 것을 말하죠. 때문에 노아 홍수는 근동 지역에 한하는 홍수일 뿐이란 말입니다. 그리고 터키의 아라랏 산에서 발견됐다는 노아의 방주도 사실은 …」

승훈이 끼어들었다.

「선배, 이런 식의 논의는 더 이상 진전이 없겠어요. 여기 모인 세 사람 말고도 그 문제에 대해 전 세계적으로 수많은 사람이 티격태격하고 있으니까 이 자리에선 그걸 피하는 게 좋겠어요.」

승훈이 요섭 선배에게 동의를 구하는 눈빛을 보냈다. 승훈이 앞에 놓인 성경책에 오른손을 올려놓고 입을 열었다.

「넌 예전에 교회 다닐 때하고 하나도 변한 게 없구나. 넌 이런 문제를 갖고 형제, 자매님 그리고 성경 교사와 숱하게 논쟁을 벌여왔어. 그때에도 그랬지만 종교와 신앙은 잣대를 들이대 눈금으로 잴 수 있는 성격의 것이 아니야. 종교와 신앙은 토론의 입을 다물고 철저히 내면에서 하나님을 갈구하는 과정에서 세워지는 것이라고 본다. 이천 년 전 우리 죄를 사하고자 십자가에서 피 흘린 예수님은 믿음의 기도 속에서 항상 살아 계시는 거야. 네가 자꾸 이러쿵저러쿵 추궁하는 기독교의 본질이 여기에 있어. 그런데 예전에 넌 예배를 잘 참석하지 않고, 또 성경 공부에도 충실하지 않았어. 이런 너에게 어떻게 믿음의 씨앗을 바랄 수 있을까? 따라서 너와 우리 신자들과는 좁혀질 수 없는 간극이 생기고 말았다는 걸 인정하지 않을 수 없어. 그래서 결국 너는 교회를 안다니게 된 거야.

이제 성흔 은총 이야기를 하자. 감사하게도 이 성흔 은총이 너와 우리 사이에 놓인 강을 메워버릴 수 있다고 봐. 성흔 은총이야말로 네가 좋아하는 입증할 수 있는 현상이니까 말이지. 나는 작년 초에 이 이야기를 전해 듣고 방학 때 와서 직접 목도했었어. 정말 몸이 부들부들 떨릴 정도로 얼마나 감사했는지 몰라. 이번에 제주에 내려와 보니, 신도가 많이 늘었다는 이야기를 들었다. 한번 생각해봐라. 그 신도들은 늘 하나님께 회개하고 하나님을 찾고 매달려 왔어. 그런 그 분들이 성흔 은총을 보게 됐으니 얼마나 감격했겠어? 하나님의 계시는 설명할 수 없고 눈과 귀로 파악할 수 없지만 이렇게 반석 교회에서는 생생한 현실로 나타났어. 그 수많은 신도는 신앙 속에서 성흔 은총을 감사함으로 받아들인 거야. 굳센 믿음을 가진 반석 교회 신도들은 성흔 은총을 성령의 계시임을 모두 받아들이고 있는 거야.

우리 신자들은 보이지도 않고 들리지도 않는 성령의 임재를 믿음으로 지켜오고 있어. 때문에 우리 신자들은 성흔과 같은 물리적 현상을 바라지도 않았고, 기대하지도 않았어. 성령의 임재는 믿는 자에게 항상 어디에나 있는 법이야. 그런데 이처럼 우리 반석 교회에 성흔 은총의 계시가 내린 것은 특별한 의미가 있을 거라 본다. 한때 형제자매들 간에 생긴 반목으로 반석 교회는 문을 닫을 지경까지 이르렀었지. 성흔 은총은 이런 반석 교회의 식구가 다시금 사랑과 믿음으로 똘똘 뭉치게 하는 계기가 되고 있어. 새로 신도가 많이 생기게 되었고 말이야. 성흔 은총의 뜻이 여기에 있다고 봐.

「고린도 전서」(12:4-11)에 이런 말씀이 있어. '은사는 여러 가지이나 성령은 같습니다. 직분상 맡은 임무는 여러 가지이나 섬기는 주는 같습니다. 사역은 여러 가지나 모든 사람 안에서 모든 일을 행하시는 하나님은 같습니다. 각 사람에게 성령을 나타내시는 것은 성도 공동의 유익을 위한 것입니다. 어떤 이에게는 성령으로 지혜의 말씀을 주시고 어떤 이에게는 같은 성령으로 지식의 말씀을 주십니다. 어떤 이에게는 같은 성령으로 믿음을, 어떤 이에게는 같은 성령으로 치유의 은사를, 어떤 이에게는 능력 행하는 은사를, 어떤 이에게는 예언하는 은사를, 어떤 이에게는 영을 분별하는 은사를, 어떤 이에게는 여러 가지 방언하는 은사를, 또 어떤 이에게는 방언 통역하는 은사를 주십니다. 그러나 이 모든 것을 행하시는 이는 한 분이신 같은 성령이시며 그분이 원하시는 대로 각 사람에게 은사를 나눠 주시는 것입니다.' 원영아, 틀림없이 성령이 우리 반석 교회의 박철수 형제님에게 은사를 주신 게 틀림없어. 이렇게 너를 다시 만나게 된 것도 성령의 은사라고 본다. 성령이 박철수 형제님에게 내린 성흔 은사가 너를 다시 하나님의 품으로 돌아오게 만든 거라고 봐.」

승훈의 말이 거침없었다. 듣고 있노라니 그에게 나는 한낱 교회를 떠나 방황하는 신자들 가운데 한 명에 지나지 않은 듯했다. 이제 그와 나를 이어주는 친구로서의 교감은 증발해 버린지도 몰랐다. 그는 내 위에 서서 나에게 구원의 손길을 내미는 우월한 존재처럼 느껴졌다. 그가 아무리 다정하게 내 이름을 부르며, 나를 걱정한다고 해도 이질감을 떨쳐버리기 어려웠다.

10

「우려하던 일이 벌어지고 있어서 안타깝군요. 전혀 논의가 진전되지 않잖아요? 성흔의 혈액 검사 문제가 신앙과 비신앙 문제로 희석되고 있어요. 나 같은 탕자는 감히 성흔 혈액 검사 요구를 입에 올리기도 힘들 것 같군요. 오로지 나는 회개하고 구원을 받아야 할 길 잃은 양일 뿐이군요. 이런 식이면 대화가 될 리 없어요.」

나는 거센 억양으로 말하고 나서 양반 다리를 고쳐 앉았다. 그새 밖은 어두워졌고, 근처에서 컹컹 개 짖는 소리가 들려왔다. 교회 입구 양쪽은 주택가였지만 교회 뒤쪽은 잡초가 무성한 공터였다. 집 몇 채 정도의 공터를 지나면 주택이 들어서 있었다. 교회에서 잠자코 있으면 인근 주택가의 각종 소음이 들려왔었다. 우리 셋 사이에 짧은 침묵이 흘렀다. 그 침묵을 기다렸다는 듯이 가까운 주택에서 흘러온 텔레비전 방송 소리가 덮쳤다. 재잘재잘 거리는 음성이 희미하게 이어졌다. 기분 좋지 않은 적막감이 감돌 무렵, 선배가 입을 열었다.

「지나치게 신기하고 눈에 번쩍하는 것에만 매달리는 건 안 좋다, 원영아. 네가 다시 반석 교회에 오게 된 게 성흔이라는 신기한 현상 때문인데, 그런 진기한 현상에만 사로잡혀선 곤란해. 믿음과 신앙이 그런 눈에 보이는 진기한 현상에 좌지우지되지는 않기 때문이야. 우리 반석 교회 신도들은 그런 것이 없어도 교회를 잘 다녔고, 굳건한 믿음을 지켜왔어. 우리에게 성흔 현상은 더 믿음을 굳세게 하는 계기인 셈이야. 이를 계기로 반석 교회 신도가 더 많아졌고, 또 주일 예배와 기도회에 다들 열성적으로 참석하고 있어. 이 때문에 성흔 발현이 진짜일까 가짜일까 하는 문제는 부차적인 거야. 이 문제에 대해 과학의 잣대를 들이대서 설명할 수 있는 수치를 얻는 것에 대해서 매우 회의적이야. 너도 잘 알겠지만, 성경에는 성흔 이상의 놀라운 이적이 기록되어 있어. 모두 예수님이 행한 것이지. 네 관심사이니까 잠깐 얘기해본다.」

선배가 숨 고르고 나서 말했다. 선배는 자신의 말에 도취된 듯이 주절주절 예수의 기적을 나열해갔다. 나는 예수의 기적에 혹해 서라기보다, 선배의 말에 기대어 그것의 의미를 음미하고 싶은 마음이 들어서 그냥 듣고만 있었다. 이 자리를 빌려 예수의 이적을 대강 정리하면 다음과 같다.

가나의 혼인잔치에서 물을 포도주로 만든 것(「요한복음」(2:1-11)), 바람과 바다를 꾸짖어 잔잔하게 하신 것(「마태복음」(8:23-27)), 「마가복음」(4:35-41), 「누가복음」(8:22-25)), 빵 다섯 개와 물고기 두 마리로 5,000명을 먹이신 것(「마태복음」(14:13-21), 「마가복음」(6:31-34), 「누가복음」(9:10-17), 「요한복음」(6:5-15)), 바다 위를 걸어신 것(「마태복음」(14:22-33), 「마가복음」(6:45-52), 「요한복음」(6:16-21)), 변화산에서 모습이 변하여 눈부신 광채가 나온 것(「마태복음」(17:1-13), 「마가복음」(9:2-13), 「누가복음」(9:28-36)), 나인성에서 죽은 청년을 살리신 것(「누가복음」(7:11-17)), 야이로 회당장의 죽은 딸을 살리신 것(「마태복음」(9:18-26), 「마가복음」(5:21-43), 「누가복음」(8:40-56)), 죽은 지 4일된 나사로를 살리신 것(「요한복음」(11:1-44)), 여기에다 병자와 귀신들린 자를 고친 예는 수도 없이 많다.

선배는 이 가운데에서 서너 개 사례를 성경 구절을 줄줄 음송하면서 들려주었다. 막바지에 예수가 나사로를 살리는 대목에 이르자, 선배가 목청을 높였다. 선배가 「나는 부활이요, 생명이니 나를 믿는 사람은 죽어도 살겠고 살아서 나를 믿는 사람은 영원히 죽지 않을 것이다. 네가 이것을 믿느냐?」(「요한복음」11:25-26)라는 귀에 익은 말씀을 음송할 때에는 눈물을 글썽거렸다. 이적 나열을 끝낸 선배는 눈을 감고 두 손을 모았다. 숙연한 분위기가 연출되었다. 별로 달갑지 않은 침묵이 잠깐 지속되었고, 곧이어 선배가 고개를 들어 입을 열었다.

「잘 들었을 줄 안다. 예수의 이적 은사는 상상을 초월한다. 예수님은 그걸 내세우려고 하시진 않았어. 믿음이 없는 자들을 위해 보여주신 것일 따름이야. 믿음 위에 선 신자는 신비한 현상에 혹해서 예수님을 믿는 게 아니야. 우리 신자가 믿는 것은 예수님이 우리의 죄를 사하고자 십자가에 못 박혀 죽으셨고, 또한 당신이 하나님의 아들임을 부활을 통해 생생히 보여주셨다는 것이지. 우리는 독생자 예수님에게 속죄해 구원을 받아야 하는 거야. 우리는 애초에 기적 은사를 바라지 않았어. 하지만 감사하게도 반석교회에서 생긴 성흔 은총은 예수님의 계시임에 틀림없어. 나는 반석 교회에 더 많은 신도가 찾아오길 바라는 하나님의 뜻이라고 본다. 물론 반석 교회에서 떨어져 나간 형제자매님들도 다시 돌아와야겠지.」

옆에 있던 승훈이 거들었다.

「내가 대학원 진학을 한 학기 미루고 제주에 내려온 이유도 그것 때문이야. 성흔 은사로 보여준 하나님의 계시대로 예전의 교회 식구들을 다 반석교회로 인도하고 싶었어. 원영아, 이번 기회에 네가 예전처럼 교회에 다니길 바라.」

다소 위압감이 들었다. 예상을 못한 건 아니지만, 점점 두 사람이 나를 압도해나갔다. 갑자기 내가 목소리를 높였다.

「예수님의 이적은 언제 들어도 감동적입니다. 다만 이천 년 전 너머의 일이니 그런 일이 실제 일어났는지 아니면 비유적인 일인지 확인할 길이 없어서 유감이에요. 내가 그 시대에 있었다면 좋겠다는 생각이 듭니다. 만약 내가 그 이적의 현장에 있었더라면 신의 아들 예수님에 대한 믿음을 갖고 그의 품속으로 들어갔을 거예요. 하나, 지금은 완전 상황이 달라요. 종잇조각에서 전해지는 이야기일 따름이에요. 전 성경을 완벽한 텍스트라 보지 않아요. 역사적으로 어떤 과정을 거쳐서 지금의 성경이 정전화되었는지 말하지 않아도 잘 아실 테지요. 일례로 성경에서 배제된 나그함마디의 문서의 하나인 『도마복음』을 잘 아실 겁니다. 물론, 위경이라고 주장하겠지만 여기에는 또 다른 예수의 면모가 그려지고 있어요. 이렇게 배제된 성경들 즉 외경이 숱하게 많다는 걸 삼척동자도 다 아는 사실입니다. 우리는 성경에 쓰인 글귀를 곧이곧대로 믿고 따르기보다는 그 의미를 다각도로 분석하고 해석해야 한다고 봐요. 그런 의미에서 반석 교회에서 생긴 성흔 발현도 그 결과를 놓고 그대로 떠받들기보다는 그 진실 규명과 그 의미에 대한 천착이 신중하게 뒤따라야 한다고 보고 있어요. 그렇지 않을 경우, 미몽과 맹목에 사로잡힌 중세 기독교의 악몽이 반석 교회에 재현되고 말 거예요. 당장은 신도 수가 늘어나고, 기도의 열기가 더해질지 모르지만 앞으로 어떤 비극이 벌어질지 아무도 예단할 수 없어요. 그러니 제발 냉정을 되찾고요, 딱 눈감고 불 주사 맞듯이 성혈 검사해보자구요. 왜 자꾸 성혈 검사를 회피하세요? 정말 성령의 계시라면 떳떳하게 만방에 공개하면 다 끝나는 일이잖아요? 저와 찬형 선배가 반석 교회와 신도가 잘되길 바라는 마음에서 이러는 것 잘 아시죠?」

요섭 선배와 승훈이 말없이 나를 물끄러미 쳐다보았다. 요섭 선배가 긴 한숨을 내쉬고 나서 승훈에게 고개를 돌렸다. 승훈을 바라 보고 나서 다시 내 쪽으로 시선을 던졌다. 요섭 선배가 입을 열었다.

「힘들구나, 원영아. 너나 우리 모두 반석 교회 잘되게 하려는 건데, 그 과정이 달라도 너무 다르구나. 지금 말하지만, 네 말대로 성혈 검사하는 것 강 목사님이 고민을 안했던 건 아니야. 언론과 방송 보도가 나가면서 제주노회 쪽에서 심각하게 진실 규명을 요구해 오자 그 성혈 검사를 해야 할 필요성을 느꼈어. 근데 말이야 그게 말같이 쉬운 일이 아니야. 검사를 한다고 해도 그 성혈의 혈액형이 무엇으로 나와야 하느냐는 문제가 있어. 제주노회에서는 혈액형이 AB형으로 나와야 한다는 거야. 우리 반석 교회에서도 알아본 바가 그랬어. 근데 박 형제님 성혈이 그 혈액형으로 나오면 다행이지만 만약 그렇지 않으면 어떻게 되느냐는 거야. 모두가 인정하듯이 박 형제님의 몸에서 오상 성흔이 생기면서 피가 나오는 건 명명백백한 사실인데, 그 피가 AB형이 아니라고 해서 성흔 은총이 가짜라라는 법이 없다는 거지. 반드시 혈액형이 AB로 나와야만 예수의 오상 성흔이라는 법규가 없다는 거야. 그 혈액형이 나오지 않고 박 형제님의 혈액형의 피가 나오게 되면 성흔이 아니라고 볼 수 없어. 게다가 만약 혈액형 AB의 피도 아니고 박 형제님의 피도 아닌 제3의 것이 나오면 어떻게 되느냐는 거야. 이렇게 될 경우, 노회 측과 반석 교회의 일부 신도들이 거세게 이단적인 현상으로 몰아 부칠 것을 우려하지 않을 수 없지. 이렇게 해서, 강 목사님은 장로와의 회의 끝에 성흔 검사를 안 하는 쪽으로 결정내린 거야.」

「제주노회 쪽에서도 받아들이던가요?」

선배가 고개를 끄덕였다.

「당연하지. 그래서 지금까지 아무렇지 않게 지내고 있잖아.」

이상한 일이었다. 강 목사 문제로 반석 교회를 예의 주시하는 제주 노회에서 이 사안을 방관한다는 게 이해하기 힘들었다. 더욱 다그쳐서 엄정하게 성흔의 진실을 규명하는 데에 앞장서야 할 거로 보였던 제주 노회, 현실은 그렇지 않았다. 머릿속으로 강 목사의 얼굴이 스쳤다. 이와 함께 「하나님의 나라가 가까이 왔으니 회개하고 복음을 믿으라.」고 하는 위선적인 설교 음성이 귀속에 메아리쳤다.

2부

호루스의 눈 혹은 피라미드 전시안

1

고향에 내려온 후 두 번의 주일을 보냈다. 온 신경이 주일 예배에서 박철수 형제님이 보여주는 성흔 은총에 집중된 탓인지, 시간 단위가 주일 그러니까 일요일을 중심으로 흘러가고 있었다. 처음 주일은 찬형 선배와 함께 반석 교회를 찾았지만 두 번째 주일은 일부러 예배를 가지 않았다.「가능하면 주일 예배에 참석해 한번이라도 더 오상 성흔을 경험함으로써 그 진실에 다가갈 수 있다고 본다. 물론, 그와 별개로 성혈 검사를 해야겠지만 말이야.」이렇듯 찬형 선배가 나에게 예배에 함께 참석하자고 재차 설득했지만 나는 일부러 거부했다. 오래 전에 교회를 떠난 내가 오상 성흔의 기세에 눌려 다시 하나님 앞에 무릎 꿇게 되는 현실을 그대로 받아들일 수만은 없었다.

다음날 월요일에는 약속이 있었다. 점심시간이 막 지난 시간에 제주 YMCA 입구에 들어섰다. 제주 Y 옆에는 영주 제일 교회가 있었다. 제주 Y는 역사가 오래된 영주 제일교회의 부설 기관이었다. 제주 Y 건물은 외벽이 화강암이어서 고풍스러운 분위기를 간직했다. 사무실로 향해 걸음을 옮겼다. 안쪽 마당으로 들어오니 희미하게 기억이 되살아났다. 왼쪽에는 강당이, 오른 쪽에는 사무실이 있었다. 사무실에 들어서니, 여 직원이 십 분 후에 간사님이 오신다고 했다. 창가 쪽 의자에 앉았다. 강당 쪽에서 마당극 연습을 하는지 덩기덕 쿵 따라라 장구 소리와 함께 얼씨구 추임새 소리가 흥겹게 들려왔다.

고등학교 때 독서모임 참가하러 YMCA를 들락거리다가 마당극을 하는 대학생에게 장구를 배운 적이 있었다. 보통의 고등학생들이 멋으로 기타를 배울 때 나는 장구에 도전을 했다. 장구는 쉽사리 배울 수 있는 악기가 아니었다. 장구 치는 법을 제대로 익히지 못했지만 대신 예상 밖의 소득이 있었다. 대학생들에게서 소위 금서, 불온서적 목록을 전수받은 것이다. 이로부터 마치 성애물에 빠지듯이 흥분과 열정 속에서 한 권 한 권 탐독해 나갔다. 지금은 일일이 다 기억할 수 없고 또 그 가치와 의미를 회의적으로 보는 것도 있지만, 제주 출신으로서 빼놓을 수 없는 게 『순이 삼촌』이다. 이 책은 지금이야 대놓고 펼쳐볼 수 있지만 당시에는 폭도와 동격인 좌익용공, 빨갱이, 국가 전복세력 같은 섬뜩한 누명을 들을 각오로 책을 읽어야 했다. 기어코 나는 그쪽으로 들어섰고, 내 고등학교 시절은 감당할 수 없는 사회과학의 논리로 도배되고 말았다. 내 두뇌는 지배와 피지배, 억압과 저항, 자본가와 노동자(민중)이라는 이분법으로 금을 짓게 되었다. 물론 십여 년 흐른 지금은 그 이

분법에서 어느 정도 자유로워졌다. 그 여유의 공간에 시심이 들어선 건 아닐까?

커피를 다 마셨을 때, 귀에 익은 음성이 들렸다. 그와 함께 통통한 체구의 오십대 중반 남성이 다가와 손을 내밀었다.

「원영이, 반갑네.」

「오랜만입니다. 양 간사님.」

그의 목에는 Y자가 그려진 목걸이가 걸려 있었다. 그가 재킷 안에 입은 티 역시 YMCA 문구가 새겨져 있었다. 그가 싱긋 웃으며 내 앞에 앉았다.

「그동안 잘 지냈어? 참, 자네 소식 최찬형 시인에게서 들었었어. 시를 쓴다는데 잘 안되나 보지?」

「그 얘기를 하던가요?」

「최 시인이 자네에 대해서 내가 묻지 않은 것도 다 말해 주더라고. 그러고 보니 자네 나한테 시를 써서 보여줬던 거 기억하나?」

양 간사가 내 두 눈을 응시했다. 순간적으로 머리가 환해졌다. 영화의 한 장면처럼 기억이 펼쳐졌다. 고등학교 백일장 때 교육 현장을 비판하는 시를 쓴 게 문제가 되어 교무실에 불려가 혼이 났다. 곧바로 무단 조퇴를 한 후 Y 회관으로 향했다. 사무실에 있던 양 간사는 검정색 커버의 영인본 C 계간지를 보고 있었다. 나는 그에게 다가가 시가 적힌 16절지를 건네며 울분을 감추지 못했다. 그는 책에서 고개를 들고 관심어린 표정으로 그것을 읽어내려 갔었다.

「그걸 기억하시는군요. 그때 시라면 시라고 볼 수도 없는 조잡한 것일 뿐인데요.」

「난 좋던데. 교육계의 현실에 대한 비판과 풍자, 그거 아무나 쓸 수 있는 거 아니지. 그때가 80년대 중반이었으니, 참으로 대담한 시였어. 내가 그 시를 보고서 뭐랬는지 기억나나? 이것 어디 가서 공개하지 마라, 이 말 했었지. 지금이야 전교조가 만들어지고, 교육계 비판과 개선의 목소리가 자유롭게 나오지만 그때 상황이 아주 달랐어. 내 주변에만 해도 해직된 교사가 대 여섯 명이나 돼.」

「기억이 납니다. 그걸 잊어버린 게 아니었어요. 그때와는 내 시가 다른 길을 가다 보니, 그 때 일이 희미해진 것 같습니다.」

「뭐? 다른 길?」

「현재로선 그렇습니다. 내 시는 그때와는 완전 달라요. 대학교에서 등단을 목적으로 시 습작을 하다 보니, 사회 비판의식과는 동떨어지게 되었지요. 서울 문단 혹은 신춘문예에서 통하는 시풍에서 한 치도 벗어나지 않고 매일 같이 답습했습니다. 이렇게 해도 치열한 경쟁률을 뚫고 공인 시인 자격증을 따기란 하늘에 별 따기입니다.」

「그래, 이제 자네도 기성세대의 썰물에 휩쓸려가는 건가? 난 자네의 예전 시가 참 좋던데. 그런 시를 계속 써도 좋은 시인이 될 수 있다고 봐. 제도 교육과 같은 제도 문학, 문단이라는 게 형성되어 있을 거라고 봐. 그게 자네를 옭죄고 있어 보이네. 물론 자네가 번듯하게 등단하는 걸 쌍수 들어 환영하는 바이지만, 예전의 그 매서운 비판의식을 잃지 말았음 해.」

2

—

십여 년 사이 나는 많이 변해 있었다. 십여 년 전 내 뇌리에는 '민중'이라는 단어가 떠나질 않았다. 그 당시 내가 접하던 사회과학 서적들에서는 민중이라는 단어가 들어간 제목을 심심치 않게 볼 수 있었다. 민중 문학, 민중 신학, 민중 미술, 민중예술, 민중 교육 등등. 하지만 현재 내 뇌리에는 '시'라는 단어가 자리 잡았다. 물론, 등단을 전제 조건으로 하는 시이지만 그나마 몇 년 사이 습작을 하지 못했다.

누군가 정색하고 내게 민중에서 시로 변하게 된 합리적인 이유를 들라고 하면 난 무어라 답할 수 있을까? 솔직히 내게 민중은 책을 통해 받아들인 극히 관념적인 낱말에 지나지 않았다고 고백하고 싶다. 중산층 가정에서 배고픔과 혹독한 노동을 겪어보지 않고 자란 나는, 민중의 삶을 뼈저리게 느낄 수 없었다. 87년, 다들 학교와 학원에서 입시 준비에 매달릴 때 제주시 관덕정에서 수많은 인파와 함께 무수히 터지던 최루탄에서 맞서 「독재타도, 민주쟁취」를 외쳤던 일, 그리고 대학 입학하던 92년, 민중이라는 단어의 울림이 가시지 않았던 때 농활에 참가하고 몇 번의 시위와 집회에 참가한 일. 아, 그리고 그해 대학신문 파업 때 '…가자' '…하자'는 구호 투의 시를 투고해 학생 회관에 내걸리던 일. 이것이 나의 민중 관련 투쟁 경력의 전부이다.

뒤늦은 대학 생활을 하던 나는 대학 오기 전에 김지하와 박노해, 신경림, 고은의 시를 보며 끼적이던 경험을 토대로 본격적으로 시 습작에 매진했다. 내가 시를 보는 단계에서 시를 끼적인 단계로 넘어가게 된 것은 고삼 때 폐결핵에 걸렸기 때문이었다. 기억을 더듬어보면 폐결핵에 걸려 피가래를 토할 때부터 노트 위에 시 비슷한 것을 적어나갔다. 창백한 백지 위에서의 발가벗은 나와의 만남은 늦은 밤과 새벽으로 줄곧 이어졌다. 그 일은 교회에서 무릎 꿇고 두 손 모으는 것에 맞먹는 경건한 체험이라고 해도 과장이 되지 않으리라. 그 경험을 되살려 대학 일 학년 때부터 시다운 시를 쓰기 시작했다. 등단이 문제였다. 보기 좋게 등단을 하고자 하는 욕망이 생기면서, C 출판사에 벗어나 다양한 시집을 섭렵해 나갔다. 시습작하는 사람치고 단 한 권도 가지지 않는다면 간첩 소리를 듣게 될 M 출판사 시집 소유도 늘려갔다. 그러면서 내 시가 제법 신춘문예 당선 시와 비슷하게 되어갔고, 매년 신춘문예에 응모했지만 한 번의 최종심과 두 번의 본심 진출을 끝으로 연이어 낙방의 고배를 마셨다. 이제 나는 시 등단이라는 돛대에 의지한 채 망망대해를 표류하는 조각배가 되고 말았다.

3

「요번 통화에서 말씀드린 대로 반석 교회 일로 상의하고 싶어서요.」

갑자기 화제를 돌리자, 양 간사가 멋쩍은 표정을 지었다.

「그래, 그 일 관심 많지. 그 일로 최 시인과 대화를 많이 나누었네.」

양 간사가 등받이에 붙였던 허리를 뗐다. 허리를 편 채로 팔짱을 끼었다.

「자넨 그것만 문제를 삼는 모양이지만 난 안 그래. 성흔 발현에다가 강 목사 비위 문제를 하나로 묶어서 보고 있어. 그게 왜냐하면….」

양 간사가 조금 뜸을 들이자 내가 끼어들었다.

「강 목사 비위가 최근에도 이어졌다는 걸 제주에 내려와서야 알게 됐습니다. 거참, 강 목사 대단한 사람입니다. 그러고도 버젓이 신도들에게 회개하라느니, 하늘나라가 가까이 왔다느니, 십일조 내라는 설교를 하잖습니까? 그것도 그렇지만 제주 노회에서는 왜 방관하는 겁니까?」

「침착하게나. 서둘러서는 그 둘의 문제를 파헤칠 수 없네. 대부분의 사람이 성흔 발현으로 요란법석하게 떠들고 있고, 극히 일부 사람들만 강 목사 비리 문제를 인지하고 있어. 일부 사람들 가운데 제주 노회가 포함되어 있는데, 제주 노회에서 작년 초에 반석 교회에서 성흔 발현이 생기면서부터 강 목사 문제를 유야무야 해버린 거야. 내가 노회 측 관계자에게 강 목사 비리 문제가 어떻게 됐느냐고 물었더니 석연치 않은 답을 하더라고. 노회의 반석 교회 특별감사위원회에서 강 목사 비리 건을 문제없음으로 조사 종료시켰다는 거야. 다른 사람이라면 모르지만 난 육지에서 제주 내려왔을 때 용마부락에서 한동안 살았네. 그래서 그 동네 소문에 정통해. 내가 접한 강 목사 비리는 백 프로 사실이야. 내가 주목하는 건 성흔 발현이 생기고 나서 제주 노회 측의 입장이 돌변했다는 걸세. 그 전만 해도 강 목사는 목사직 박탈은 물론이고 형사소송 당할 것 같은 분위기였어. 그게 성흔 발현으로 180도 확 달라져버린 거야. 그래서 성흔 발현과 강 목사 비리를 하나로 묶어서 보고 있네.」

양 간사가 용마부락에 살았었다는 사실은 그때 처음으로 알았다. 운동권 출신인 그가 다른 곳을 놔두고 피난민 동네에 내려와 산 것에는 특별한 이유가 있었다. 그곳에 살면서 빈민 운동을 전개해보고자 했다는 것이다. 하지만 시간이 흘러도 별 소득이 없을 때, 제주 YMCA에 간사 자리가 나자 현재의 일을 해왔다고 했다.

「처음부터 강재섭 목사가 그런 인간이었던 건 아닐세. 내가 용마부락에 들어와서 보니까, 그가 지역사회에 꽤 많은 봉사 활동을 하고 있었어. 그때만 해도 몸져누운 노인들과 형편 어려운 청소년들에게 많은 도움의 손길을 내밀었지. 이런 계기로 용마 부락 노인들과 청소년이 반석 교회에 신도가 되어갔어. 여기까지가 그의 모범적인 활동상이야. 그 다음부터가 문제네. 그 동기가 어떻게 됐건 사려분별력 떨어지는 할머니의 토지등기부동본을 교회 회계에서 누락된 채로 자기 이름으로 올려놓는 건 중대한 비위가 될 수밖에 없어. 강 목사는 이런 식이었어. 할머니가 좋은 일을 많이 하는 자신에게 특별히 증여했다, 새로운 교회 건물 건립에 사용하려고 따로 보관 중이었다, 할머니 이름을 내건 사회복지 기관을 세우기 위해 준비 중이었으며 자신에게 모든 걸 맡겼다. 다 허울 좋은 말일 뿐이지. 한 마디로 이건 범죄야. 그걸 강 목사가 모를 리 없지. 아마, 땅 문서 앞에서 그의 자제력이 허물어졌을 걸세.」

「그건 잘 아는 얘기입니다. 반석 교회 일을 잘 알고 있었군요. 그 문제도 할머니가 돌아가셔서 공중에 붕 떠버렸잖아요?」

「유감스럽게도 그렇게 됐지. 결정적으로 강 목사가 할머니에게서 토지를 개인적으로 위임받는다는 유서를 받아 놨더라구. 그래서 법적으로도 어떻게 할 도리가 없는 걸세. 강 목사, 그 인간이 할머니를 어떻게 구슬려서 그 유서를 작성했는지 안 봐도 뻔하지. 결국, 제주 노회에서는 성직자로서의 윤리적인 측면에서 강 목사 문제를 다루기로 했지만 눈치 빠른 강 목사가 모 기독교 사회복지 재단에 토지를 기부하면서 흐지부지되고 말았던 거야.」

잘 알고 있는 이야기였다. 다신 기억하기 싫은 강 목사의 모 할머니 토지 편취, 그리고 그의 교활한 임기응변. 양 간사는 그 후 일어난 강 목사의 비위에 대해서도 언급했다. 그에 따르면 두세 번 기부 받은 부동산을 빼돌린 일이 발생했다는 것이다. 양 간사는 확신에 차서 틀림없는 사실이라고 거듭 강조했다.

「그 정도 해두시죠. 내가 비록 지금은 반석 교회를 안 다니지만 예전에 반석 교회 고등부 신자였습니다. 그래서 남의 일 같지 않아 부끄럽고 또 분통이 터집니다. 대체, 지금 반석 교회의 신도들은 뭣하고 있는지, 다들 바보 멍텅구리인지 정말 답답하구요.」

속으로 분을 삭혔다. 반석 교회를 다니는 친구 석춘의 얼굴이 떠올랐다. 그가 강 목사의 비위를 모른 척 하고 있는 것은 아닌지 의심이 들었다.

잠깐의 정적을 깨고 내가 입을 열었다.

「그렇다면 성흔은 어떻게 보세요?」

양간사가 입맛을 다시고 나서 입을 열었다.

「성흔 발현, 그런 거 미신이라고 보네. 내가 YMCA 일을 하기는 해도 기독교 신자는 아니야. 대학 때 잠깐 교회 다닌 경력이 있어서 Y 간사 채용이 되는데 도움이 되긴 했지. 대학 때 함석헌의 퀘이커교에 관심이 많았어. 하지만 운동권으로 빠지면서 해방신학이다 민중 신학이다 하면서 신앙으로서의 기독교에 대한 열정이 시들시들해졌어. Y 회관 옆에 있는 영주 제일 교회에 내가 신자로 등록이 되어 있지만, 큰 행사가 있을 때만 가고 예배에는 잘 참석하지 않아. 지금의 나는 유물론자야. 분명히 말하지만, 신이라는 거다 공허한 관념이자 추상으로 보네. 더욱이 성흔 발현이 원래 천주교에서 유명한 거잖아. 근데 그게 기독교 교회에서 나타났다는 것도 어딘가 의심쩍을 뿐만 아니라 성혈이 정말 예수 그리스도의 것인지 밝혀지지도 않았어. 설령 오상 성흔이 생겼다 하더라도 그건 심리적인 원인에 의해 생긴 것으로 보네. 그걸 강 목사가 뻥튀기하는 거야. 한마디로 사기네. 지성인이라면 절대, 그런 것에 현혹되어서는 안 되네.」

듣고 있던 내가 말했다.

「그럴 개연성이 없는 건 아니죠. 저도 동의하지만 그렇지 않을 가능성도 없지 않아요. 간사님은 유물론에 입각해서 바라보니까 그런 결론에 도달할 수밖에 없다고 봅니다. 찬형 선배, 그러니까 최찬형 시인의 경우는 성혈 검사를 기다려보자는 입장입니다. 찬형 선배는 초월적인 신의 존재와 그 임재성을 깡그리 부정하지는 않아요. 저도 솔직히 그쪽으로 기울어진 상태고요.」

양 간사가 의자 손잡이에 손을 툭 쳤다.

「하하, 자네까지 왜 이러나? 명색이 Y 고등부 독서 서클에서 다져진 냉철한 비판의식이 사라져버렸나?」

내가 머뭇거리자 양 간사가 말을 이었다.

「아까도 말했듯이 난 기독교 신자가 아니야. 근데 기독교 단체에서 활동가로 일하는 몸으로서 최소한 기독교 신자가 아니면 왜 아닌지를 합리적으로 설명할 수 있어야 하겠지. 내겐 그럴 만한 충분한 근거가 있네.」

4

「한때 나는 예수를 민중의 대변자로서 지배체제에 맞섰던 나사렛의 한 청년으로 보았어. 그런데 지금은 이 생각이 틀렸다고 보고 있네. 예수가 역사적 실존 인물이 아니라, 가공된 픽션이라고 봐. 오늘날 산타의 존재를 믿는 어른이 없지만, 아이들은 그가 실재한다고 꿈꾸지. 예수 또한 산타처럼 가공된 인물이지만 오늘날 어른과 아이 모두가 실재한다고 믿고 있는 거야. 애초에 예수 신화는 신약 편집자들에 의해 기독교의 교리와 가르침을 이교도와 초심 신자들에게 쉽게 전도할 목적으로 만들어졌어. 하지만 기독교 교단의 역사 날조에 의해 기독교 신자들은 산타의 존재를 믿는 아이처럼 예수를 실존 인물로 꿈꾸게 된 걸세.」

「예수가 산타클로스처럼 가공의 인물이란 말씀인가요?」

「그래.」

그 이야기를 들었을 때, 다소 어의가 없었다. 예수가 불제자였다는 속설을 뛰어넘은 것이어서 선뜻 받아들이기 어려웠다.

「그래서, 간사님은 예수를 떠받는 기독교 신자일 필요가 없겠군요. 좋아요. 그 근거를 대보십시오.」

궁금해졌다. 양 간사가 어설프게 그런 허황된 주장을 할 인물이 아니었기 때문이다. 그는 잠깐 기다리라며 자신의 책상으로 가서 무언가를 들고 이쪽으로 걸어왔다. 문서 파일이었다. 그는 자신의 손에 든 그것을 펼치면서 자리에 와 앉았다. 그러곤 나에게 그것을 건넸다.

「맨 첫 장을 읽어보게. 내가 갖고 있던 자료일세. 자네가 몇 년간 교회를 다녔다면 이게 무엇을 의미하는지 이해하고도 남을 걸세.」

그가 허리고 펴고 다리를 꼬았다. 무언가 흥미로운 일을 기대하는 듯한 표정을 지었다. 문서 파일의 비닐 안에는 출력된 A4 용지 여러 장이 호치키스로 철이 되어 있었다. 첫 장의 글은 예수 탄생을 찬송하는 시처럼 보였다. A4 용지 철을 꺼내 천천히 읽어 내려갔다.

그분이 태어나셨네! 그분이 나셨네! 어서 와서 찬미하라!
생명을 주시는 어머니들, 그분을 잉태한 어머니들이여.
새벽을 밝히는 하늘의 별들이여
아침의 별, 오, 그 조상들이여
여자들과 남자들이여, 어서 와서 찬미하라!
아기가 밤에 나셨네.

그분이 태어나셨네! 그분이 나셨네! 어서 와서 찬미하라!
다우트*에 사는 자들이여, 기뻐하라.
하늘의 신들이여, 가까이 와서 그분을 보라
지상의 인간들이여, 어서 와서 찬미하라!
그분 앞에서 절하고, 그분 앞에서 무릎을 꿇어라
왕이여 밤에 나셨네.

그분이 태어나셨네! 그분이 나셨네! 어서 와서 찬미하라!
빛나며 변하는 달님처럼 어리네
하늘 위로 그분의 발자취가 퍼지네
별들은 쉬지 않고 별들은 지지 않네
하느님이 몸소 잉태시킨 아기를 경배하라!
하늘과 땅이여, 어서 와서 찬미하라!
그분 앞에서 절하고, 그분 앞에서 무릎을 꿇어라!
그분을 경배하고 찬미하라, 그분 앞에 엎드려라!
하느님이 밤에 나셨네.

* 고대 이집트 신화에 나오는 지하 세계로, 죽은 자들이 불멸의 삶을 얻게 되는 곳.

다 읽어 내려간 후 마지막 부분 '다우트'에 대한 주석을 보았다. 예상 밖이었다. 이에 따르면 위의 시는 결코 예수 탄생에 대한 시가 될 수 없었다. 유일신 하느님을 경배하는 기독교에서 이교도의 신화를 포용한다는 건 모순이기 때문이다. 내가 고개를 들어 양 간사의 얼굴을 쳐다보았다. 그가 싱긋 웃음을 띠웠다. 내가 의아스러운 표정으로 물었다.

「대체 이건 뭡니까? 예수 탄생을 경배하는 시를 닮았기는 한데 절대 그럴 수가 없지 않습니까?」

「잘 보았네. 이건 이집트에서 전해지는 종교시야. 내가 종교와 신화 관련 책을 보다가 찾은 거지. 이 시를 보면 알겠지만 예수 탄생을 경배하는 내용이 신약의 그것과 유사하지 않는가? 놀랍게도 이 종교시는 예수가 탄생하기 수 천 년 전에서부터 내려져 오는 거라네. 이걸 놓고 보면, 예수 탄생은 고대 이집트 신화를 모방했다는 의심을 품을 수밖에 없어. 물론 이것 하나만이 아닐세. 예수가 탄생한 곳도 외양간이 아니라 동굴이야. 신약의 '외양간(stable)'은 본래 그리스어로 카탈렘나(katalemna)로 움막이나 동굴을 뜻하는데, 실제로 초기 기독교에서도 예수가 동굴에서 태어났다고 전해지고 있어. 이것 또한 마찬가질세. 로마에 번성했던 미트라교의 미트라 신은 동굴에서 태어났고, 제우스와 디오니소스 또한 동굴에서 태어났다네. 결국, 예수 탄생이 이것의 영향을 받은 것으로밖에 볼 수 없네. 예수가 탄생한 12월 25일 또한 이천여 년 전에는 동지였어. 동지는 밤이 가장 긴 날로 이로부터 낮이 점차 길어지는데 이는 곧 태양 곧 미트란 신의 탄생을 상징하지. 이로써 예수 신화가 미트라 신화를 차용했다고 볼 수 있지. 그런데 수천여 년이 지나면서 분점세차로 인해, 동지는 지금처럼 12월 22일경으로 옮겨졌다네. 그 때문에 이는 매우 중요한 사실임에도 불구하고 많은 사람이 간과하게 되었다네. 또 있네. 숫처녀가 예수를 낳고 또 동방박사 세 명이 찾아와 경배를 드렸다는 것도 인도의 크리슈나 신화와 유사하네. 처녀 데바키가 우리 모두의 어머니가 될 것이라고 은자승이 예언을 했고, 데바키가 크리슈나를 낳을 때 은자승이 자리를 함께했지. 아, 그리고 크리슈나(Krishna)와 크리스트(Christ) 이름이 비슷하지 않나? 실제로 어느 신화학자는 크리스트가 크리슈나에서 차용되었다고 보고 이 둘의 유사점 수백 개를 거론하기도 한다네. 가령… 」

양간사가 술술 이야기를 풀어나갈 때, 끼어들었다.

「흥미로운 말씀 잘 들었습니다만 이것만으론 예수가 허구의 인물 곧 산타라고 볼 수 있는 충분한 근거가 되지 못하죠. 예수 이야기가 근동과 인도의 신화에서 차용됐다 하더라도 실존 인물을 전제로 한 것일 수 있기 때문이죠. 내 생각에는 실존 인물로서의 예수가 있었고, 바로 그가 두 발로 걸어서 인도에 가서 불교 수행을 했다고 봐요. 그래서 예수 신화가 부처 신화 더 거슬러 올라가 힌두교 신화와 유사할 뿐만 아니라 근동의 여러 신화로 채색되었다고 봐요.」

양간사가 꼬았던 오른쪽 다리를 풀어 놓고, 그 위에 왼쪽 다리를 꼬았다. 그의 표정을 보니, 좀 전과 달리 사뭇 진지했다.

「이제 그 부분에 대해 말할 차롄가 보네. 내 주변에는 시민 활동하는 기독교 대학생이 많이 있어. 그 생각 있다는 몇몇 대학생들조차 이 부분에 대해서는 난색을 표하고 말더라고. 예수신화가 근동과 인도의 여러 신화를 모방했다는 주장에 대해 그럴 수도 있겠다고 인정하지만, 예수가 실존 인물이 아니라는 주장에 대해서는 일절 논의하고 싶어 하질 않아. 그들 가슴에 뿌리박힌 신앙 때문이지. 이제 그 부분에 대해 말해보겠네. 먼저 짚고 넘어가야 할 게 예수가 살았던 로마 시대가 비약적으로 문명이 발달해 수많은 비유대인의 저작물이 나왔지만 이상하게도 예수의 기록을 찾아보기 힘들다는 점이야. 예외가 몇 있기는 해. 수에토니우스의 기록에 '크리스토스(Christos)'가 나오는데 이는 메시아의 그리스어로, 그 당시에는 곳곳에서 유대를 해방시킨다는 다수의 메시아가 출현해 활동했다는 것을 감안하면 실제 예수 그리스도라고 볼 수 있는 근거가 희박하네. 또한, 그리스도를 언급한 역사가 타키투스의 『연대기』는 그 당시 본디오 빌라도가 사령관이었음에도 불구하고 총독으로 적고 있음에 비추어 볼 때, 역사적 기록으로서의 신빙성이 떨어지네. 후대에 누군가 가필하면서 착오를 일으켰겠지. 여기다가 본디오 빌라도에 대한 글을 남긴 유대인 작가 필론조차 전혀 예수에 대한 글을 남기지 않고 있어. 왜, 이런 일이 벌어졌을까?」

내가 희미한 기억을 되살려 질문을 던졌다.

「메시아를 뜻하는 크리스토스의 경우 우리나라의 역사에도 유사한 예가 있죠. 난세에 미륵불이니, 정도령이니 하는 메시아가 수없이 출현했다고 기록되어 있죠. 특히나 제국주의 침탈을 받던 구한말에는 여러 신흥 종교의 창시자가 메시아로 떠받들어졌지요. 동학의 최제우, 증산도의 강증산, 원불교의 박중빈이 그 예입니다. 그런데 기독교의 크리스토스는 일반 명사 메시아와 다른 걸로 알고 있습니다. 실존 인물로서의 유일자 예수에 대한 역사 기록이 있다고 알고 있어요. 설마 이 천년 동안 역사 기록물 하나 없는 예수를 전 세계 곳곳에서 신으로 믿었겠습니까? 역사 기록물이 분명 있었겠죠.」

「좋은 얘기 했네. 플라비우스 요세푸스의 『유대 전쟁사』에 그 기록이 있네. 학자들은 이를 '플라비우스의 증언(Testimonium Flavianum)'이라고 일컫지. 이건 기독교에서 역사적 예수를 입증하는 데 자주 거론하는 유명한 글이니까 이 글을 보고나서 이야기를 계속 함세.」

그러곤 그가 다음 장을 펼치라고 했다. 천천히 펼쳐 읽어 내려갔다.

이 무렵 예수가 살았다. 그는 현명한 인간이었다. 그를 인간이라고 부를 수 있다면 말이다. 그는 놀라운 업적을 이루었으며, 새로움을 열망하는 사람들의 교사였기 때문이다. 그는 많은 유대인과 많은 그리스인을 감화시켰다. 그는 메시아였다. 우리 사회의 요인들이 그를 고발한 탓에 빌라도가 그를 십자가형에 처했을 때에도, 처음부터 그를 사랑한 사람들은 결코 그에 대한 사랑을 버리지 않았다. 거룩한 예언자들이 미리 말했듯이, 그리고 그가 이미 수많은 기적을 일으켰듯이, 사흘째 되는 날 그는 다시 살아나서 그들 앞에 나타났다. 그리고 그의 이름을 따서 그리스도교인이라고 부르는 무리가 이날까지도 사라지지 않았다.

언뜻 보기에 이 글은 역사적 존재로서의 예수를 입증하기에 충분해 보였다. 고개를 들어 양 간사의 얼굴을 바라보았다. 여유 있는 표정으로 내 반응을 기다렸다.

「이것 하나로 결판난 걸로 보이는데요. 굳이 양 간사님에게 불리한 글을 보여주신 이유가 있습니까?」

「일면적으로 보면 그렇지만 문헌학적, 역사학적으로 연구해보면 전혀 그렇지 않네. 이 글을 쓴 요세푸스는 본래 친로마파 유대인이었기에 예수며 메시아를 전혀 믿지 않았다네. 이에 대해서는 오리게네스가 남긴 글이 확고히 보증하고 있다네. 실제로 요세푸스는 자신의 글에서 그러한 입장을 지키고 있으며 더 나아가 이 세계의 왕은 로마 황제 베스파시아누스로 예언되었다고 보았네. 그런 그가 어째서 자신의 입장과 배치되는 글을 남겼는지 의구심을 일으킬 수밖에 없지. 놀랍게도 학자들이 꼼꼼히 살펴본 결과 본래의 문체와 이 글의 문체가 다르다는 것을 밝혀냈어. 이 글은 후대에 예수가 실재했다는 것을 증언하는 자료로 삼기 위해 가필된 것으로 볼 수 있어. 추가로 말하면, 요세푸스의 기록에 나오는 히브리어 예수(Yeshu)라는 이름은 그 당시 흔한 이름이어서 그 이름을 가진 자가 많았다고 하네.」

어느 정도 설득력 있는 말이었다. 이에 대한 반증 또한 만만치 않으리라는 생각이 들었다. 따라서 선불리 한쪽 견해에 휩쓸릴 이유가 없었다. 여러 책을 살펴보고 신중히 판단하면 저절로 어느 한쪽으로 무게 중심이 쏠릴 수 있을 터였다. 시간이 필요한 일이었다.

양간사가 잠깐 말을 끊을 때 내가 입을 열었다.

「간사님은 예수에 대한 여러 기록이 후대에 가필, 조작되었다고 주장하는데요. 그게 간사님의 아킬레스 건으로 보입니다. 왜냐하면, 가필이 아닌 사실(史實)이라는 것 또한 손바닥 뒤집기처럼 쉽게 입증할 수 있는 근거를 내놓을 수 있어 보이기 때문입니다. 잘은 몰라도, 수천 년 동안 굳건하게 이어져온 기독교가 그 일을 잘 해왔으리라 봅니다.」

듣고 있던 양간사가 집게손가락을 세웠다.

「좋은 지적이야, 역시 날카롭네. 가필, 위조가 이제 초점이 된 것 같네. 암 그래야 하구 말구. 사실, 이건 내가 바라던 거야. 이에 대해서는 순수하게 성경을 통해 설명해줄 수 있어. 성경의 오류에 근거에 가필, 위조가 한낱 주장에 불과하지 않고, 대대적인 기독교의 기획임이 드러날 걸세.」

그 말은 이때까지의 다른 말과 달리 가슴을 뛰게 했다.

5

여기서 양 간사가 언급한 것을 일일이 모두 밝히는 것은 그리 유익한 일이 되지 않는다고 본다. 양 간사의 주장에 따르면, 정말 성경이 가필과 위조로 뒤범벅되어 있는 것으로 볼 수 있을 것이다. 하지만 그것에 대해 성경학자들이 내놓은 주장 또한 가벼이 흘릴 수도 없다. 설령 역사적으로 성경이 편집, 가필이 되면서 오류로 보이는 게 생기더라도 그것으로 역사적 실존 인물로서의 예수를 전적으로 부정하지는 못하리라. 또한, 나는 내 관점대로 역사적 예수의 실존에 대한 고집이 있었다.

여기서는 그날 양간사가 말한 것 가운데 몇 가지 기억나는 것을 언급해보기로 한다. 양 간사는 「마태복음」과 「누가복음」의 두 족보가 서로 상이한데 설령 전자가 요셉 가계를, 후자가 마리아 가계를 다른 중심으로 기술했다 해도 「누가복음」 족보가 「창세기」의

족보와 불일치하다고 피력했다.* 셈에서 아브람(아브라함)의 「창세기」와 「누가복음」의 족보를 정리하면 다음과 같다. 그런데 「누가복음」의 세 번째 인물 가니안이 「창세기」에는 없다!

셈-아르박삿-셀라-에벨-벨렉-르우-스룩-나홀-데라-아브람(아브라함)

-「창세기」(11:10-26)

셈-아박삿(아르박삿)-가이난-살라(셀라)-헤버(에벨)-벨렉-르우-

---

*「창세기」(11:10-26)

10. 셈의 족보는 이러합니다. 셈은 홍수 후 2년 뒤인 100세에 아르박삿을 낳았습니다.
11. 셈은 아르박삿을 낳은 후 500년을 더 살면서 다른 자녀들을 낳았습니다.
12. 아르박삿은 35세에 셀라를 낳았고
13. 셀라를 낳은 후 403년을 더 살면서 다른 자녀들을 낳았습니다.
14. 셀라는 30세에 에벨을 낳았고
15. 에벨을 낳은 후 403년을 더 살면서 다른 자녀들을 낳았습니다.
16. 에벨은 34세에 벨렉을 낳았고
17. 벨렉을 낳은 후 430년을 더 살면서 다른 자녀들을 낳았습니다.
18. 벨렉은 30세에 르우를 낳았고
19. 르우를 낳은 후 209년을 더 살면서 다른 자녀들을 낳았습니다.
20. 르우는 32세에 스룩을 낳았고
21. 스룩을 낳은 후 207년을 더 살면서 다른 자녀들을 낳았습니다.
22. 스룩은 30세에 나홀을 낳았고
23. 나홀을 낳은 후 200년을 더 살면서 다른 자녀들을 낳았습니다.
24. 나홀은 29세에 데라를 낳았고
25. 데라를 낳은 후 119년을 더 살면서 다른 자녀들을 낳았습니다.
26. 데라는 70세에 아브람, 나홀, 하란을 낳았습니다.

「누가복음」(3:34-36)

34. 유다는 야곱의 아들이고 야곱은 이삭의 아들이고 이삭은 아브라함의 아들이고 아브라함은 데라의 아들이고 데라는 나홀의 아들입니다.
35. 나홀은 스룩의 아들이고 스룩은 르우의 아들이고 르우는 벨렉의 아들이고 벨렉은 에벨의 아들이고 에벨은 살라의 아들입니다.
36. 살라는 가이난의 아들이고 가이난은 아박삿의 아들이고 아박삿은 셈의 아들이고 셈은 노아의 아들이고 노아는 레멕의 아들입니다.

스룩-나홀-데라-아브람(아브라함)

- 「누가복음」(3:34-36)

여기다가 그는 예수에 대한 행적에 대해 「마가복음」, 「요한복음」, 「누가복음」이 각기 상이하게 기록한 게 적지 않다고 했다. 결정적으로 그는 「마태복음」(12:40)의 다음 구절을 내 앞에서 읊으면서 「예수가 금요일에 죽었고 일요일 오전에 살아났으니 예수가 죽은 지 이틀이지 어째서 사흘로 기록되었느냐 말이야.」라고 역설했다.

요나가 3일 밤낮을 큰 물고기 뱃속에 있었던 것처럼 인자도 3일 밤낮을 땅속에 있을 것이다.

그날, 양간사와 헤어지고 나서 한동안 성경의 오류에 대한 생각으로 머리가 뒤죽박죽이 되었다. 돌이켜 생각해보면, 내가 고등학교 때 성경을 공부하다가 이건 왜 이러냐, 저건 또 왜 저러냐며 따졌던 것 가운데 양 간사의 성경 오류에 대한 지적과 겹치는 것도 있었다. 나는 교회를 떠난 후 시간이 흐르면서 그런 문제를 많이 잊어버렸다. 양 간사는 기독교 계열의 단체에 몸담고 있다 보니, 꾸준히 그 문제에 천착해온 것 같았다. 그 결과 그는 명백한 무신론자의 입지를 다질 수 있었을 것이다. 또한 이에 근거해, 반석 교회에서 발생하는 성흔 발현을 여지없이 사기라고 단정 지을 수 있었을 것이다.

6

「양 간사님의 기독교에 대한 관점이 과격한 것 같던데요.」

다음날, 찬형 선배의 문학잡지 사무실이었다.

「전엔 안 그랬었나?」

찬형 선배가 물었다.

「전엔 글쎄… 그런 쪽으로는 전혀 얘기해본 일이 없는 것 같아요. 오래 전에 양 간사가 성경을 들춰보는 모습이 기억날 뿐입니다.」

「그 분도 많이 변하셨나보네. 너와 내가 교회를 떠나버리게 된 것처럼 그분도 그분 나름의 계기가 있었을 거야. 기독교가 고대의 여러 신화를 차용했다는 건 어느 정도 설득력이 있어. 이 점은 나 역시 동감하고 있어. 근데 결정적으로 양 간사는 성경의 오류론에 근거해 예수를 부정한단 말이야. 어쩌면, 양 간사가 무신론적으로 갈 수밖에 없는 또 다른 이유가 있었겠지.」

속으로 생각해보았다. 어쩌면 현실의 기독교가 예수가 설파한 사랑을 제대로 실천하지 못하고 있기 때문이 아닐까? 또한, 회개와 천국 그리고 이에 대한 보증금으로 둔갑한 십일조로 저들만의 왕국을 구축하고 있기 때문이 아닐까? 야구장만한 교회, 80만 명에 가까운 신도수를 자랑하는 세계 최대의 교회, 서울 밤하늘에 무수히 번쩍거리는 십자가들, 하지만 그늘진 곳에서 살아가는 사람의 삶은 크게 변한 게 없어 보였다. 시민 활동가인 양 간사가 이걸 모를 리 없을 터였다.

「너도 양 간사님 쪽으로 기울진 건 아니었나?」

선배가 담배를 한 대 물고 말했다.

「예수를 유물론적으로 접근해 그를 혁명가로 보는 건 익히 알고 있지만, 예수라는 인물 자체가 허구라는 건 금시초문이에요. 양 간사님의 말을 듣고 보니, 어느 정도 개연성이 있더라구요. 그렇다고 심정적으로 그쪽으로 완전히 동의하는 건 아니에요. 전 아직도 신을 찾고 있어요.」

「내 기억으로는 전에 예수가 인도로 갔다는 둥 예수가 불제자였다는 둥 엉뚱한 소리를 한 걸로 아는데. 안 그래?」

내가 살짝 미소를 지었다.

「전 여전히 그럴 가능성이 있다고 보고 있어요. 예수가 인도에 가서 불제자가 되었다는 건 성경에 근거해서도 충분히 추정할 수 있기 때문입니다. 실은, 양 간사님이 예수는 가공의 인물이라고 열변을 토할 때 전 저 나름의 논리로 반박할 수도 있었어요. 전 예수를 실존 인물로 보는 입장이니까요. 하지만, 양 간사의 주장도 어느 정도 설득력이 있어서 듣기만 했어요. 그걸 참고하면서 내 입장을 좀 더 가다듬어 보고자 했죠. 분명한 건 성경은 근동의 신화, 전설, 종교를 여러 모로 차용했다는 점이에요. 양 간사님의 얘기를 통해 그걸 다시금 확인한 것으로 만족했죠. 하지만 다시금 말하지만 부처가 역사적 인물이듯이 예수 또한 역사적 인물이라고 봐요. 우리와 똑같은 육체를 가진 인간이지만 그는 그 한계를 뛰어넘어 신성에 다다른 것이라고 봅니다.」

관심 있게 경청하던 선배가 말했다.

「그랬었군. 그래서 반석 교회 오상 성흔 현상을 그냥 지나칠 수 없었던 거구나. 다행이야. 나도 너와 비슷해. 성경의 한 구절 한 구절을 그 자체로 진리라고 보는 교회에서 말하는 신과 다른 신이 있다고 본다. 그래서 이번 반석 교회 성흔 현상을 주목하고 있어.」

선배가 내 눈을 응시했다.

「양 간사님은 성흔 발현과 강 목사 비위 은폐의 연관성을 지적하면서, 성흔 발현을 전적으로 사기로 단정짓더라구요. 강 목사 비위 문제가 유야무야된 게 성흔 발현 때문이라는 거죠.」

「나도 그 점을 심각하게 고민하고 있어. 그래서 어떤 수를 써서라도 박 형제님의 성혈을 채취해 명명백백하게 혈액형을 검사해보자는 거야. 만약, 혈액형이 AB형과 다른 형이 나온다면 자신의 비위 문제를 덮으려는 강 목사의 대사기극으로 판명 나겠지. 하나 AB형이 나온다면 양 간사님의 견해는 유보적으로 볼 수밖에 없어. 아직까지 나는 오상 성흔 발현이 기적 현상일 가능성을 부정하지 않아. 물론 유물론자들은 이걸 터무니없는 이야기라고 꼬집지만 말이야. 그래서 앞으로 성흔 발현의 진실이 어떻게 판명될지 나로서는 무척 관심이 많다.」

선배가 말을 그치고 나서 한쪽으로 고개를 돌렸다. 무언가를 생각하는 듯했다.

「선배, 어떤 수를 써서라도 박 형제님의 성혈을 채취하는 게 선결과제인 것 같습니다. 더 이상 기다릴 이유가 없죠.」

선배가 가늘게 눈을 떴다.

「나도 동감이야. 어떤 식으로든지 박 형제님의 성혈을 확보해야 해. 내 생각은 주일 날 예배에서 박 형제님이 성흔 발현할 때 그에게 접근해서 몰래 성혈을 거즈에 묻히는 게 좋을 것 같아. 그러고 나서 거즈의 피를 검사하면 완벽하게 성혈 검사가 되는 거지. 안 그래?」

듣고 있던 내가 고개를 끄덕였다

「그렇게 하면 되겠네요. 그런데 그 일을 누가할 수 있을까요? 저나 선배는 강 목사 쪽에서 경계를 할 게 뻔하잖아요. 모르긴 해도 예배 석에서 저와 선배를 지켜보는 눈이 꽤 많을 걸요. 박 형제님에게 누군가 접근하는 걸 안이하게 방치하진 않을 거란 말입니다.」

선배가 탁자를 왼손으로 툭 탁자를 쳤다.

「그 일이라면 네 친구 석춘이가 제격이지.」

눈이 크게 뜨였다.

「석춘이요?」

「그래, 석춘이는 아나운서를 하고 있는 데에다가 강 목사로부터 두터운 신임을 받고 있어. 그런 석춘이 몰래 박 형제님의 성혈을 채취하리라는 건 상상도 하지 못할 거라구. 네가 나서서 석춘을 설득해보면 좋겠다.」

망설임이 생겼다.

「석춘이가 그 일을 할까요?」

「너와 석춘은 친한 사이잖아. 게다가 요번에 대화할 때 보았듯이 석춘이도 성흔 현상이 과학적으로 엄밀히 검증되는 걸 거부하지 않고 있었고 말이야. 그러니 석춘이가 딱이야.」

한 가지 의문이 일어났다.

「성혈 채취 문제도 문제지만 박 형제님의 혈액형을 알고 있어야 하잖아요. 그래야 서로 대조할 수 있으니까요. 만약 박 형제님의 혈액형이 AB형이라면 도로 아미타불이 되고 말겠네요. 다행히 그 혈액형이 아니라면, 이번 시도를 통해 확실하게 오상 성흔 현상의 진실을 규명할 수 있겠네요.」

선배가 눈빛을 반짝였다.

「그걸 미리 준비하고 있었어. 용담동 앞 서문로에 정영민 내과의원이라고 있잖아. 거기 원장이 제주 지역에서 수필가로 활동하고 있어. 그분을 문인 모임에서 여러 차례 만나서 잘 알지. 그러니까 거기 병원 진찰 기록에 분명히 박 형제님의 혈액형이 나올 거란 말이지. 용담동, 용마부락 주민들치고 거기 병원에 한번 안 다닌 사람이 없는 걸로 아는데 원장에게 슬쩍 부탁을 하면 박 형제님 혈액형을 알아내는 건 식은 죽 먹기야.」

「그렇게 하면 되겠군요. 잘됐네요.」

정영민 내과 의원은 병원이 드물던 시절에 세워진 개인 병원이었다. S대 의대 출신의 의사가 고향 마을에 개업한 병원은 입소문을 타고 수많은 환자로 문전성시를 이루었다. 틀림없이, 인근 지역에 자리 잡은 정영민 내과 의원에 박 형제님의 진찰 기록이 있을 터였다. 나 역시, 기억나지 않는 어린 시절부터 고등학교 때까지 그 병원을 단골로 다녔다.

「이제 남은 일은 네가 석춘을 잘 구슬려서 몰래 성혈을 거즈에 묻혀서 오게 하는 거야. 그 사이에 난 정영민 원장을 만나서 박 형제님 혈액형을 알아낼게. 박 형제님 혈액형이 AB형이 아니라면 정 원장에게 성혈의 혈액형을 검사해달라고 부탁하면 되겠지. 무슨 말인지 잘 알지?」

7

「그러니까 나보고 몰래 박철수 형제님 성혈을 채취해 달라는 말이지?」

다음날, 석춘을 만난 곳은 제주 K 방송국의 로비 커피숍이었다. 석춘이 두 눈을 파르르 떨면서 나를 쳐다보았다.

「그래. 너 말고 할 사람이 없어. 실은 며칠 전에 강요섭 선배를 반석 교회에서 만났어. 나와 찬형 선배가 오상 성흔 진실 규명에 관심이 많고 또 그래서 성혈을 검사하자고 모의하는 걸 눈치 채고 있더라구. 그래서 나를 불러 그걸 제지하려고 했었어. 더 이상 강 목사 측에서 순순히 성혈 검사에 나서는 것을 기대할 수 없다고 봐. 이제 반석 교회의 운명을 네가 짊어졌어. 네가 십자가를 짊어졌단 말이야. 네가 채취해 오는 성혈이 성흔 발현의 진실을 백일하에 드러낼 수 있어.」

석춘이 마른 침을 넘기면서, 손수건을 꺼내 이마의 땀을 훔쳤다. 당황한 기색이 역력했다.

「찬형 선배와 너, 정말 너무하는구나. 내가 어떻게 강 목사님을 속일 수 있겠어? 강 목사님은 나에게 아버지나 다름없는 분이셔. 형편이 어렵던 우리 집에 쌀이며 밀가루를 해마다 보내주셨던 분이야. 강 목사님은 다른 어느 신도들보다 우리 가족에 관심과 애정을 많이 가지고 있어. 그런 분을 속이다니 난 할 수 없어.」

석춘이 불쾌한 표정을 감출 수 없었다. 석춘이 고개를 돌려 넓은 로비를 휘 둘러보고 나서 크게 한숨을 쉬었다. 친구로서의 석춘보다는 저녁 뉴스 앵커로서의 석춘으로 느껴졌다. 어색하고, 냉담하고, 거리감이 있었다.

「너는 반석 교회의 신도이기도 하지만 제주의 방송인이기도 해. 브라운관에서와 마찬가지로 일상 속에서의 네 말과 태도와 행동 하나하나가 제주 주민들의 생각을 좌지우지할 수 있다고 본다. 어쩌면 반석 교회 대다수 신도는 성흔 기적에 관해 방송인으로서의 네 태도에 크게 의지하고 있는지 모르겠어. 내로라하는 제주 K 방송 저녁 뉴스의 앵커가 성흔 기적에 대해 가타부타 아무 말 없으니까 다들 성흔 발현을 추호도 의심 없이 성령의 기적으로 믿는 거라고 봐. 그러니까, 반석 교회에서의 네 처신은 대다수 신도를 강 목사가 원하는 쪽으로 몰아주는 역할을 하고 있어. 무슨 말인지 잘 알지? 강 목사와의 친분 관계보다 더 중요한 게 무엇인지 잘 깨달아주길 바라.」

석춘이 말을 아꼈다. 석춘이 손목시계를 몇 번 들여다보고 나서 입을 열었다.

「잘 생각해볼게. 어쩌다가 내가 찬형 선배와 너의 꾐에 빠져들게 된 거 같구나. 그래도 난 너를 반석 교회를 인도했던 몸이니, 오늘 네가 한 말 그냥 흘려들을 수 없을 거 같아. 너를 교회로 인도했지만 네가 교회를 떠나버리도록 방관한 내 책임이 없을 수 없지. 게다가 네 말처럼 반석 교회 신도들에 대한 책임감도 다시금 생각하게 되는구나. 그럼 오늘 이만 하고 내가 연락을 할게. 지금 저녁 방송 10분 전이다. 펑크 나면 네 책임이야.」

내가 슬쩍 미소를 지었다.

「자식, 책임을 내게 떠밀려고 수작이야. 프로가 알아서 시간 관리를 잘해야지.」

그도 어색하게 웃음을 지었다.

「제주 KBS 7시 저녁 뉴스 채널 고정이다」

그가 총총히 발걸음을 옮기며 엘리베이터가 있는 곳으로 사라졌다.

8

석춘의 연락을 기다리는 일만 남았다. 앞으로 다가오는 주일에 그가 성혈을 채취하기만 하면 성흔 기적의 진실을 밝힐 수 있을 것이다. 모든 일은 석춘의 결정에 달렸다. 그가 어떤 결정을 내릴지는 알 수 없었다. 하지만 그 외 다른 방법이 없으니 그에게 모든 걸 맡기고 기대하는 수밖에 없었다.

집에서 빈둥대면서 기독교와 예수 관련 책들을 탐독하기 시작했다. 전에 사두었던 책들과 최근 며칠 동안 〈사인자〉 서점에 가서 사온 책을 쌓아놓고, 예전의 나 그러니까 교회를 다니던 때의 나로 돌아가 독서를 했다. 처음 내가 교회에 발을 디디기 시작한 건 초등학교 때다. 크리스마스 때 시내에 있는 교회에 몇 번 찾아간 기억이 났다. 성당에도 몇 번 갔었다. 단발로 끝났고, 교회는 나와 거리가 멀었다. 그런 내가 신앙심을 품고 교회를 다니게 된 게 석춘의 전도 때문이다.

석춘은 초등학교 저학년 때 한 번 같은 반에 다닌 기억이 나는 것이 유일할 정도로 별로 친한 친구가 아니었다. 그런 그가 고등학교 일학년 때 나를 알아보고 말을 걸어왔다. 일학년 신학기초 주말 오후에 용두암에서 걸어서 바닷가에 있는 모 고등학교 옆 아스팔트를 지나 집으로 걸어오고 있었다. 이때, 나는 학교 공부에는 별 신경을 쓰지 않은 채로 잡다하게 책을 읽으면서 시간을 보내고 있었다.

「원영아.」

그는 한손에 책을 들고 있었다. 나중에야 교회 다니는 신도들이 손에 들고 다니는 성경임을 알 수 있었다. 그의 이름을 알 리 없었다. 나는 사귐성이 없어서 알고 지내는 친구가 몇 명 되지 않았다. 그러니 그의 호명은 나를 깜짝 놀라게 하는 것과 함께 반갑게 했다.

「어. 그런데 누구더라?」

「나, 석춘이야. 왜 우리 제주서초등학교 삼학년 때 같은 반 했잖아.」

자세히 보니, 얼굴이 낯이 익었다.

「그래, 기억이 나는 것 같아.」

「난 너 잘 기억하고 있어. 너 그림 잘 그리잖아. 반대표로 사생대회에 나가서 입상도 했었지. 그때 담임선생님이 네 그림을 교실 벽에 걸어두고 칭찬을 많이 해주셨던 걸로 아는데.」

그가 희미한 기억을 되살려 주었다. 갑자기 오래 전에 헤어진 정든 친구를 만난 기분이었다.

「나를 잘 아는구나. 미안하지만 나는 너에 대해 잘 아는 게 없어. 석춘이라고 했지. 이름이 좀 기억이 나기는 해.」

「오래돼서 잘 기억나지 않나 보구나. 나는 용마부락에 사는데, 너를 이 근처에서 여러 번 보았어. 그래서 네가 용담동에 살고 있나 보다 생각하고 있었지.」

그가 무척이나 살갑게 대해주었다. 순진했던 나는 그가 나를 알아봐주는 것만으로 내가 특별한 사람이라도 된 것처럼 기분이 좋아졌다. 이어서 그가 내게 본론 격의 말을 건넸다.

「너 교회에 다녀보지 않을래?」

「교회?」

그가 인상 좋은 얼굴로 나를 바라보았다. 그러곤 한 손으로 길을 가리켰다. 용마부락으로 가는 아스팔트였다.

「이 길의 버스 종점에 반석 교회라고 있어. 고등부 모임이 있으니까 교회에 오면 여러 친구와 함께 좋은 시간을 가질 수 있을 거야. 부담 갖지 말고 한번 고등부 모임에 참석해보면 어떻겠니?」

「시간 나면 가볼게」

그가 잘됐다는 듯이 표정이 한층 밝아졌다.

「다음 주 수요일 6시 반에 여기서 볼래.」

그러곤 그는 우리 집 전화번호를 수첩에 적으며, 전화를 한다고 덧붙였다. 이렇게 해서 얼떨결에 교회에 신자로서 발을 디디게 되었다. 약속한 수요일 저녁, 자그만 교회의 마룻바닥에 둘러앉은 남녀 고등학생은 진기한 광경이었다. 또한, 남녀 고등학생이 격의 없이 웃음을 터뜨리고 대화를 나누는 모습이란 숫기 없는 나에겐 경이로움 그 자체였다. 그들 중간에 기타를 어깨에 멘 대학생이 지도 교사인 듯했다. 마룻바닥의 내 자리에 섰을 때, 교회 입구 오른쪽 벽면 가득 펼쳐진 그림이 한눈에 들어왔다. 길 잃은 양을 인도하는 예수였는데 성스러운 분위기가 물씬 풍겨났다. 잠깐의 소개 시간이 있었고, 나는 무대 위의 배우처럼 수많은 눈길을 받으며 말을 이어갔다.

「보름 전에 교회 다니는 담임선생님 추천으로 인류 멸망에 대한 영화를 보았습니다. 영화를 보고 나서 진정한 내 삶에 대해 많은 생각을 하게 되었고, 또 종교가 얼마나 중요한지를 알게 되었죠. 그러던 차에 초등학교 동창 석춘이 나에게 전도를 해서 이렇게 교회를 나오게 되었어요. 앞으로 교회를 다니면서 예수님에 대해 많이 알아보고 싶습니다.」

이때 내가 무슨 말을 했는지 더 자세히 기억이 나지 않는다. 하지만, 내가 당시 기독교 단체에서 만든 인류 멸망의 영화를 봤고, 그 영향으로 교회에 오게 되었음을 말한 것은 분명하다. 여기에다 석춘이 개입이 되어, 다른 교회를 제치고 반석교회 고등부 모임에 참석하게 되었다.

사춘기 시절에는 주변 모든 게 돌연 생경하게 다가오기 마련이다. 나는 고등학교 일학년 때 사춘기의 절정을 맞이했다. 이때 나를 키워준 부모님과 내가 살아온 방구석, 습관처럼 보던 텔레비전 방송이 지겨워지기 시작했다. 항상 머리가 뭉게구름처럼 두둥실 떠 있을 때가 많았다. 교과서와 참고서 말고 호기심을 충족해 줄 읽을거리를 찾았다. 대학생이던 형과 누나가 사다 둔 소설책을 건성으로 읽다가, 우리 집에 세 들어 살던 총각 초등학교 교사가 한 박스 버리고 간 『선데이 서울』을 읽는 데 정신 팔리기도 했다. 그 어느 것도 집안에서, 학교에서 투명인간이 된 듯한 나에게 존재감을 주지 못했다. 그럴 즈음, 「요한계시록」에 토대를 둔 인류 종말 영화를 만나게 된 것이다. 인류 전체가 일시에 경천동지하는 지진과 쓰나미에 의해 휩쓸리면서 대 파멸에 맞닥뜨리게 된다는 내용이다. 항상, 정신이 무언가에 팔린 듯 멍청하던 내게 이 비현실적인 영화는 이상하게 피부에 와 닿았다. 이로부터 나는 투명인간에서 반투명인간으로, 그 다음 살덩어리를 가진 불투명 인간으로 변해 갔다. 사춘기의 정신적 방황과 혼란이 기독교 신자 생활로 차츰 정리가 된 것이다.

9

석춘을 생각하면 고등학교 때 교회 다니던 일을 떠올리지 않을 수 없다. 고등학생이라면 다들 학교에 남아 자율학습에 열을 올릴 때였지만 교회 친구들은 그걸 용케 빼먹고 왔고, 설령 그렇지 못한 날에는 아주 늦은 시간에라도 교회에 들렀다. 이십여 명이 되는 남녀 고등학생은 학교에서 발산 못하는 저마다의 문학과 음악, 연극의 재능과 여기다가 제일 중요한 신앙심을 마음껏 펼쳤었다.

수요일 저녁 고등부 예배 시간에는 유난히 피부가 흰 여고생과 검정 뿔테 안경을 쓴 남고생의 주도로 세계명작 리뷰가 이어졌다. 『데미안』, 『죄와 벌』, 『좁은 문』, 『부활』, 『노인과 바다』, 『이방인』 등등. 그 둘은 번갈아 가면서 직접 책을 읽고 깨알 같은 글로 적은 독후감을 프린트해 학생들에게 돌려 읽혔다. 이에 자극을 받은 나는 그 책들을 찾아다가 읽어보기 시작했다. 하지만 얼마 지나지 않아, YMCA 독서 서클에 가입하면서 세계명작에서 거의 손을 끊고 대신 사회과학 책과 리얼리즘 계열의 문학 작품을 읽어 나갔다.

교회 다니는 고등학생들 하면 빼놓을 수 없게 바로 음악성이다. 나와 같은 부류의 남고생을 제외하고는 다들 어찌 그리 박자감이 좋고 또 목소리가 좋을 수 있었을까? 예배 전후로 학생들이 제 실력을 뽐내며 여러 곡의 찬송가를 불렀다. 별도로 프린트해서 제본된 찬송가책에는 영어로 된 찬송가도 수록되어 있었는데, 지도교사를 하던 영문과 대학생 강요섭 선배가 기타를 치면서 멋들어지게 불러 제쳐 부러움을 한껏 받았다. 승훈 역시 요섭 선배의 영향을 받아 집중적으로 기타 연습을 하더니, 어느 날부터인가 강요섭 선배의 자리를 꿰차고 들어왔다. 어수룩하고 체격도 왜소하던 그가 능숙한 기타 반주에 멋들어지게 찬송가를 부르기 시작하면서 그의 입지도 변했다. 그와 함께 그의 성격도 외향적이며 사무적으로 급변하면서 그와 거리를 두게 되었다.

교회 친구들은 문학, 음악과 달리 연극에는 특별한 흥미와 재능을 보이지 않았다. 나는 예외였다. 내게는 남달리 뛰어난 연극 재능이 있었다. 기억컨대 고등학교 삼 년간 건성으로 교회를 다녔지만 기어코 크리스마스이브의 연극에 세 번이나 참가하고야 말았다. 아마 신앙심 낮은 데에다가 고등부 모임에도 가뭄에 콩 나듯이 얼굴을 비추던 내가 세 번 연극에 중심적인 배역으로 설 수 있었던 것은 다들 내 연극 재능을 인정해서였으리라. 아직도 무의식적으로 되뇌곤 하는 독백 대사가 있다. 톨스토이의 단편 「사랑이 있는 곳에 신이 있다」를 연극 대본으로 각색한 것이다. 러시아의 한 마을에서 구두 수선공을 하는 노인 마틴이 간밤에 예수가 찾아온다는 꿈속의 계시를 받고 하루 종일 예수를 기다린다. 끝내 예수가 찾아오지 않자, 힘없이 혼잣말을 한다. 「예수는 오지 않는가 봐, 아무리 기다려도 찾아오질 않으시네. 아무래도 간밤의 꿈은 꿈일 뿐이야.」 실은 예수님이 청소부와 아기를 안은 아주머니, 도둑질하는 아이로 나타났고, 그는 그들을 따스하게 대해주었다. 나는 누구에게 특별히 발성을 배우거나, 연극을 지도받지 않았어도 타고난 재능으로 특유의 할아버지 목소리를 잘도 흉내 내었다. 거기다가 무대 위에서는 숫기 없던 내가 환환 조명에 힘입어 생각지 못했던 즉흥 연기와 즉흥 대사를 잘도 해냈다. 이 일로 '무대 끼'가 내 속에 있다는 걸 알게 되었지만, 이걸 존중하고 살려나갈 필요성을 못 느꼈다. 이 재능은 눈부시게 희디흰 백지의 무대 위에서 시로 펼쳐졌다.

이제 신앙심에 대해 얘기할 차례다. 고등부 학생들은 사춘기의 번민과 입시에 대한 압박감 탓인지, 더더욱 뜨거운 기세로 예배에 참석하고 기도를 들렸다. 이와 함께 친구들은 경쟁하듯이 더 깊은 신앙의 품에 빠져 들어갔다. 여러 번 말했지만 나는 신앙심 깊지 못한 부류였다. 내 딴에는 민중 신학류의 고민을 했노라고 했을지 모르지만, 교회 출석률이 극히 저조했다. 이런 내가 세 번 여름 수련회를 갔었다. 거기에는 중학생, 고등학생, 대학생들이 총 삼십여 명 참가했는데, 고등부 학생 수가 월등히 많았다. 지금도 이때의 경험을 소중하게 간직하고 있다. 서귀포의 한라산 어느 기슭에 자리

한 기도원에서 텔레비전, 라디오와 단절된 채 단체로 숙식을 하면서 찬송을 하고 성경 공부를 하던 일은 잊히지 않는다. 대화를 많이 하지 않았던 고등부 학생과 이때 급속도로 친해지게 되었으며, 세상 밖의 골칫거리로부터도 당분간 멀어질 수 있었다. 그 삼박사일 동안 공동체는 경건과 신성으로 똘똘 뭉쳐졌었다.

신앙심 적은 내가 고삼 때 세 번째로 수련회를 갔을 때였다. 그때에도 전체 프로그램에 맞추어 묵묵히 따라 했지만, 가슴이 점점 막혀갔다. 여기서는 내가 잘하는 성경 토론이 잘 먹혀들지 않았다. 다들 착착 수용하고, 회개하고, 기도에 열을 올렸기 때문에 나는 외톨이가 되어갔다. 저녁 식사 후 다들 신들린 듯 통성기도를 하고 있을 때, 슬쩍 눈을 떠서 주변을 살펴보았다. 성령이 그들 몸에 실렸던 걸까? 두 손을 모으거나, 두 손을 치켜 올리며 방언기도를 하는 몇몇 대학생과 여고생들을 바라보며 소스라치게 놀랐다. 나는 내가 불경한 신자로 느껴졌다. 기어코 마지막 날이 다가 왔고, 모두 짐을 싸서 마지막 예배를 볼 때였다. 기도원 밖에서의 나는 폐병에 걸려 제대로 입시 준비를 하지 못했고, 또 기도원 안에서의 나는 예수님을 만나보겠다고 비장한 결심을 했지만 실패를 맛보았다. 마지막 예배의 기도 시간이 왔다. 이미 수련회의 본격적인 예배는 간밤에 끝났으니, 다들 조촐하게 마무리 기도를 했다. 이때, 처량하고 절박한 신세의 나는 두 손을 모았는데 갑자기 온몸에 전율이 일어났고 턱이 떨렸다. 그러곤 나지막하게 내뱉는 말들이 랄랄랄라… 소리로 쏟아져 나왔다. 기도를 하는 중에도 정신이 말짱해서 내가 내 상태를 관찰하기도 했다. 분명 설명할 수 없는 신성의 체험이랄 수 있겠다. 이 일이 생긴 후론, 성경 토론은 제쳐두고 고등부 예배에 빠지지 않고 참석해 기도에 몰입하기도 했다. 유감스럽게도 그 뒤론 그런 경험이 생기질 않았고, 얼마 지나지 않아 다시 나는 앙칼지게 성경의 한 구절, 한 구절을 잡아지고 늘어졌다.

10

이틀 후 석춘에게서 연락이 왔다. 그 답지 않게 머뭇거렸다.

「… 곰곰이 생각해보니, 내가 중립적인 입장에서 객관적으로 성혈을 검사하는 데 도움을 주는 게 좋겠어. 명색이 아나운서인 내가 공인으로서의 책임과 역할을 다해야 한다고 결정 내렸어. … 그러니까, 이번 주일에 내가 어떤 식으로든지 박 형제님의 성혈을 거즈에 묻혀서 채취해볼게. 그 다음은 너와 찬형 선배가 의료기관에서 엄밀하게 검사해 그 결과를 밝혀주길 바란다. 이번 일로 난 네가 다시 반석 교회에 돌아오길 바란다. 틀림없이 성혈이 그렇게 해줄 거라 봐.」

다행이었다. 그 소식을 듣고 찬형 선배에게 찾아갔다. 찬형 선배는 그날따라 얼굴에 여유가 없어보였다. 사무실에 있던 몇 명의 문인에게 시인 지망생으로 나를 소개한 후 함께 밖으로 나왔다. 근처 공원으로 향했다. 삼월 중순으로 치닫는 제주 날씨는 이미 완연한 봄이었다. 따가울 정도로 강렬하게 햇볕이 내리쬐었고, 멀리 수평선으로 뭉게구름이 피어오르고 있었다. 자판기에서 커피를 뽑아들고 벤치에 앉았다.

「오늘 따라 기운이 없어 보이시네요.」

선배가 씩 웃었다.

「얼굴에 표시가 났어?」

「느낌에서 그렇단 말이죠.」

선배가 커피를 한 모금 마시고 나서 입을 열었다.

「석춘이 성혈을 채취해주기로 한 건 잘된 일이야. 역시, 그 녀석 용기 있는 결단을 내리리라 생각했어. 한데 말이야 정영민 내과 의원 쪽은 반은 성공이고 반은 실패가 되었어.」

내가 선배의 눈동자를 뚫어지게 쳐다보았다.

「그게 무슨 말입니까?」

「정영민 의사가 말이지 의사로서 함부로 환자의 신상을 공개할 수 없다고 일언지하에 내 제안을 거부했어. 자신에게는 이십여 년 지역 사회에서 의사로서 지켜온 윤리 의식이 소중하다는 거야. 환자의 혈액형이 사소하게 보일지 몰라도 자신은 절대 공개할 수 없다는 거야.」

그 말을 듣고 나자 정영민 의사의 얼굴이 떠올랐다. 그는 환자 진료, 수필 창작, 또 지역 사회 봉사 등 뭣 하나에 빠지지 않는 인물이었다. 모든 면에서 완벽한 그는 일 년 내내 철저하게 자기 관리를 하는 분이었다.

「듣고 보니, 그럴 만하군요. 그 양반 선불리 환자의 혈액형을 알려주지 않을 거라 생각합니다. 우리 동네에서 그분 성격이 꼬장꼬장하다고 정평이 나 있어요. 한번은 도의원이 진찰을 받으러 왔는데, 의정 활동으로 시간이 없다며 줄을 무시하고 곧장 진료실로 들어갔다가 혼쭐이 나서 내쫓겨난 적이 있어요. 그런 분이다 보니 그럴 수밖에 없겠죠. 그런데 그건 그렇고 반은 성공이라면서요?」

선배가 공원의 맞은편으로 향하던 시선을 거두어 들였다.

「그 일과는 별도로 성혈 검사는 해줄 수 있다는 거야. 자신도 근처 교회에서 성흔 기적이 생긴다고 매스컴을 통해 접했는데, 성흔 기적 때 생기는 혈액을 검사해볼 의향이 있다는 거야.」

「그것만이라도 잘 됐네요.」

선배가 긴 한숨을 내쉬었다.

「원영아, 박 형제님 혈액형을 알아낼 방법이 없을까?」

시선을 돌려 산책하는 사람들을 바라보았다. 천천히 느리게 걸어가는 노인도 보이고, 푸들을 산책로에 풀어놓은 여인도 보이고, 관광객인 듯한 외국인들도 보였다.

「혈액형은 초등학교에서부터 중·고등학교 학교 생활기록부에 적혀 있잖아요. 그걸 보면, 알아낼 수가 있겠죠.」

「그야 그러겠지. 그런데 그걸 어디서 누가 어떻게 열람할 수 있겠어?」

잠시 생각에 빠졌다. 박 형제님이 사는 집을 보니, 틀림없이 인근 서초등학교를 졸업했을 것이다. 그렇다면, 서초등학교에서 그의 생활기록부로 혈액형을 알아 낼 수 있었다. 문제는 그걸 어떻게 열람할 수 있느냐다.

「그 문제라면 저도 힘닿는 데까지 알아볼게요. 석춘이도 흔쾌히 우리의 모의에 동참했는데 여기서 그만둘 수 없죠. 박철수 형제님의 나이를 알 수 있을까요?」

「나이는 너보다 다섯 살이 많은 걸로 알고 있다.」

11

삼십여 분 후 선배와 나는 걸어서 사무실로 돌아왔다. 사무실에는 대학원생인 듯한 여성 편집자가 컴퓨터 앞에서 일을 보고 있었다. 그가 선배를 보자, 학교에 일이 생겼다며 서둘러 밖으로 나갔다. 좀 전과 달리 사무실에는 선배와 나 단 둘이 남게 되었다. 그간 몇 번 사무실을 다녀가면서 눈치로 보건대, 문학잡지는 편집장인 선배와 편집 부원 한 명이 전담하다시피 하는 모양이었다. 그나마 편집 부원은 비상근직인 듯했다.

선배가 소파에 몸을 뉘이면서 말했다.

「복작대는 것보단 조용한 게 낫지?」

「그야 당연하지만 문학잡지 사무실은 다르지 않습니까?」

「일 있을 때만 그래. 여기서 작가들과 시 동호회 회원들 모임이 있을 때 말고는 대부분 내가 혼자 지키고 있을 때가 많아.」

선배가 다리를 꼬면서 담배를 입에 물었다. 선배에게 평소 묻고 싶었던 것을 꺼냈다.

「선배는 교회를 안 다닌 지 오래입니다. 그런데 유별나게 오상 성흔에 관심을 갖고 반석 교회를 다니는 걸 보면 아직 신앙심이 다 사그라든 건 아닌 것 같은데요.」

선배가 길게 연기를 뿜어댔다.

「기성 교회에서 말하는 신앙은 사그라졌다고 볼 수 있지. 하지만 난 아직도 신이 있다고 믿고 있어. 그 신, 예수는 현재 교회에서 말하는 것과 크게 다르다고 봐. 나는 심방(무당)들이 모시는 신을 인정해. 어떤 사람들은 그걸 미신이요, 개수작이라고 깔아뭉개지만 말이야. 그와 마찬가지로 서양에서 유입해 들어온 기독교의 신도 인정하는 거야. 여호와가 저 이스라엘의 민족 신이었듯이, 우리에게는 또 다른 신이 있는 거라고 봐. 그런데 내가 보기엔 교회에서 말하는 예수가 왜곡되었다고 봐. 실제로 존재했던 예수는 교회와, 역사적으로 편집된 성경에서 그려지는 그 예수가 아니라는 말이야.」

선배가 자못 심각해진 표정을 지었다. 선배는 오랜만에 가슴 속의 얘기를 털어놓을 수 있는 상대를 만난 듯이 술술 말을 이어갔다.

「내가 반석 교회를 함께 다니던 너한테나 이런 얘기를 하지, 다른 사람에게는 해본 적이 없어. 수년 간 함께 기도하고, 성경을 읽고 토론했던 반석 교회 신도였던 너, 그리고 강 목사의 비위로 함께 교회를 떠났던 너한테만 말이야.」

선배가 손바닥으로 소파 손잡이를 툭 때렸다.

「나는 그동안 교회를 다니지 않았을 뿐, 성경을 줄곧 읽어왔어. 또 내 나름의 기도를 해왔어. 나는 십일조를 암암리에 강요하고 또 바벨탑 같은 성전을 쌓아올리는 것은 물론 교회를 세습하는 지금의 한국 교회를 거부해. 하지만 예수를 믿고 있어. 그 예수는 역사적으로 왜곡되었다고 봐.」

선배가 잠깐 말을 끊었다. 선배의 어깨 너머로 그간 발간해온 『제주 문학』 계간지들이 책꽂이에 빼곡히 채워져 있었다. 맨 앞쪽의 창간호는 선배가 서울에 있는 내게 보내주어서 본 적이 있었다. 선배는 교회를 떠나 본격적으로 시를 쓰면서 문학잡지를 창간한 이후 지금까지 일 년에 네 번 발간하는 일에 전력을 다해왔다. 외형적으론 그가 아주 기독교와 멀어진 듯했다.

「오랜만에 네가 보는 예수에 대한 생각을 들려줄래? 내 생각은 네 얘기를 듣고 나서 해줄게.」

선배는 오랫동안 자신의 생각을 탄탄히 다져온 듯했다. 그는 마치 검도 고수가 후배에게 선제공격을 해보라는 것 같았다. 그는 날렵하게 요리조리 피하면서, 순간적으로 한방 날릴 수 있는 듯했다. 그런 선배의 태도에 다소 주춤해진 나는 생각나는 대로 줄줄 말을 뱉어냈다.

「전 교회를 떠나면서 기독교, 예수에 대한 생각을 집중적으로 하지 않았어요. 대학교 때에는 증산도 동아리에 적을 두었고 또 국선도와 단학이라는 민족 심신 수련원을 다녔었지요. 아무래도 내가 제주에서 교회를 다녔던 영향이 컸던 것 같아요. 서구 종교인 기독교에 대한 실망과 회의가 나를 민족 종교, 민족 심신수련으로 내몰았을 거예요. 그러던 차에, 우연찮게 예수가 불제자였다는 걸 입증하는 책을 쓴 저자의 세미나에 참석하게 되었죠. 80년대에 예수가 불제자였다는 여러 권의 책이 나온 적이 있었는데 그때 그 책은 모두 외국의 저자가 썼었어요. 근데, 이 저자는 외국에서 오랫동안 교수를 했던 한국인이어서 더 피부에 와 닿았죠. 그는 직접 발로 뛰면서, 근동의 이스라엘, 이라크, 터키, 이집트와 인도를 답사하면서 다양한 현장 자료를 제시했어요.」

선배가 흥미롭다는 듯 눈빛을 반짝였다.

「그래, 그 이야기가 궁금해지네. 우리 한국인이 그런 책을 썼단 말이지?」

「네.」

기억나는 대로 말했다. 실제로 선배에게는 경전 구절을 정확하게 말하지 않고 대충 기억나는 대로 말했다. 여기에서는 경전을 찾아 정확하게 구절을 인용해 적는다.

「성경과 불경에서 유사한 구절이 많다는 점을 먼저 말하고 싶어요. 가령, '너희가 남에게 대접을 받고자 하는 대로 남을 대접하라.' 「누가복음」 6:31)」는 『법구경』의 '남을 너 자신처럼 여겨라.'와 비슷하죠. 또, 있어요. '부자가 하나님 나라에 들어가기가 참으로 어렵다.'(「마가복음」 10:23), '얘들아, 하나님 나라에 들어가기가 얼마나 어려운지 부자가 하나님 나라에 들어가는 것보다 낙타가 바늘귀를 지나가는 것이 더 쉽다.'(「마가복음」 10:24-25)는 『본생경』의 다음 구절과 흡사하죠. '부는 대부분의 사람들을 탐욕스럽게 만들며 마치 대상들을 파멸로 이끄는 길과도 같다. 이기심만 키우거나 이미

가지고 있는 것조차 버릴 수 없도록 하는 마음이 일게 하는 어떤 소유물이 있다면, 그것은 단지 깨달음의 길을 막는 변장한 형태의 장애물에 불과한 것이다.」

이외에도 성경과 불경의 유사한 구절이 많다. 대표적인 것을 몇 가지 살펴보고 넘어가자.

「너희가 하나님과 재물을 동시에 섬길 수 없다.」(「누가복음」 16:13)

「해탈과 재물을 동시에 추구할 수 없다.」(『무문자설경』)

「하나님 나라는 눈으로 볼 수 있는 모습으로 오지 않는다. 또한 '보라. 여기에 있다', '보라. 저기에 있다' 하고 말할 수도 없다. 하나님의 나라는 너희 안에 있기 때문이다.」(「누가복음」 17:20-21)

「극락이 따로 있는 것이 아니라 네 마음속에 있다. 네 마음이 곧 부처이다.」(『원각경 보안보살장』)

「눈먼 사람이 눈먼 사람을 인도하면 둘 다 구덩이에 빠지게 된다.」(「마태복음」 15:14)

「눈먼 소경이나 사기꾼이 인도하면 현자라도 개천에 빠진다」(『무문자설경』)

「너는 가난한 사람을 구제할 때 오른손이 하는 일을 왼손이 모르게 하여라.」(「마태복음」 6:3)

「부처님이 수보리에게 말씀하셨다. 보살은 마땅히 법에 머무는 바가 없이 보시를 행하라. 색과 소리, 향기, 맛, 촉감, 법에 머물지 말고 보시하라. 보살이 만약 이런 상(相)에 머물지 않고 보시를 하면 그 복덕을 가히 생각할 수가 없다. 무변허공을 가히 측량할 수 없듯이 이 복덕 또한 기능할 수가 없는 것이다.」(『금강경』)

「'사람이 등불을 가져와 그릇 아래 두거나 침대 밑에 숨겨 놓겠느냐? 등잔대 위에 놓지 않겠느냐? 무엇이든 숨겨진 것은 드러나고 무엇이든 감추어진 것은 나타나기 마련이다. 들을 귀 있는 사람은 들으라.' 또 예수께서 그들에게 말씀하셨습니다. '너희는 듣는 말을 새겨들으라. 너희가 헤아려 주는 만큼 너희가 헤아림을 받을 것이요, 또 덤으로 더 헤아려 받을 것이다. 누구든지 가진 사람은 더 받을 것이요, 가지지 못한 사람은 그 있는 것마저도 빼앗길 것이다.'」(「마가복음」 4:21-25)

「등불은 등잔에 그대로 두지 않는다. 어둠 속에 등불을 가지고 와서 눈 있는 이는 진리를 보거라(『상응부경』)

「그분이 손에 키를 들고 타작마당을 깨끗이 해 좋은 곡식은 모아 창고에 두고 쭉정이는 꺼지지 않는 불에 태우실 것이다.」(「마태복음」3:12)

「비유하건대 논의 벼가 충실히 익어 논에 가득했을 때 농부는 그것을 서둘러 벤다. 베어 들여서는 그것을 훑어 짚을 추리고 쭉정이를 까불고 다시 그것을 찧어 껍질을 버린다. 그래야만 그 곡식은 최상의 것이 되고 깨끗하고 쓸모 있게 되는 것과 같다.(『아함경』)

여기에다 「누가복음」의 돌아온 탕자의 비유는 『법화경』의 장자 궁자의 비유와 같고, 「마가복음」의 가난한 과부의 헌금은 『현우경 빈녀난타품』, 『본생경』, 『잡보장경』의 가난한 처녀의 헌금과 유사하다. 이렇듯 성경에서 불경의 흔적은 숱하게 찾아볼 수 있다. 기독교의 불교 흔적은 이것에 그치는 게 아니다. 보다 결정적이고도 충격적인 것이 있다. 찬형 선배에게 그 점에 대해 열변을 토했다.

「두 경전 사이의 비슷한 구절은 어떻게 보면 우연의 일치일 수도 있고, 어느 지역에서나 찾아볼 수 있는 보편적인 이야기로 치부할 수가 있겠죠. 하지만 예수의 생애와 붓다의 생애 사이에는 너무나 닮은 곳이 많아요. 바로, 이 점 때문에 성경과 불경의 비슷한 구절을 그냥 지나칠 수 없게 돼요.」

선배가 소파에 기댄 허리를 뗐다. 선배가 두 손을 깍지 끼었다.

「두 성인의 유사성을 하나하나 말해 볼게요. 예수를 선지자로 증명하는 세례 요한이 있듯이, 싯다르타를 붓다로 인정하는 마하가섭이 있어요. 또한, 예수가 요단강에서 세례를 받고 나서 광야에서 40일간 악마의 시험을 받는 것처럼, 붓다는 네란자 강에서 몸을 씻은 후 49일간 붓다가야의 보리수 밑에서 악마의 유혹을 받죠. 예수가 우물가에서 비천한 사마리아여인에게 물을 청하듯이, 아난존자는 우물가에서 천민 마탕가 여인에게 물을 청해요. 예수가 오병이어의 기적을 행했듯이, 붓다는 떡 하나로 500명의 비구를 먹입니다. 특히나, 제자가 물위를 걷는 이적은 너무나 흡사합니다. 예수의 제자 베드로는 믿음이 약해 바다로 빠져드는 위기에 처하고, 붓다의 제자 사리푸트라는 붓다에 대한 명상에서 벗어나자 물에 빠지는 위기에 처해요. 둘 다 믿음과 명상을 회복해서 물위를 걸어가게 되죠. 예수에게 배신한 제자 가롯 유다가 있듯이, 붓다에게는 붓다를 죽이려는 제자 제바달다가 있어요.」

생각나는 대로 줄줄 말했다. 경전 구절과 달리 일화는 일단 말하다 보니, 계속해서 머릿속에 떠올랐다. 선배가 물끄러미 나를 바라보면서 생각에 빠진 듯했다.

「이제 마지막으로 한 가지만 말하고 끝낼까 해요. 예수 최후의 말을 기억하시죠?」

선배가 당연하다 듯이 아무 말이 없었다.

「'엘리 엘리 라마 사박다니(Eli Eli Lama Sabachthani)'(「마태복음」 27:46)라고 외치죠. 「마태복음」에는 이 뜻을 '내 하나님, 내 하나님, 어째서 나를 버리셨습니까?'로 풀이합니다. 한데, 이 말은 티베트 라마교의 다라니 '엘리 엘리 라마 샤막 샴보니(Eli Eli Lama Samyak Sambodhi)'로 밝혀졌어요. 이 뜻은 '성자시여, 위대하고 바른 지혜로 드러내주소서'입니다.」

거기서 말을 그쳤다. 요즘, 불제자로서의 예수에 대해 생각을 많이 하다 보니 기억이 선명했다. 조용히 듣고 있던 선배가 기다렸듯이 입을 열었다.

「재미있군 그래. 그런 주장을 한국의 학자가 했다는 게 대단해. 내가 보기엔 어느 정도 설득력이 있기는 하지만 억지가 적지 않다고 봐. 가령, 마지막에 한 말, '엘리 엘리 라마 사박다니'가 티베트 라마 불교의 진언이라고 하는 건 아무리 봐도 신빙성이 떨어져. 이 구절은 「시편」(22) 첫 구절에도 있는 거고, 무엇보다 히브리어의 '엘'(El, Elohim)과 아람어의 '엘'(El)이 신이라는 점이야. 그 외 단어도 히브리어와 아람어에서 얼마든지 찾아볼 수 있는 거라구. 그래도 이것 하나가 잘못됐다고 해서 성경이 불교 영향을 받았을 가능성이 전적으로 무시되진 않아. 그 점은 고민해야 할 부분이야. 겸허한 자세로 면밀하게 성경을 타 종교와의 비교하는 과정이 필요하다고 봐. 그래서 말이지….」

선배가 말꼬리를 흐리며 내 눈을 응시했다. 내가 침묵을 깨뜨렸다.

「선배는 어떤 생각을 갖고 있습니까? 양 간사님의 무신론도 아니고, 내가 보는 불제자로서의 예수도 아닌 듯한데 대체 어떤 생각인가요?」

선배가 천천히 입을 열었다.

「원영이가 비교 종교학적 관점에서 성경을 분석하는 데 관심이 많으니까 내가 한 가지 단서를 알려줄게. 너, '메시아'가 뭔지 잘 알지?」

「알다마다요.」

「이 말이 불교에서도 있다는 건 알고 있어?」

다소 놀라웠다. 미처 그런 것까지는 접하지 못했다.

「그렇다면 결국 선배도 예수를 불제자로 본다는 건가요?」

「그렇진 않아. 메시아에 해당하는 불교 용어가 뭐냐면 미륵불이야. 그런데 이 두 용어가 이전의 어떤 단어에서 파생되었다는 거야. 그러니까 불교와 기독교에 영향을 준 앞선 시대의 종교가 있다는 말이지. 그 종교가 페르시아의 태양신, 곧 미트라(Mitra)를 섬기는 미트라교야. 미트라에서 미륵(Maitreya)과 메시아(Messiah)가 나온 거지. 예수가 불교의 영향을 받은 측면이 있지만 그것에만 한정되지 않고 그보다 더 근원적인 종교와 맞닿아 있다는 게 내 생각이야.」

12

선배의 이야기가 이어졌다. 선배는 진지한 어조로 자신의 생각을 밝혀 나갔다.

「미트라교는 기독교가 국교로 공인되기 전의 로마에 널리 퍼진 종교야. 페르시아에서 기원을 둔 조로아스터교와 함께 기독교에 많은 영향을 미쳤어. 가령, 미트라교의 신인 미트라(광명의 신)의 탄생일은 12월 22일로 동지 곧 밤이 끝나서 낮이 길어지는 때야. 이게 오랜 세월이 지나 12월 25일로 변경이 된 거지. 여기에다가 '주의 날(Sunday)'은 'Sun'에서 보듯이 태양의 날로 이는 미트라의 날이고, 성수를 뿌리며 부활을 선포하는 세례 의식과 예수가 떡과 포도주를 나누어주는 최후의 만찬을 기리는 성찬식 또한 미트라 의식에서 유래한 거야. 근데 미트라교만 기독교에 영향을 준 건 아니지. 이집트 종교 또한 기독교에 큰 영향을 미쳤어. 대표적으로 예수와 오시리스와 이시스 사이에 낳은 호루스와의 유사성은 매우 눈

여겨봐야 할 거야. 여기에다 창조신이자 태양신 아툼과 태양의 신 라, 우주창조의 법칙인 마트의 삼위일체는 기독교의 삼위일체에, 호루스가 손에 든 앵크(생명)는 십자가에서 영향을 줬어. 이뿐만이 아니야. 오벨리스크의 히에로글리프(신성문자)를 해독해보면, 이집트에 이미 에덴동산 신화의 원형이 있다는 걸 알 수 있어. 나무 쪽으로 뱀이 다가와 무언가를 알게 되리라고 말하고 있어. 결정적으로 이집트에서 '메시아'의 흔적을 찾아볼 수 있다는 거야. 새끼줄 세 개를 땋아놓은 듯한 상형문자가 있는데 그 뜻은 무엇을 탄생시킨다는 것으로 놀랍게도 이것의 음가가 '메시'라는 거야. 우리나라 전통에서 아기를 출산할 때 문 위에 걸어놓는 새끼줄과 그 모양새 및 의미가 유사해. 어때? 메시와 메시아가 잘 연결되지? 결국, 기독교는 미트라교와 이집트의 영향을 받았다는 걸 알 수 있는데 특히 이집트의 영향이 지대하다는 걸 잊지 말아야해. 양 간사님은 이 가운데에서 이집트 영향을 주목하면서도 무신론의 관점에서 예수의 허구성을 주장하지. 이에 반해, 나는 이집트의 지혜를 토대로

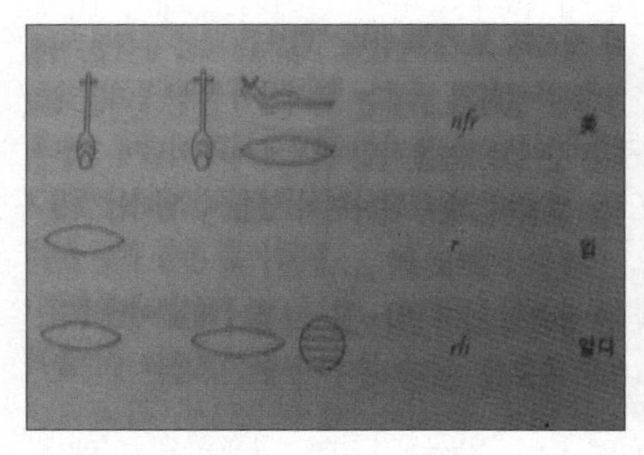

나무 쪽으로 뱀이 다가와 무언가를 알게 되리라고 말하고 있다.

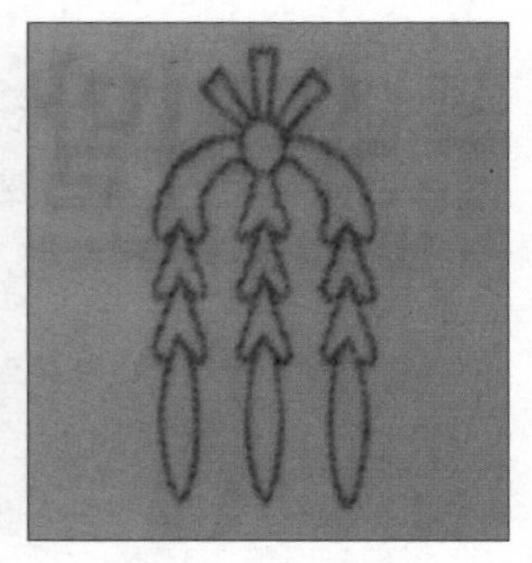

우리나라 전통에서 아기를 출산할 때 문 위에 걸어놓는 새끼줄과 그 모양새 및 의미가 유사하다.

역사적 예수가 출현했다고 보는 입장이야. 이에 대해서는 이집트 지혜의 정수인 호루스의 눈 곧 피라미드 전시안을 살펴보면 알 수 있어. 명상단체나 심신수련원에서는 상단전이라는 말이 있는데, 잘 알지?」

상단전은 익히 들어온 말이다.

「상단전은 도교, 선도와 같은 심신 수련 계에서 중시하는 것이죠. 흔히 니환궁, 천목이라고도 하죠. 전 국선도, 단학을 해서 상단전(니황궁) 계발이 궁극의 경지 곧 신선의 경지라는 걸 알고 있어요.」

선배가 끼어들었다.

「다른 종교에서도 그걸 중요시하는 걸로 아는데.」

「네, 힌두교의 제6 차크라 아즈나, 불교의 미간 백호가 공히 상단전과 같은 궁극의 깨달음의 경지라고 볼 수 있죠.」

선배가 슬쩍 미소를 지었다.

「다행이야, 잘 알고 있었네. 네 말이 맞아. 호르스의 눈이자 피라미드 전시안은 상단전, 제6의 차크라 아즈나, 미간백호상과 동일해.」

그러곤 탁자 위에 볼펜을 들고 메모지 위에 그림을 그렸다. 상단에 눈동자 하나가 그려진 삼각형이었다.

「이게 피라미드 전시안이야.」

언뜻 보기에도, 상단전과 비슷해보였다. 상단전이 양 미간 사이인 것처럼, 피라미드의 눈동자 역시 상단부에 위치해 있었다.

「피라미드 전시안에서 '전시안(All Seeing Eye)'은 말 그대로 모든 것을 보는 눈이지. 이것은 마치 태양이 모든 것을 비추는 것과 동일해. 전시안은 그래서 태양의 눈으로 볼 수 있지만, 이것은 본질을 놓치는 거야. 그 태양의 눈은 대상으로 멀리 떨어져 있는 게 아니라 내면에 실재하고 있다고 봐야지. 상단전처럼 말이야.」

선배는 피라미드 전시안의 눈동자가 호루스의 눈이라고 말했다. 그러면서 호루스의 눈에 얽힌 신화를 간략히 말하면서 그 이유를 밝혔다. 호루스는 오시리스(죽음과 부활의 신)와 이시스(여성신) 사이에서 태어나는데, 이집트의 왕 오시리스는 그의 동생 세트에 의해 살해당했다 한다. 훗날, 아들 호루스는 세트를 몰아내어 왕위에 오르지만 그의 눈이 세트에 의해 뽑혀 찢겨졌다는 것이다. 이것을 토트(지혜의 신)가 원래의 눈으로 만들어주었다고 한다. 이 토트가 피라미드를 설계하고 건축했는데, 그의 위대한 지혜가 피라미드 그림에 그려진 호루스의 눈 곧 피라미드 전시안으로 상징된다는 것이다.

선배가 계속해서 말을 이어갔다.

「피라미드 전시안은 1달러 지폐 뒷면에 그려져 있는데, 프리메이슨과 일루미타미의 상징으로 알려져 있지. 사실은 오늘날의 기독교에서 이단으로 규정하는 프리메이슨과 일루미나티는 기독교와 잘 호흡해오고 있었어. 그 단체의 상징인 피라미드 전시안이 가톨릭에서 중요 상징으로 받아들여지기 때문이야. 가톨릭에서 피라미드 전시안은 필수불가결한 요소라고 봐야 해.」

선뜻 납득하기 힘든 이야기였다. 프리메이슨과 일루미나티는 기독교로부터 사탄 숭배집단으로 규정되고, 처단 받고 있는 걸로 알고 있었다. 그런데, 본래의 기독교가 그들의 사상과 연결되어있다는 말인가?

선배가 머릿속이 혼란스러운 나를 바라보다가 입을 열었다.

「오늘은 이 정도로 할게. 앞으로 자주 얘기하면 좋겠다. 참, 이 문제가 반석 교회의 성흔 발현하고도 연관성이 있어. 그러니까 네가 좋아하는 토론 더해야 할 성 싶어.」

13

찬형 선배를 만난 이후 생각이 복잡해졌다. 선배는 교회를 떠났지만 외형적으로 볼 때만 그렇지 실은 내면의 교회 속에 거하고 있었다. 선배는 강 목사로 대변되는 부조리와 아집에 빠진 현재의 한국 교회에 실망해 교회 문턱을 넘나드는 것을 포기했으나 오랫동안 꾸준히 역사 속의 진정한 예수를 찾아 온 것이다. 그 결론이 호루스의 눈 곧 피라미드 전시안인 듯했다.

피라미드 전시안에서 '전시안'은 빼고 피라미드의 신비로운 힘에 대해서는 익히 들어왔다. 몇몇 심신 수련원이나 기공 단체에서 수련을 극대화시켜 주는 '피라미드 파워'가 발생된다는 기 제품을 파는 것을 봐왔다. 동으로 된 피라미드 안에 들어가 좌정하면 고도의 명상 상태를 경험할 수 있다고 했었다. 그들은 이 주장의 근거로 확인되지 않은 실험 사례를 선보이기도 했다. 면도기를 같은 피라미드에 보관해 두면, 녹슬지 않는다는 것이다. 여기에다가 피라미드의 하단에서 위로 삼분의 이 지점이 에너지의 응결점이라면서, 이집트의 대피라미드 속의 미라가 이 위치에 있다고 주장했었다. 이렇게 보면, 심신수련원과 기공단체에서는 피라미드 전시안이라는 말을 쓰지 않았을 뿐 그 개념과 힘에 대해서 잘 알고 있는 듯했다.

하지만 아무리 생각해도 예수와 피라미드 전시안이 연결되지가 않았다. 새벽까지 집에 있는 기독교 관련 책들을 들춰보았지만 별다른 소득이 없었다. 찬형 선배를 만난 다음 날 오전에 우당 도서관으로 향했다. 간밤에 성당 다니는 친구 민섭이가 전화 통화에서 일러준 책들 제목을 적은 메모지를 들고 나섰다.

민섭은 전화기 너머로 이렇게 말했었다.

「미안하다. 금시초문이야. 그런 게 있다는 걸 몰랐어. 그런 쪽으로 알아보려면 가톨릭의 역사와 바티칸 교황청에 대한 책을 살펴봐야 할 것 같은데 몇 권 알려 줄게.」

열람실에서 친구가 말한 책을 찾아 놓고 대충 훑어보았지만 도움이 되지 못했다. 그러다가 중세 미술에 대한 책을 꺼내 선채로 몇 장 넘겨보았다. 예수가 등장하는 회화를 집중 소개한 챕터가 눈에 들어왔다. 그 책과 함께, 기독교 건축과 바티칸 교황청에 대한 사진집 세 권과 프리메이슨과 이집트의 신화와 종교에 대한 책 두 권을 들고 나와 가까운 책상에 가 앉았다. 우선, 회화 책을 살펴보았다. 동방박사의 경배, 예수의 산상수훈, 최후의 만찬, 십자가에 매달린 예수, 예수의 부활 등 유럽 전역에서 그려진 유화가 이어졌다. 별다르게 보이지 않는 무겁고 답답한 중세의 성화가 이어졌다.

엠마오의 만찬

기독교적인 우의화

하품이 나올 즈음에, 눈이 탁 뜨였다. 눈 아래에 펼쳐진 그림은 야코포 다 카루치의 성화 「엠마오의 만찬(1525)」이었다. 성경에 나온 대로 부활한 예수가 엠마오에서 제자들과 식사를 하는 모습이었다. 놀랍게도 예수의 머리 위에 피라미드 전시안이 그려져 있었다. 새벽까지 잠을 설쳤던 나는 잘못 본 게 아닌지 눈을 비볐다. 피라미드 전시안이 분명했다! 찬형 선배의 주장을 뒷받침하는 증거로 부족함이 없었다. 기지개를 켜고 나서 의욕적으로 중세 미술책을 살펴보았다. 그 결과, 얀 프로보스트의 「기독교적인 우의화」(1510-1515)를 더 찾을 수 있었다. 다만, 이 유화에는 눈동자를 에워싼 삼각형이 없었지만 한눈에 피라미드 전시안으로 볼 수 있었다. 더욱이 이 그림의 하단에도 한 개 더 눈동자가 그려져 있었다.

전시안이 새겨진 십자가

나는 떨리는 가슴을 진정시키며 그 두 그림을 복사를 하고 나서 제 자리에 온 후, 다른 책을 살펴보았다. 장황한 지문을 건너뛰고 사진을 중심으로 빠르게 책장을 넘겨갔다. 두 시가 되어 갈 즈음에 책을 뒤진 보람이 하나 둘 나타났다. 여러 나라의 가톨릭 성당과 동방정교 성당에서 전시안을 찾을 수 있을 뿐만 아니라 전시안이 새겨진 십자가 사진도 몇 장 찾을 수 있었다. 그 사진들을 모두 복사한 후, 매점에 내려가 간단히 식사를 하고 제자리로 돌아왔다. 이후, 도서관이 폐장할 때까지 나머지 책 두 권을 내리 읽었다.

14

「야, 정말 이런 게 있었단 말이지」

「그래, 내가 하루 종일 도서관에 박혀서 찾아낸 거야.」

도서관을 나온 후 민섭의 집을 찾았다. 민섭이 관심어린 표정으로 복사 용지를 바라보았다. 그에게 넌지시 말했다.

「아는 교회 선배가 이것과 지금 반석 교회에서 생기는 오상 성흔 발현과 연관이 된다고 하더라.」

그가 고개를 갸우뚱거렸다.

「대체, 뭐가 뭔지 난 통 이해가 안 간다. 천주교가 이렇게 이단적인 문양을 오랫동안 사용해오고 있었다는 게 놀라워.」

「하긴 우리나라 신자들이 유럽에서 넘어온 기독교의 역사에 대해 객관적으로 알려고 노력하는 경우를 찾아보기 힘들지. 다들 두 손 모아 무릎 꿇고 주여, 주여 외치는 데에 혈안이 되어있는 게 현실이지. 그러다 보니 서양에서 신학적으로, 역사적으로 논쟁의 여지가 있는 성경 텍스트, 기독교의 교리와 제의가 한국 교회에서는 백 프로 의심의 여지없이 받아들여지고 있어. 그래서 성경의 한 구절 한 구절이 문자 그대로 신성으로 가득 차 있다는 독선에 빠지게 되고 말이야.」

듣고 있던 민섭이 끼어들었다.

「그건 너희 교회가 심하지. 난 천주교 모태신앙인데 너희 기독교의 일부 목사와 신자들 지나치게 극성이야. 예수 안 믿으면 지옥이라는 팻말을 들고 거리에서 확성기로 요란하게 찬송가를 부르는 경우는 좀 심하다 싶어. 게다가 천주교에서 마리아를 모시는 것을 유일신에 위배되는 우상숭배로 보거나, 우리나라 천주교가 제사를 용인하는 것을 두고 이단적이라고 비판하는 목사들도 있어. 기독교는 우리 천주교의 뿌리에서 나왔지만 이젠 천주교와 거리가 멀어도 너무 멀어진 듯해. 웃기는 건 천주교가 기독교를 두고 정통이냐 이단이냐 하는 것이 아니라 그 반대가 되어 버렸지. 자식이 부모를 이단이다, 귀신 들렸다 이런 식이면 곤란하지.」

민섭이 겸연쩍은지 엷은 웃음을 지었다. 오래전, 나와 그가 방위를 마치고 입시를 준비할 때 이 방에서 그의 어머니를 뵌 적이 있었다. 그때, 그의 어머니가 한 손에 묵주를 들고 열심히 공부해서 바라는 대학에 꼭 합격하라며 격려를 해 준 일이 기억났다. 그의 어머니를 생각하면 이른 새벽에 단정하게 옷을 입고 다리 건너 시내로 나가는 모습이 자연스레 떠올랐다. 그의 어머니는 다리 건너 성당으로 향했던 듯했다.

「특별한 용무가 있는 거 아냐? 설마, 내게 이 사진을 보여주려고 온건 아니겠지?」

민섭이 슬쩍 내 눈치를 살폈다. 나는 뒷머리를 긁으면서 입을 열었다.

「너 혹시 서 초등학교에 아는 분 계시니? 뭣 좀 물어볼까 하는데.」

그가 눈빛을 반짝이면서 말했다.

「이모부가 교감이야. 너 기억날지 모르겠는데 우리 초등학교 때부터 죽 서초등학교에서 교편을 잡고 있어.」

「정말? 다행이네. 어려운 부탁하나 할까 하는데 말이야.」

그가 앉은 채로 바짝 내게로 다가섰다.

「너희 이모부한테 부탁해서 반석 교회에서 성흔 발현하는 박철수 형제님의 혈액형을 알아낼 수 있을까?」

그러고 나서, 그 부탁을 한 이유를 설명해 주었다.

「그랬었군. 성혈의 혈액형과 대조해야 하니까 그의 혈액형을 알고 있어야 하겠지. 잘 알겠어. 내가 이모부에게 한번 여쭤볼게. 나도 성흔 은사에 관심이 많아서 어떤 결과가 나올지 궁금해진다. 이모부가 선뜻 그 일을 해줄진 잘 모르겠지만 한번 부탁해볼게.」

친구의 호의에 기운이 솟아나는 듯했다.

「나이는 서른다섯이니까 서초등학교 22회 졸업생일 거야. 사는 곳이 용마부락이니까 다른 사람과 혼동할 우려가 없을 거야. 그의 혈액형이 나온 자료를 사본으로 확보해주면 좋겠어. 참, 오늘 일 절대 비밀이다, 알겠지?」

15

오전 열 시쯤에 전화벨이 울렸다. 새벽까지 도서관에서 들고 나온 복사 용지를 보면서, 피라미드 전시안과 성흔 발현과의 연관성에 대해 생각하다 스르르 잠들었다. 민섭이었다.

「이모부가 박철수 형제님을 안다고 하더라구. 작년에 뉴스에서 박철수 형제님의 성흔 기적이 방송될 때쯤, K 방송국 기자가 와서 그에 대해 조사를 한다며 생활기록부 열람을 요청한 적이 있대. 처음엔 자신이 불가하다고 했는데, 제주시 교육청 윗선에서 열람을 지시하는 전화가 와서 하는 수 없이 그의 생활기록부를 공개했다는 거야. 그때, 방송국 기자가 사본을 가지고 갔다고 해.」

수화기를 내려놓고 나서 생각에 빠졌다.

K 방송국에서 그의 생활기록부를 복사해갔다? 어쩌면 성흔 기적을 뉴스에 내보낸 K 방송사에서 그의 혈액형을 알아내서 비밀리에 성혈 검사를 한 건 아닐까? 그렇지 않다면, 화제의 인물에 대한

정보 수집 차원에서, 초등학교를 비롯해 중·고등학교 생활기록부를 조사했을 가능성도 있겠지. 그나저나 K 방송국이라면….

석춘의 얼굴이 스쳤다. K 방송국에서 그의 생활기록부 사본을 떼 갔다면 그가 모를 리 없었다. 반석 교회의 일이 아닌가? 급히 윗도리에서 작은 수첩을 꺼내 K 방송국 아나운서실 전화번호를 찾았다. 그러곤 전화기의 번호 버튼을 하나하나 눌렀다. 곧바로 연결 음이 들리더니, 익숙한 목소리가 들렸다. 석춘이었다. 화들짝 놀란 듯이 도로 수화기를 내려놓았다. 생각을 정리할 시간이 필요했다. 그런 후 석춘에게 이 사실에 대해 해명을 요구해도 늦지 않을 것이다.

라면으로 아점을 때운 후 밖으로 나왔다. 완연한 봄 햇살을 맞으며 선배의 사무실로 향했다. 선배는 컴퓨터 앞에서 일에 열중이었다. 선배가 잠깐 기다리라고 하자, 탁자 위에 놓인 문학잡지 봄호를 들쳐보았다. 중앙 문단에서 등단한 작가는 찾아보기 힘들었다. 대부분 지방의 문학잡지로 등단한 작가나, 문학잡지 동호회의 작가 회원들의 작품이 실려 있었다. 선배가 나에게 「네 작품 정도면 곧바로 여기에 실을 수 있어.」라고 말했던 것이 뇌리를 스쳤다. 설명할 수 없는 욕망 탓에 선배의 호의를 사양했다. 서울에 올라가 서울에서 먹고살아가는 내가 뚜렷한 이유 없이 지방 잡지로 등단하는 게 이상해 보였다. 서울 시민이 된 이상, 중앙 문단으로부터 인정을 받아야 하지 않겠는가?

책장을 덮으려고 할 때 낯익은 얼굴이 보였다. 작품 하단에 실린 선배의 사진이었다. 그러고 보니, 신작시 맨 마지막에 선배의 시가 세 편 실려 있었다. 세편 모두 태양을 테마로 한 시들이었다. 맨 앞의 것이 강렬하게 눈을 사로잡았다. 천천히 시를 음미하고 있을 때, 선배가 앞으로 다가 오자 급히 책을 덮었다. 선배의 시를 못 본 척하고 싶었다. 자리에 앉은 선배의 손에는 사진 몇 장이 들려 있었다.

「어제의 연장선상에서 너에게 보여줄 게 있어.」

선배가 탁자 위에 한 장을 올려놓고 나서 나에게 보라고 했다. 천천히 사진을 살펴보았다. 교황 바오로 2세가 한 손에 지팡이를 들고 미사를 집전하는 모습이었다. 사진에서 눈을 뗀 내가 말했다.

「대체, 이 사진이 어떻게 어제 선배가 말한 것과 연관이 있단 말인가요? 설마, 피라미드 전시안과 관련이 있는 건 아니겠죠?」

선배가 교황 바오로 2세가 나온 사진의 한곳을 집게손가락으로 가리켰다. 그곳은 지팡이의 윗부분이었는데, 가만히 보니 솔방울 모양이 새겨져 있었다. 곧이어 선배가 나머지 사진 두 장을 보여주면서 입을 열었다.

「이 사진들에 나온 솔방울 조각은 바티칸 교황청에 있는 거야. 흔히, 그 조각이 세워져 있는 곳을 솔방울 정원이라고 하지. 자, 지금 사진에서 보았듯이 솔방울이 교황의 지팡이에 새겨졌고, 교황청 정원에 조각으로 세워졌다면 여기에는 상당한 의미가 있지 않겠어? 솔방울이

바티칸 솔방울 정원

상징하는 것은 뭐냐 하면, 아 이것도 네가 알고 있을 수 있겠다. 송과체라고 들어보았지?」

물론, 들어본 말이었다. 심신 수련원이나 기공 단체에서 중시하는 것이 상단전인데, 상단전을 인체 해부학적으로 송과체로 보기도 한다. 좌우 대뇌의 반구 사이의 셋째 뇌실 뒤쪽에 위치한 것으로 초능력 현상을 일으키는 인체 기관이라고 알려져 있다. 어린아이들의 영적 능력이 뛰어난 이유는 송과체가 활성화되었기 때문이고, 성인들의 영적 능력이 떨어지는 이유는 성장하면서 송과체가 퇴화했기 때문이라고 한다. 어느 명상 책에서는 데카르트가 송과체를 정신의 영역으로 들어가는 매개체이자, 의식과 영혼이 머물고 있는 곳이라 말했다고 했다. 실제로, 데카르트는 『인간론(1664)』에서 특별한 의미를 부여한 송과체를 인체해부학적으로 그려놓았다.

「송과체라면 잘 알죠. 어제 말했던 상단전이라는 말의 한 껍질을 벗겨내면, 송과체가 나오죠. 그런데 송과체가 피라미드 전시안과 무슨 상관이 있습니까?」

선배가 말했다.

「송과체의 뜻이 뭐냐?」

「송과체라면 'pineal gland'로 말 그대로 솔방울이죠.」

말이 끝나기 무섭게 순간적으로 아차 했다.

「아니, 이 사진의 송방울이 그러면 송과체란 말인가요?」

선배가 여유 있게 고개를 끄덕였다. 선배는 탁자 위에 놓인 사진 두 장을 겹쳐서 자신 앞에 가져다 놓았다. 그러곤 말했다.

「피라미드 전시안은 신화적이고 추상적인 개념에 그치는 게 아니야. 이렇듯, 우리 인체 내부에 있는 송과체라는 기관으로 환치되는 거야. 고대 이집트에서는 초자연적인 현상을 불러일으키는 송과체를 피라미드 전시안으로 상징화시켰던 거야. 조로아스터교와 미트라교, 이집트의 태양은 곧 전지전능한 신으로 볼 수 있는데, 이집트인은 그 신이 공허하고 추상적인 개념이 아니라 우리 인간 내부에 있는 명백한 실체라는 걸 깨달았던 거지.」

「그런데 피라미드 전시안과 송과체가 어떤 연관성이 있죠? 필연적인 이유라도 있습니까?」

「좋은 질문이야. 송과체는 시신경을 갖고 있다고 밝혀져 있어. 최근, 몇몇 의학자가 송과체를 '제3의 퇴화된 눈'이라고 보고 있어. 동물의 경우에도 일부 도마뱀에게는 망막과 수정체를 가진 두정안(parietal eye)이 있는데 이게 송과체에 해당하는 거라구. 이걸 보면, 고대 이집트인이 얼마나 과학적인 상징을 만들었는지 이해하고도 남지.」

듣고 보니 충분히 수긍이 되었고, 고대 이집트인이 대단하게 여겨졌다. 연이어 질문을 던졌다.

「좋다구요. 근데 조로아스터교와 미트라교, 이집트의 태양과 송과체는 어떻게 연결되죠?」

「그건 송과체의 성질을 보면 알 수 있어. 송과체는 빛에 민감하게 반응하고 또 빛에 의해 활성화해 멜라토닌이라는 호르몬을 분출하는데, 빛 중의 빛이 태양이잖아. 결국, 송과체와 태양은 떼어놓을 수 없는 관계를 맺고 있어. 경건히 응시하는 태양이 어쩌면 우리가 모르는 파장으로 송과체에 새로운 힘을 부여할 수 있지. 그

때문에 태양 없는 송과체는 무의미할 정도야. 또한, 고대인이 태양을 경배한 것에는 영적 차원의 비밀이 담겨져 있다고 봐야 해.」

「그렇군요.」

할 말을 잃었다. 선배는 다년간 상당히 전문적인 지식을 갖추었던 것이다. 평소 선배가 전 세계의 신화와 종교에 대한 관심이 많은 건 알고 있었지만, 지금 보니 일반적인 지식 이상을 구축하고 있었다. 전 세계의 신화와 종교 사이를 관통하는 비밀을 꿰어 찬 듯 했다. 그 비밀을, 이집트에서 찾고 있었다.

선배가 헝클어진 곱슬머리를 매만졌다. 그 모습을 보면서 입을 열었다.

「어제 도서관에 갔었어요. 하루 종일 앉은 보람이 있었죠. 여러 책에서 피라미드 전시안이 그려진 성화와 피라미드 전시안이 새겨진 성당을 찾을 수 있었습니다. 선배가 어제 말한 대로, 피라미드 전시안이 기독교의 역사에 뿌리가 깊다는 걸 알게 됐어요.」

선배가 기지개를 펴면서 말했다.

「아, 그거 보고 싶으면 내게 말하지. 내가 가진 것 보여줄 수 있었는데.」

「내 성격 잘 아시면서요. 고분고분하지 않고, 삐딱한 태도에 또 일단 의심을 하고 보는 거 말이죠. 그래서 선배 주장에 허점이라도 있지 않을까 해서 내가 직접 찾고 싶었어요. 잘 차려진 음식은 선배의 입맛에 맞을 뿐이니까요. 근데, 사진 자료를 살펴보니 선배의 주장에 상당히 설득력이 있어 보여요.」

「좀 고생했겠네. 그쪽의 자료들은 구석구석에 박혀 있어서 찾기 힘들었을 거야. 실은, 나도 오랫동안 다양한 책을 보면서 겨우 열장 남짓 건졌어. 국내서가 이정도일 뿐 아마, 외서에는 상당히 많은 피라미드 전시안의 사진 자료가 있을 거라 봐.」

내가 앞에 놓인 문학잡지를 가리키며 말했다.

「여기 실린 선배의 시에도 선배의 태양에 대한 특별한 관심이 드러나는데요.」

「내 시 봤구나.」

「눈에 물리적으로 보이는 것 이상의 의미를 가진 태양을 노래한 듯한데요. 지금까지 선배가 말하는 것처럼, 근동 종교의 태양과 피라미드 전시안 그리고 마지막으로 송과체를 하나로 연결시켜서 이 시를 풀이해야하겠군요. 음, 그리고 여기 '우리네 정신 속에는 불멸의 태양을 바라보고 자라는/ 영성의 해바라기가 심어져 있는 지도 모른다'에서 '영성의 해바라기'를 송과체의 은유로 볼 수 있겠군요.」

선배가 멋쩍은 듯 빙긋 웃으며 말했다.

「그렇게 읽혀지대? 그렇담, 명색이 문학잡지 편집장인 내가 시를 잘 쓰긴 하나 보네. 하하.」

문학잡지에 실린 선배의 시는 다음과 같다.

〈태양, 그 영혼의 창〉

오늘 오후엔 가을에서 겨울로 넘어가는 태양 볕을 쬐었다

쬐면서, 태양과 나 사이의 거리를 생각해 보고,

내가 지나온 시간과 이제 겨우 남은 시간을
성찰해 보았다

따가울 만치 생생한 태양 빛은
우리네 생의 징표가 아닌가 생각해 본다
우리네 정신 속에는 불멸의 태양을 바라보고 자라는
영성의 해바라기가 심어져있는지도 모른다
가을에서 겨울로 넘어가는 태양, 그 빛은
온 생명을 다시 활활 타오르게 한다

내가, 숨 쉬고 살아 있다고 알려주는
유일한 징표는
바로 태양 빛과 별이 아닐까?

살아있음의 즐거움이여!
살아있음의 정겨움이여!

우주, 저 너머에서 활활 타는 태양이
나에게 살갑게 징표해준다

태양은 내 혼이 저 너머의 세계로 넘어가는 창은 아닐는지
그래서
태양은 이생 내내 우리네 생을 비추고, 반추하게 한다

지금 태양은 가을에서 겨울로 넘어가고 있지 않는가?

시 얘기가 나오자, 화제가 문학 쪽으로 옮겨갔다. 선배는 묻지도 않은 자신의 시 세계를 장황하게 말하기 시작했다. 일찍이 육당 최남선은 우리 민족을 칭하는 백의민족의 「백」이 태양을 뜻한다고 했으며, 우리 민족이 해맞이를 하는 것도 태양 숭배와 연결이 된다는 것이다. 이처럼 뜻 깊은 태양을 자신은 함축성 높은 시의 언어로 형상화했다는 것이다. 이에 덧붙여 자신의 시에 담긴 태양의 의미는 몇 갈래로 해석이 가능하다고 말했다. 이런 끝에 중앙 문단에 대한 푸념이 터져 나왔다. 중앙 문단의 시가 지나치게 서양 추수적이다, 중앙 문단은 몇몇 문인 단체와 그 패거리에 의해 놀아나고 있다, 거의 모든 시가 황량한 개인의 내면에서 허우적대고 있다 등등. 이럴 땐 선배는 영락없는 시인이었다. 이런 그가, 오상 성흔과 신화와 종교, 기독교에 대해 말하기 시작하면 백팔십도 달라졌다.

내가 이야기의 흐름을 잘라 놓았다.

「박철수 형제님 혈액형을 알아봐 달라고 서초등학교에 아는 분을 통해 부탁을 했었어요. 근데, K 방송사에서 생활기록부 사본을 가져 갔다네요.」

선배가 흠칫 놀란 듯 했다.

「언제?」

「작년 초에 성흔 기적이 방송을 탈 때라고 하던데요.」

「K 방송사에서 박 형제님 생활기록부 사본을 가져 간 건 박 형제님의 혈액형을 알아내기 위해서가 아닐까? 어쩌면 성혈 검사를 했을 수도 있구 말이지. 이런 중요한 사실을 석춘이가 왜 우리에게 말 안했지?」

선뜻 답변할 수 없었다.

「…」

내 얼굴을 뚫어져라 쳐다보던 선배가 황급히 탁자 위의 전화기에 손을 올렸다. 어디론가 전화를 하려는 듯했다. 어쩌면, K방송 아나운서실일 듯했다.

「등잔 밑이 어둡다더니. 석춘이가 다 알고 있으면서 우리를 속이는 게 틀림없어.」

「선배, 아직 단정하긴 일러요. 내가 석춘이를 만나 어떻게 된 건지 알아볼게요. 아나운서실과 기자실이 별개라서 석춘이가 모르는 일일 수도 있지 않을까요?」

선배가 눈을 크게 뜨고 말했다.

「모르긴 뭘 몰라. 지방 방송사 직원들은 한 집안 한식구나 다름없어. 아나운서가 곧 기자고 기자가 곧 아나운서야.」

선배가 전화하려는 걸 겨우 막을 수 있었다. 내 머릿속에는 석춘의 얼굴이 크게 확대되어 떠올랐다. 성실하고 우직한 그가 설마 우리에게 속였다는 게 믿겨지지 않았다. 그는 단 한 번도 박철수 형제님의 생활기록부 사본을 자신의 방송국에서 떼 갔다고 말한 적이 없지 않은가? 내일 그를 만나 봐야 할 것 같았다.

16

–

「오늘은 또 웬일이야? 미리 전화라도 주지.」

K 방송국 로비 커피숍 의자에 앉으며 석춘이 넥타이를 고쳤다.

「네게 물어볼 게 있어서 왔어.」

「또 성혈 검사 문제로 내가 협조 부탁할 게 있어서 그런 거야?」

「그건 아니야.」

잠깐 동안 그를 자세히 살펴보았다. 눈동자가 흔들리고 있지나 않은지, 손가락이 미세하게 떨고 있지나 않은지, 두 발은 불안하게 제자리를 잡지 못하고 이리저리 옮겨지고 있지나 않은지 꼼꼼히 뜯어보았다. 크게 이상한 점을 찾아볼 수 없었다.

내가 입맛을 다시고 나서 말했다.

「작년 초, K 방송사 뉴스에서 반석교회의 성흔을 방송할 때 기자가 K 서초등학교를 찾아가 박철수 형제님 생활기록부를 조사했다고 하더라. 서 초등학교 교감이 한 말이니까 틀림없어.」

석춘이 당황한 표정을 지었다.

「어, 그게 ….」

재차 그에게 펀치를 날렸다.

「너, 찬형 선배와 나를 가지고 논 거 아냐? 농락하지 않았어?」

석춘이 입을 굳게 다물고 커피숍 유리창 너머로 시선을 던졌다. 복잡한 심경인 듯, 넥타이를 헐겁게 풀고 나서 냉수를 벌컥 들이켰다. 그가 내 쪽으로 고개를 돌렸다.

「우리 방송사에서 박철수 형제님 생활기록부를 열람한 걸 용케 알아냈구나.」

화가 난 내가 소리쳤다.

「왜, 그 중요한 사실을 알려주지 않았어?」

그가 말했다.

「그럴 사정이 있어. 그게 … 그래 사실대로 다 말할게.」

그러곤 천천히 호흡을 가다듬으며 성혈검사를 취재했던 기자의 말을 들려주었다. 작년 초에 반석 교회의 오상 성흔을 뉴스에 내보내기 전에 방송사의 고위 간부가 성혈을 채취해 검사하라는 지시가 그 기자에게 내려왔다고 했다. 처음엔 그 기자가 단독으로 서초등학교를 찾아가 박철수 형제님의 생활기록부 사본을 확보하고자 했다는 것이다. 그의 혈액형을 알아낸 후, 박철수 형제님의 성흔 기적 때에 생기는 성혈의 혈액형과 대조하고자 했다는 것이다. 그런데 이 일이 호락호락하지 않았다고 했다. 개인 신상 서류를, 서초등학교에서는 순순히 공개할 수 없다고 했다는 것이다. 이때, 조력자가 나타났다고 했다. 방송사 고위 간부가 연결해준 제주 노회장인 영주 제일 교회 목사가 자기 교회 장로인 교육청 고위 간부에게 협력을 요청한 것이다. 이렇게 해서 기자가 생활기록부 사본을 확보해 박철수 형제님의 혈액형을 알아냈다고 했다. 성혈은 제주노회에서 강 목사의 협조로 채취했다고 했다. 이윽고, 혈액형 검사 결과가 영주 제일 교회의 모 장로가 운영하는 나사로 병원에서 나왔다는 것이다. 그가 그 결과를 알아보려고 병원에 찾아가는 날, 방송사 모 간부가 호출했다고 했다. 모 간부는 금일부로 박철수 형제님의 성혈 취재 건을 종결하라고 하면서, 이번 취재 건은 원천적으로 없었던 걸로 하는 것과 함께 관련 사항을 일체 함구하라는 엄중한 지시를 내렸다는 것이다. 그래서 성혈 검사가 빠진 채로 박철수 형제님의 성흔 기적이 뉴스에 나갔으며, 그 기자는 그 결과가 어떻게 나왔는지 모른다고 했다.

거기까지 말하고 나서 석춘이 말꼬리를 흐렸다.

「대체 무슨 일이 생긴 거야? 네 말대로라면, 제주노회에서는 박철수 형제님의 성혈 검사 결과를 알고 있을 거 아냐? 그걸 왜 은폐하는 거지? 그리고 넌 박철수 형제님의 혈액형을 몰라?」

그가 말했다.

「이건 회사 극비 사항이야. 박철수 형제님 혈액형을 선뜻 말할 수 없었던 내 사정을 이해해줘.」

그러곤 내 손을 붙들며 말했다.

「박철수 형제님 혈액형은 O형이라고 들었어. 너는 내게 성혈을 채취해 달라는 부탁을 했을 뿐, 내게 박철수 형제님의 혈액형을 알아내 달라고 말한 적이 없어. 특별히 숨기려고 했던 게 아니라는 걸 알아주길 바라. 난 단지, 찬형 선배와 너만큼 적극적이지 않았을 뿐이야. 며칠 전에 말했듯 네 부탁대로 성혈을 채취해 성혈을 검사하는 데 도움을 주려고 했어. 진심이야. 그리고 이거 명심해라. 박철수 형제님 혈액형을 네가 알고 있다는 건 네가 제주 K 방송의 극비 정보를 입수했다는 말이고, 이는 곧 내가 내 목을 걸고 너에게 극비 정보를 제공했다는 거야. 무슨 말인지 잘 알지?」

듣고 보니, 결코 석춘이 우릴 농락했다고 보긴 힘들었다. 저 자신은 회사 극비 사항을 위험을 무릅쓰고 공개해야 할 뚜렷한 이유가 없었을 것이다. 게다가 찬형 선배와 내 모의가 얼마만큼 진정성을 가지고 있는지에 대한 확신이 서지도 못했을 수도 있다. 그의 눈에 비쳐진 찬형 선배와 나는 교회를 떠난 지 오래되어 신앙심으로 똘똘 뭉쳐진 교회 식구로 보기에 힘들었을 수도 있을 것이다. 이 때문에 우리에게 오상 성흔 발현과 관련된 회사 비밀 사항을 넙죽 줄 리 만무할 것이다. 그런데 왜 박철수 형제님의 성혈 검사 결과가 세상에 밝혀지지 못한 걸까? 곰곰이 생각해 보니, 그 결과를 공개하지 못할 이유라도 있는 듯했다.

다행히 나와 석춘은 불편한 감정을 풀었다. 고등학교 때 이후 처음으로 우리는 두 손을 잡아 보았다. 석춘은 약속대로 돌아오는 주일에 박철수 형제님의 성혈을 채취해주겠다고 했다. 박철수 형제님의 혈액형을 알고 있으니, 이제 그의 성혈이 어떤 혈액형으로 나오는지 검사하는 일만 남았다.

17

주일이 돌아왔다. 오늘 석춘이 박철수 형제님의 성혈을 채취하기로 한 날이다. 간밤에 단단히 마음의 준비를 하고 예배에 참석하기 위해 일찍 잠에 들었다. 잠들기 전에 무슨 이유에선지 책꽂이에서 성경책을 꺼내 책상 위에 올려놓았다. 열시 경에 눈을 뜬 나는 세면을 하고 간단히 요기를 한 후 옷을 갈아입고 거울 앞에 섰다. 그러곤 책상 위에 놓인 성경책을 들고 반석 교회로 향했다. 반석 교회 앞에서 찬형 선배와 석춘을 만나기로 했다. 용마부락으로 난 아스팔트를 따라 걸어가 반석 교회 앞에 다다랐다.

나를 알아보는 신도들이 있어서, 그들과 인사를 나누고 있으려니 찬형 선배가 나타났다. 조금 후엔 석춘이 탄 자가용이 도착했다. 석춘이 나와 눈빛을 주고받으며 교회 안으로 들어섰다. 그 뒤로 찬형 선배와 내가 따라 들어갔다. 교회에는 저번처럼 많은 신도가 자리를 차지하고 있었다. 석춘은 예배 석 맨 앞에서 두 번째 줄에 앉았다. 박철수 형제님이 맨 앞줄에 앉았던 게 기억이 났다. 나와 찬형 선배는 맨 예배 석 맨 뒷줄에 앉았다. 예배 석 뒤쪽에도 자리를 차지하지 못한 신도가 십여 명이나 됐다. 그 가운데에 카메라를 들고 있는 사람도 서너 명 보였다. 나는 성경책 위에 두 손을 올려놓고, 복잡한 마음을 가라앉히려고 노력했다. 찬형 선배는 두 손을 모우고 묵상을 했다. 이윽고 귀에 익숙한 찬송가가 울려 퍼졌고, 성경 봉독이 끝났다.

설교 단상에 올라서는 통통한 체구에 대머리인 강재섭 목사가 눈에 들어왔다. 그는 발뒤꿈치를 슬쩍 들어 올려 살포시 한 발짝 한 발짝을 떼어 단상 앞에 섰다. 그의 대머리와 얼굴이 조명에 반사되어 윤기가 자르르 흘렀다. 그의 설교가 시작됐다. 돌아온 탕자 이야기였다. 그의 입에서 '돌아온 탕자'라는 말이 여러 차례 반복되었고, 그때마다 목사가 나에게 들으라고 하는 소리 같았다. 계속해서 그의 낭랑한 목소리가 이어졌다.

「성도 여러분, 사람들은 풍요로운 시대에 더 하나님에게 가까이 다가올까요? 궁핍한 시대에 더 하나님에게 가까이 다가올까요? 이에 대해 「누가복음」(15:11-32)은 '탕자의 비유'를 통해 잘 말해주고 있습니다. 큰아들은 재산을 나눠 받고 집에 머물지만, 작은아들은 재산을 나눠받은 후 고향을 떠났습니다. 세월이 흘러 어떻게 되었을까요? 결국, 다른 나라로 떠난 작은아들은 방탕한 삶에 빠져 재산을 다 잃고 돼지치기가 되고 맙니다. 굶주림에 시달리던 그는 비로소 제정신이 듭니다. '내 아버지 집에는 양식이 풍부해서 일꾼들이 먹고도 남는데 나는 여기서 굶어 죽는구나! 내가 일어나 아버지에게 돌아가 말해야겠다. 아버지, 제가 하늘과 아버지께 죄를 지었습니다. 저는 더 이상 아버지의 아들이라 불릴 자격이 없으니 그저 하나의 일꾼으로나 삼아 주십시오.' 이렇게 작은아들이 뒤늦게 아버지의 존재를 깨닫고 아버지에게 돌아옵니다. 아버지는 그를 어떻게 맞이했을까요? 아버지는 그에게 꾸지람을 주기는커녕 살진 송아지를 잡아 성대한 잔치를 벌였습니다. 이에 큰아들이 아버지에게 항변합니다. '보십시오! 저는 여러 해 동안 아버지를 위해 종노릇 하고 무슨 말씀이든 어긴 적이 없습니다. 그런데 제게는 친구들과 함께 즐기라며 염소 새끼 한 마리도 주시지 않았습니다. 그런데 창녀와 함께 아버지의 재산을 탕진한 아들이 집에 돌아오니까 아버지는 그를 위해 살진 송아지를 잡으셨습니다.' 그러자 아버지는 말합니다. '얘야, 너는 항상 나와 함께 있지 않느냐? 또 내가 가진 모든 것이 다 네 것이다. 그러나 네 동생은 죽었다가 다시 살아났고 내가 그를 잃었다가 찾았으니 우리가 잔치를 벌이며 기뻐하는 것이 당연하다.' 이 이야기는 물질적으로 풍요로운 시대보다 물질적으로 궁핍한 시대일수록 사람들이 하나님에게 다가간다는 점을 잘 말해주는 것으로서… 성도 여러분, '탕자의 비유'에서 명심해야 할 세 가지가 있습니다. 첫째, 하나님은 부모가 자식을 버리지 않듯이 항상 우리가 돌아오기를 기다리고 있다는 것입니다. 하나님의 집은 죄 지은 자와 선한 자 가리지 않고 모두에게 한결같이 열려 있습니다. 이처럼 기독교가 다른 종교보다 우월한 점이 하나님의 한없는 사랑 곧 은혜에 있으며… 둘째, 작은아들은 온전히 자신의 잘못을 뉘우치고 회개했다는 것입니다. 이처럼 하나님의 집은 누구에게나 항상 열려 있지만 하나님의 집으로 돌아가기 위해선 반드시 회개가 전제되어야 합니다. 참된 회개가 없으면 아버지를 만날 수 없다는 것을 아셔야 합니다. 참된 회개란… 셋째, 하나님을 떠나 인간의 자유의지로 살고자 함이 곧 죄라는 것입니다. 작은아들은 아버지를 떠나 자신의 생각대로 살려고 함으로써, 결국엔 빈털터리가 되어 굶주리고 맙니다. 이처럼, 우리는 하나님을 한시도 떠나서는 안 됩니다. 「시편」(73:28)에 '그러나 나는 하나님과 가까이 있는 것이 좋습니다.'고 했듯이, 인간의 자유와 행복은 오로지 하나님 안에 있다는 것을 아셔야 합니다. 그러므로 성도 여러분, 아직도 늦지 않았습니다. 어떻게 부모가 자식을 버릴 수 있겠습니까? 하나님은 회개하고 돌아온 탕자 아들을 언제든지 반갑게 맞이하십니다. 하나님은 여러분이 회개하면 여러분이 지은 죄를 모두 용서하십니다. 아멘.」

강 목사의 설교가 끝나자 기도의 시간이 되었다. 강 목사가 '탕자'와 '주여!'를 여러 차례 되풀이하면서 목소리 높여 기도를 하고 있을 때 슬쩍 눈을 떠보았다. 다들 눈을 감고 두 손을 모으고 있었다. 단상에서 강 목사는 혼자 신들린 듯 방언 기도를 토해냈다. 이 자그마한 교회 내에 성령이 임재하신 걸까? 숙연한 분위기 속에서 반석 교회 신자들은 저마다 절대자 하나님에게 매달리고 있었다. 그러곤 강 목사의 기도가 끝난 것과 함께 소란이 일어났다. 예배 석 앞쪽이었다. 뒷머리를 보이는 석춘이 자리에서 일어나 옆으로 나왔다. 그의 앞에 박 형제님이 수행인의 부축을 받고 자리에서 일어나는 게 눈에 들어왔다. 이번에도 틀림없이 오상 성흔 기적이 생긴 듯했다. 박 형제님이 예배 석 옆으로 나와 단상으로 걸어가려고 할 때였다. 석춘이 그를 부축하는 듯 그의 옆에서 그의 한쪽 손을 잡았다. 아주 찰나의 시간에 박 형제님의 손이 석춘의 손에 잡혀 있었다. 곧바로, 수행인이 석춘을 박 형제님으로부터 밀쳐내면서 그의 손을 떼 냈다. 수행인의 굳은 표정이 보였지만 별다르게 신경 쓰지는 않는 듯했다. 석춘은 그대로 예배석의 좌석에 와 앉았고, 박 형제님은 단상 옆에 섰다. 그를 맞이하는 강 목사의 윤기 자르르 흐르는 얼굴이 더욱 조명에 빛났다. 그는 십자가의 고행 속에서 피를 흘린 예수를 환영하기라도 하는 걸까? 반가워하는 기색마저 보였다. 강 목사는 박 형제님의 두 손을 잡고 성도들에게 펼쳐보였다. 곳곳에서 「할레루야!」라는 소리가 터져 나왔다. 이와 함께 큰 소동이라도 일어난 듯 교회 내부는 탄성과 울음으로 술렁이기 시작했다. 박 형제님의 표정은 전과 비슷했다. 무아지경에 빠진 듯 동공이 풀려 있었다. 강 목사가 외쳤다. 「성도 여러분 지금 성령이 반석 교회에 임재했습니다. 박철수 형제님의 오상 성혼이 그것을 증거하고 있습니다. 성도 여러분, 이번에는 또 다른 기적을 보여드리겠습니다. 성도 여러분, 두 눈을 감고 두 손을 펼치고 편안히 계십시오. 그리고 병이 낫는다, 아픈 곳이 낫는다고 생각하세요.」 천천히 눈을 감기 전에 보니, 강 목사가 박 형제님의 한 손을 잡고 다른 한 손을 예배 석을 향해 펼쳤다. 박 형제님은 지그시 두 눈을 감고 있었다.

이윽고 일 분여 정적이 흘렀고, 여기저기서 탄성이 나오는 바람에 두 눈을 떴다. 강 목사가 소란한 세 곳을 향해 누군가에게 강단 위로 올라오라고 손짓했다. 강단 위에 올라 선 신도는 할머니, 가정주부와 여고생이었다. 머리와 어깨가 무엇인가로 인해 반짝거리는 할머니가 말했다. 「저는 지팡이가 없으면 걷질 못해요. 신기하게도 목사님이 올라오라고 하니까 지팡이 없이도 두 다리로 걸을 수 있게 됐어요. 이처럼 몸에 금분이 생겼구요. 목사님, 감사합니다.」 가정주부는 「여기 보세요. 손에 금빛 가루가 생겼네요. 저는 허리가 안 좋은데 허리가 가뿐하네요. 전능하신 하나님, 감사합니다.」했고, 여고생은 「두 눈을 감고 있는데, 섬광이 스쳐 지나가면서 온몸이 뜨거워졌어요. 그러곤 두 눈을 떠보니, 금빛 가루가 손과 무릎 위에 생겼어요. 전 두통이 심했는데 말끔히 사라졌어요. 너무 신기해요.」했다. 전혀, 예상치 못한 일이었다. 내가 의아한 표정으로 옆의 찬형 선배를 바라보자 선배가 귓속말을 했다.

「이런 현상은 자주 있는 건 아니고 매우 드문 일이야. 나도 말만 들었는데 오늘 처음 보게 되네. 참 신기한 일이 아닐 수 없어.」

3부

세 배 위대한 헤르메스의 지혜

1

–

「선배, 강 목사에게 원래 그런 능력이 있었나요? 박철수 형제님의 오상 성흔과 강 목사의 치유 능력이 어떤 연관성이 있습니까?」

예배가 끝난 후, 시내의 한식 식당에 들렀다. 석춘은 한 시간 후 오기로 약속했다.

「강 목사에게는 전혀 그런 게 없었어. 시내의 몇몇 유명 교회 목사가 치유 사역을 펼치는 일은 들어왔는데 강 목사는 그런 부류가 아니었어. 내가 알기론 박 형제님의 성흔 발현이 생기고 난 이후, 강 목사가 치유 사역을 펼쳤어. 너는 처음 듣는 얘기이겠지만, 박 형제님의 오상 성흔과 함께 신도들의 신체에 금빛 가루가 생기게 하면서 병 치유를 하는 은사가 강 목사의 특별한 능력에서 비롯되었다고 알려져 있어. 그러니까 오상 성흔 기적의 경우 박 형제님 개인의 신실한 신앙심보다는 강 목사 기도의 힘에 의해 발생했다고 보는 거지. 오상 성흔 발현의 박 형제님이 언젠가 주일 예배 때, 강 목사님이 자신에게 안수 기도를 하고 나서부터 이런 현상이 생겼다고 신앙 고백을 한 적이 있어. 금빛 가루가 생기는 치유 은사의 경우 방금 전에 본 그대로야. 그래서 성흔 발현과 치유 은사가 강 목사의 예외적인 영적인 능력을 보여주는 징표가 되는 거야.」

「정말, 단상에 나갔던 세 분이 치유를 경험했을까요? 혹시, 자기 최면이나 마인드컨트롤 같은 것 아닐까요? 두 눈을 감고 한 가지 소원에 집중하고 나서, 눈을 떴을 때 병이 치유됐다는 게 주목되던데요. 이 메커니즘이 여느 최면 요법이나 심리 치료법과 다를 바 없다고 생각해요. 단지, 순간적으로 자기가 소망하는 몸 상태의 느낌을 가지게 되는 거죠. 오상 성흔의 생생한 기적을 바로 곁에서 지켜보는 신도들은 더욱 강렬하게 성령의 임재 함을 믿게 될 것이고, 이를 바탕으로 자기 소원이 틀림없이 실현된다고 확신하게 되는 거죠. 오상 성흔의 실체는 따로 성혈을 통해 검사를 해야 하겠지만, 그와 별도로 치유 사역은 순 대중 최면 기술이나 다름없다고 봐요. 성경과 신앙으로 하나가 된 신도들이 보이지 않는 성령의 메신저로서 목사에 대한 강한 신뢰를 가짐으로써, 손쉽게 집단 최면에 빠져드는 거죠. 실제로는 하나님, 성령의 임재 함과 또 목사의 신앙심과는 아무 상관없는 일이죠. 어느 종교적 집단에서나 권위 있는 지도자가 대중으로 하여금 뜨거운 기운 속에서 그들의 소원이 성취되는 것에 대한 자기 최면을 불어넣으면, 병 치유 같은 일이 생긴다고 봐요. 그래서 강 목사의 경우는 명백하게… 」

「잠깐, 너무 급하게 달려가지 말라구.」

선배가 내 말을 잘랐다.

「네 견해에도 상당히 설득력이 있어. 내가 몇몇 교회 목사들을 안 좋게 보는 이유 가운데 하나가 지금 네가 말하는 것 때문이야. 어떤 목사는 자기 손을 대고 안수 기도를 드리면, 뇌종양 환자가 백 프로 완치되고 앉은뱅이가 일어서고, 또 암이 사라진다고 떠벌리기도 하지. 그러면서 자기가 여느 목사와 다른 영적 능력을 가지고 있다, 성령이 특별히 선택하셔서 항상 자신에게 임재하신다고 침 튀기면서 말하지. 그게 실제로 그런 건지, 나는 의심스러워. 그런 병 치유 현상은 네 말대로 신적이고 영적인 능력과 별개의 일로 생각돼. 최면이거나, 혹은 기의 작용으로 보인단 말이야. 그런데 말이야, 그런 부류의 목사와 명백히 다른 게 있어.」

궁금증이 일어났다. 선배의 두 눈을 응시했다.

「다른 게 뭔가요?」

「작년 말에 한 번 강 목사가 치유 은사를 펼칠 때 금빛 가루가 생겼다고 하더라구. 작년 초, 박 형제님에게 오상 성흔이 생긴 이후 강 목사가 치유 은사를 여러 차례 펼쳤는데 그때마다 금빛 가루가 생긴 건 아니고 오늘처럼 금빛 가루가 생긴 건 손가락 꼽을 정도라고 해. 바로 이 금빛 가루가 다른 거야. 누가 일부러 뿌리기 전에는 생길 리 없지. 그래서 방금 전에 치유 은사를 받은 아주머니를 잠깐 뵈었어. 그분 손에 소복하게 금빛 가루가 쌓인 게 보이더라구. 내가 준비해뒀던 스카치테이프로 금빛 가루 일부를 붙여서 가져왔어. 이거야, 한번 직접 보라구.」

선배가 재킷 주머니에서 무언가를 꺼냈다. 탁자 위에는 엄지손가락만한 스카치테이프가 놓여졌다. 접착 면으로 금빛 가루 여러 개를 붙인 후 다시 스카치테이프로 그 위를 접착시켜 놓았다. 스카치테이프 속에 금빛 가루가 단단히 밀봉된 것이다. 삼각형의 깨알 같은 금빛 가루가 반짝였다. 곧이어 선배는 도로 재킷 주머니에 넣었다.

「몇몇 분이 과장해서 금분이라고 하긴 하지만 실제 금가루는 아니고 금빛이 나는 가루일 뿐이야. 근데, 왜 생기냐 말이야? 이건 누구도 부정할 수 없는 생생한 물질이야. 이때까지 난 한국에서 그 어떤 목사가 이런 걸 내놓은 걸 본 적이 없어. 이건 눈에 보이지 않는 어떤 힘이 있다는 걸 보여주는 증표야. 여기다가 오상 성흔과 치유 역사 이게 과연 강 목사에서 비롯한 것인지, 아니면 오상 성흔의 박 형제님에 의해 생긴 것이지 그걸 잘 분별해야 한다는 거야. 내가 듣기로는 강 목사가 치유 사역을 할 때엔 항상 박 형제님이 강단 위에 함께 서 있는 걸로 알고 있어. 오늘 유심히 보니까, 아닌 게 아니라 박 형제님의 손을 잡고 있더라구. 특별히 그럴 이유가 있었을까?」

「선배도 보셨군요.」

「그래, 기도할 때 눈을 뜨고 봤지. 박 형제님의 손을 잡고 있더라구.」

「저도 봤는데 그게 좀 특이하던데요. 워낙 내가 강 목사를 편견을 갖고 봐서 그런지, 그게 부자연스러워 보였어요. 더욱이 선배 말대로, 그게 반복됐다면 뭔가 다른 이유가 있겠죠. 어쩌면 박 형제님의 능력을 자기 것처럼 한 것인지 모르겠군요. 자긴 능력이 없으니, 옆에 치유 기적을 일으키는 박 형제님의 도움을 받은 것일 수 있겠어요.」

선배가 고개를 끄덕였다. 잠깐의 침묵이 흐르고 있을 때, 석춘이 식당 문을 열며 들어섰다. 그가 자리 안자 주문을 했다. 다 같이 설렁탕을 시켰다. 석춘이 정장 안주머니에서 손바닥만한 비닐봉지를 꺼냈다. 붉게 물든 사각 솜이 자그만 비닐봉지 안에 들어 있었다. 찬형 선배가 그걸 받아 들고 자신의 주머니 안에 넣었다. 그러곤 찬형 선배와 나, 석춘이 물컵을 들이켰다.

「용케 잘해냈네.」

「사각 솜을 한손에 쥔 채로 박 형제님의 손을 잡아서 얻어냈어요. 한 번에 해야 해서 혹시나 성혈이 잘 묻히지 않을까 걱정했는데, 화장실에서 보니까 피가 잘 묻었던데요.」

「이젠 내가 나설 차례군. 그나저나 박 형제님의 혈액형도 알고 있어야 이 일이 순조로울 텐데 말이지.」

찬형 선배가 이맛살을 찌푸리며 석춘을 바라보았다. 석춘의 두 눈이 파르르 떨렸다. 석춘이 은테 안경을 벗어 유리알을 닦았다. 내가 입을 열었다.

「그건 잘 해결됐습니다, 선배.」

찬형 선배가 놀란 듯한 표정이었다.

「석춘이가 이미 알고 있더라구요. 근데 석춘이에게 말 못할 사정이 있었어요.」

그러곤, 며칠 전 석춘에게서 들었던 이야기를 들려주었다. 석춘이 조금 편해진 듯한 표정이 었다. 찬형 선배가 인상을 누그러뜨리며 입을 열었다.

「그랬었군. 이 일에 제주노회가 얽혀있었군. 뭔가 심상치 않는 예감이 드네.」

이윽고, 설렁탕이 식탁에 오르자 우리 셋은 숟가락을 들었다. 찬형 선배가 생각이 많으면 소화가 안 되니, 우선 영양보충을 하고 나서 대화를 이어가자고 했다. 몇 분 동안, 서로 대화를 하진 않았지만 다들 생각이 없을 수 없었다. 설렁탕 그릇에 숟가락이 부딪는 소리가 우리 사이의 침묵을 깨뜨렸다. 얼마 후, 식사를 마친 우리 셋은 식당 내 자판기 커피를 뽑아 마시면서 대화를 재개했다. 찬형 선배가 제주 노회와 반석교회 강 목사의 은밀한 커넥션이 있을 가능성을 제기하면서, 그 근거를 짚어냈다. 석춘은 몹시 불쾌한지 연신 기침을 해대다가, 그런 얘기는 성혈 검사하고 나서 해도 늦지 않다며 접자고 했다. 그러자 찬형 선배가 내일 정영민 내과 의원을 찾아가 성혈 검사 의뢰를 하겠고 말했다. 오전에 찾아가면, 오후에 혈액형을 판독할 수 있다고 했다. 찬형 선배는 나에게 내일 오후 5시에 정영민 내과에서 보자고 했고, 나는 석춘에게 내일 저녁에 연락할 테니 그때 약속을 잡자고 했다.

2

다음 날 오후, 정영민 내과 로비에 도착해 보니 선배가 나를 기다리고 있었다. 내가 가까이 다가가자 자리에서 일어나 함께 진찰실로 가자고 했다. 다섯 시 정각에 정영민 의사를 뵙기로 했다는 것이다. 진찰실 문을 열고 들어서니, 머리 희끗한 의사가 맞이했다. 내가 목례를 하고 나서 찬형 선배 옆에 가 섰다.

「혈액형은 AB형으로 나왔어. 최 형 말대로, 박철수 형제님이 O형이라면 정말 믿기 어려운 일이 생겼네.」

입을 쩍 벌릴 수밖에 없었다. 선배는 사뭇 침착한 모습이었다. 우리를 보고, 의사가 말을 이었다.

「여기서 끝나는 게 아니야. 여기 봐봐.」

의사가 옆의 모니터 화면을 가리키면서 말했다.

「보다시피 금빛을 내는 금속성 가루가 피에 다량 섞여 있어요. 관심을 갖고 보니, 절대 인체에서 생길 수 없는 물질이야. 이 금빛 가루의 성분이 무언지는 별도로 검사해 봐야겠지. 실은 간호사가 이상한 일이 있다고 연락해 와서 내가 오전부터 지켜보았어. 놀랍게도 그새 새로 생긴 것도 있어. 없었던 게 생긴 거지. 크기도 다 다른데, 작은 것은 조금씩 커가고 있어. 이게 일정 정도 되면 그 상태로 딱 멈추더라구.」

또 다시 입을 다물지 못했다. 선배는 생각에 빠진 듯 잠자코 있었다. 나는 선배의 시선을 마주치고 나서 화면 가까이 시선을 던졌다. 화면에 확대되어 나타난 것은 어제 선배가 스카치테이프로 봉해서 보여주었던 금빛 가루와 동일했다. 금빛이 나는 삼각형이었다. 놀라운 일이었다. 십오 분 정도, 의사와 그 현상에 대해 의견을 주고받은 후, 우리 둘은 병원 밖으로 나왔다. 보도블록 위를 걸었다.

선배의 눈치를 살피다가 내가 입을 열었다.

「놀라워요. 어떻게 박철수 형제님의 몸에서 전혀 엉뚱한 혈액형이 나올 수 있는지. 해외토픽감이잖아요. 근데, 왜 제주 노회장이 이 사실을 은폐했을까요? 예수의 성혈이 나왔다, 생생한 성령의 은총이다 방방 떠들어대고도 남았을 텐데요. 혹시, 그 금빛 가루 때문일까요?」

「문제는 예수의 피에 의문의 물질이 추가되었다는 거지. 어제 내가 너에게 보여준 금빛 가루 말이야. 제주 노회에서는 기존의 신앙과 교리, 성경의 말씀에 비추어볼 때 받아들이기 어려웠겠지. 어찌해서, 신성한 예수의 피에 금빛 가루가 섞여 나올 수 있단 말인가? 하고 고민에 빠졌겠지. 그러다가 골치 아픈 논쟁에 휩싸이는 걸 피하려고 성혈 검사를 은근슬쩍 없었던 걸로 했겠지.」

내가 선배에게 말했다.

「어쨌거나 O형 혈액형을 가진 박 형제님의 성흔에서 전혀 엉뚱한 AB혈액형의 성혈이 나왔다는 것만으로도 신기합니다. 정말로 우리 인간의 이성으로 가늠하기 어려운 신성한 세계가 있기는 있는 건지 모르겠어요.」

「가톨릭에서는 전 세계적으로 발생하는 오상 성흔에서 예수의 피와 동일한 AB형 혈액이 나왔다고 보고하는 사례가 부지기수야. 때문에 수많은 사람이 신으로서의 예수를 믿을 수밖에 없는 거야. 그런데 이건 과학으로도 설명할 수 없는 신의 영역이야. 그 신의 영역이 과연 어떤 것인지가 문제로 남지. 그걸 푸는 단서가 금빛 가루에 있다고 봐.」

선배가 생각난 듯 말을 돌렸다.

「참, 석춘에게 전화했어?」

「아직요.」

「석춘에게 전화하기 전에 나하고 좀 대화를 하자. 이 일에 대해선 내가 여러 가지 가능성을 염두에 두면서 고민해오고 있었어.」

이윽고 우리 둘은 택시를 타서 선배의 집으로 향했다. 선배의 집에 들어가 방에 앉았다. 예수의 피가 박 형제님에게서 나왔다는 게 놀랍고도 믿기 힘들었다. 가슴이 진정이 되지 않았다. 선배는 이상하게도 침착했다. 선배가 등을 벽에 기대고 입을 열었다.

「내가 기대했던 대로, 나와 네가 찾는 신으로서의 예수가 박 형제님에게 임재했음은 명백해. 그 예수가 성경에서, 교회에서 말하는 것과는 일치하지 않는 게 문제란 말이지. 그래서 이 명백한 물질적 증거를 토대로 해서 하고 싶은 이야기가 있어.」

선배가 물컵을 가져다가 목을 축였다. 그러고 나서 천천히 입을 열었다.

「며칠 전에 말했던 건데, 내가 바라보는 예수를 기억하지?」

「당연하죠! 선배는 피라미드 전시안을 매개로 한 예수를 말했잖아요.」

「그래, 그거야. 이제, 피라미드 전시안과 박 형제님의 이적의 연관성을 말해야 할 차례야.」

선배가 반쯤 유리창을 연 창밖으로 시선을 던졌다. 창 밖에 흐릿하게 귤나무가 바람에 흔들리고 있었다. 겨우내 탐스런 귤을 다 떨어뜨린 귤나무가 새로운 생명을 잉태하고 있는 중이었다.

「우선, 피라미드 전시안을 잘 이해하기 위해 토트가 만들었다는 피라미드에 대해 살펴보자. 현재의 과학 기술의 관점에 비추어 봐도, 기자의 대피라미드는 놀라운 게 아닐 수 없어. 단순히 4,500여 년 전에 석기와 청동기만을 갖고 인간의 노동력으로 만들었다고 지나치기 납득하기 힘든 구석이 많아. 여기에는 놀라운 과학 기술이 개입되어 있어. 어느 과학자는 대피라미드의 각 밑변 길이의 오차 0.02%에 불과하다는 걸 밝혀냈어. 오늘날의 과학 기술로도 건물의 수준 오차가 0.2%라는 걸 감안한다면 정말 대단한 게 아닐 수 없지. 또한, 대 피라미드의 네 밑변이 거의 정확하게 동서남북을 가리키고 있다는 거야. 이 정확성은 영국 그리니치 천문대의 자오선 빌딩보다 더 앞선다고 하고 있어. 이 대피라미드를 지금으로부터 4,5000여 전에, 토트에 의해 건축되었다는 게 주목을 요해.

여기까지만 해도, 토트가 여느 신화에서 나오는 허무맹랑한 신과는 차원이 다르다는 걸 알 수 있지? 상상을 초월하는 첨단 과학의 건축물로 무려 오천여 년을 뛰어넘은 지금까지 그 존재감을 유감없이 보여주고 있으니까 말이지.」

듣고 있던 내가 고개를 끄덕였다. 선배가 흥이 난 듯 말을 이어갔다.

「이 놀라운 피라미드를 설계 건축한 토트의 위대한 지혜가 피라미드 전시안으로 상징된 거야. 전에 말했던 거 잘 기억하지? 또한, 대피라미드를 만든 토트의 후예, 석조 기술공이 프리메이슨의 원조야. 토트의 지혜는 헬레니즘 시대의 알렉산드리아에 전해졌는데 이를 그리스인이 저들의 용어로 만들어 불렀어. 놀라운 이집트 지혜 앞에 한없이 초라해졌던 그리스인은 토트를 저들의 신인 헤르메스와 동일시하는 것과 함께 '세 배 위대한'의 뜻을 가진 '트리스메기스투스(Trismegistus)'라는 경칭을 붙여, '트리스메기스투스 헤르메스'라고 불렀지. 이 세 배 위대한 헤르메스의 지혜, 곧 헤르메스주의가 헤르메티카(Hermetica).*에 담겨 있어. 이렇게 해서 토트의 지혜는 '헤르메티카'로 비전된 거로 볼 수 있지.」

헤르메스는 익히 들어왔던 말이었다. 그는 그리스 올림프스의 12신 가운데 전령의 신으로 주신 제우스와 거인 신 아틸라스의 딸 마이아 사이에 태어났다. 그 이름이 주는 그리스 뉘앙스 탓에 헤르메티카가 내포하는 사상과 지혜인 헤르메스주의가 전적으로 그

---

* 코르푸스 헤르메티쿰(Corpus Hermeticum) 곧 헤르메스주의 문헌을 말한다.

리스의 것인 줄로 알았다. 나는 그때까지만 해도 이집트 문명이 오히려 미개하고 그리스 문명이 더 찬란했으며, 그리스의 12신이 이집트의 신에 영향을 줬을 거라 생각했었다. 오산이라는 걸 깨닫는데 시간이 얼마 걸리지 않았다.

「그리스 문명은 찬란한 데에 비해 이집트 문명은 하잘 것 없다고 알려져 있는 게 현실이지. 사실은 그렇지 않아. 피타고라스, 플라톤으로 이어지는 위대한 그리스 사상의 젖줄이 이집트의 헤르메스주의야. 며칠 전에 말했듯이 예수 또한 마찬가지야. 여기에다 이슬람 신비주의는 물론 15세기 르네상스를 이끈 레오나르도 다 빈치, 보티첼리, 토머스 무어, 코페르니쿠스 등의 정신적 거처 역시 위대한 이집트의 지혜야.」

그날, 선배는 왜 그리스 문명이 이집트 문명보다 월등히 진보한 것으로 알려지게 되었는지에 대해서는 언급하지 않았다. 나는 선배가 쏟아내는 말을 듣고 소화하기에 벅찼다. 그날 이후, 그쪽에 대해 틈틈이 책을 살펴보았다. 여러 책에서 그리스 문명이 이집트 문명에 빚지고 있다고 다각도로 밝혀주었다. 역사의 아버지인 그리스인 헤로도토스는 자기네 문명의 뿌리가 아프리카(이집트)에 있다고 밝히기조차 했다. 시간이 흐른 후, 르네상스를 통해 재도약한 유럽인이 자신의 정신적 뿌리가 아프리카에 닿아 있다는 걸 원하지 않았기 때문에 그리스 문명에 영향을 준 이집트 문명의 흔적을 은폐해 역사를 날조했다는 것을 알게 되었다. 이에 대해서는 『블랙 아테나』를 보면 상세히 알 수 있다.

「선배, 헤르메스주의라는 명칭에서 보듯 그리스인이 이집트의 지혜를 자기 것으로 만든 것은 어느 정도 짐작할 수 있어요. 처음 이걸 접하는 사람들은 마치 위대한 지혜가 순전히 그리스 산인 것으로 오해할 수 있겠네요. 여기까진 좋다구요. 근데, 그 유명한 천재 수학자 피타고라스와 철학자 플라톤이 이집트의 지혜인 헤르메스주의 영향을 받았다는 게 믿기 힘들군요.」

선배가 기다렸다는 듯이 말을 이어갔다.

「처음에 나도 믿기 힘들었지. 제도 교육에서는 피타고라스와 소크라테스, 플라톤이 그리스 사상의 뿌리에서 개화한 것으로 가르치고 있어서 그렇지. 하지만 이 세 명의 그리스 철인은 이집트 유학을 통해 위대한 지혜의 전수받았다고 할 수 있어. 특히나 주목해야 할 건 수학자로서 피타고라스는 수행자로서의 피타고라스의 한 부분에 불과하다는 점이야.」

듣고 있던 내가 끼어들었다.

「수행자라고 했습니까?」

「그래, 수행자라고 말했어. 피타고라스는 진정한 의미의 영적 수행자였어. 그는 이집트에서 고도의 영적 수련을 마친 구도자였기 때문에 수준 높은 마법을 부릴 수 있었어. 그는 제자들과 함께 윤회사상에 기초해 육식을 금하는 것은 물론 금욕, 겸손, 과묵을 지키는 수행을 하면서 자신의 사상을 선택된 제자들에게 전수했지. 이때, 그는 마땅히 지켜할 도리를 밝힌 『황금시편』이라는 책을 남긴 것으로 알려져 있어. 따라서 '피타고라스의 정리'는 그가 창안한 게 아니라 그가 영적 수련을 했던 이집트에서 가져온 것으로 보는 게 마땅해. 피라미드 건축에 이 정리가 적용된 것을 간과하면

안 돼. 이와 함께 그가 지구가 구형이며, 태양을 중심으로 돈다고 주장했는데, 이것도 이집트의 헤르메스주의의 소산이라고 볼 수 있어. 따라서 코페르니쿠스의 지동설은 피타고라스를 거쳐 이집트 지혜의 상수원에 닿아 있는 거구 말이지.」

수학자로 알려진 피타고라스의 새로운 면모였다.

「피타고라스는 엄격한 수행 속에서 드높은 지혜를 갈구했어. 이런 그는 최초로 자신을 지혜를 사랑하는 자 곧 '철학자(philosopher)'라 칭했어. 우주라는 단어 코스모스(Cosmos)를 만들었던 그는 '만물은 수이며, 만물은 수들의 모방이다.'이라고 말했지. 거듭 강조하지만, 피타고라스 지혜의 원천이 이집트에 있다는 건 그가 신성시했던 수 10, 곧 '테크라크티스(tekraktys)'로 엿볼 수 있어. 이 열 개의 점을 보면 알 수 있을 거야.」

그러곤 선배는 옆에 있던 수첩을 펼쳤고, 한 면에 열 개의 점을 그려 넣었다. 얼핏 보기에도 피라미드의 평면이었다. 이 삼각형의 상단부에 눈동자가 그려진다면, 누가 봐도 피라미드 전시안이었다. 피타고라스는 10의 수에 성스럽고 완전한 수라는 의미를 부여함으로써 피라미드 전시안의 상징성을 이면에 품은 것이다.

•
• •
• • •
• • • •

과수원 가까운 숲속에서 펑 울음이 두 차례 이어졌다. 내가 있는 곳이 시내로부터 떨어진 한라산의 과수원 단지라는 걸 알 수 있었다. 차가 지나가는 소리, 행인의 말소리가 전혀 들리지 않는 한적한 곳이었다. 서너 평 되는 방의 비닐 장판은 형광등 불빛으로 반들반들 빛났다.

선배의 나지막한 말이 이어졌다.

「플라톤도 마찬가지야. 참, 플라톤의 스승 소크라테스에게도 이집트 사상의 흔적을 엿볼 수 있어. 소크라테스가 독배를 의연하게 마실 수 있었던 건 이집트의 영혼 불멸과 윤회사상을 전수받았기 때문이야. 그 제자 플라톤은 직접 이집트를 방문해 지혜를 전수받았어. 여기에다 전해지는 바에 따르면, 그는 피타고라스의 제자로부터 피타고라스의 원고를 얻은 후 자신의 관념론을 건설해 나갔고 해. 예수 또한 마찬가지야. 위대한 이집트의 지혜, 곧 헤르메스주의가 예수에게 계승되었다는 건 지난주에 네가 직접 자료를 찾아서 확인했지. 예수 성화와 성당의 피라미드 전시안을 통해서 말이야. 여기에다 내가 보여준 송과체를 상징하는 솔방울 사진들 또한 오래전 기독교에 헤르메스주의가 깊이 뿌리내렸음을 보여주는 거지. 이뿐만 아니라, 초기 기독교가 부활시킨 플라톤 사상을 통해서도 위대한 헤르메스주의가 존속될 수 있었다는 점을 간과해서는 안 돼. 이제, 지금까지 말한 것과 박철수 형제님의 오상 성흔과 성혈의 금빛 가루가 무슨 연관이 있는지 말해볼게. 오상 성흔과 성혈 금빛 가루는 기본적으로 이성과 과학으로 설명할 수 없는 현상이야. 하지만 오상 성흔과 함께 금빛 가루가 명백히 초과학적인 현상으로 실재함을 부정할 수 없어. 그러니까 이 현상은 이성 너머에 신과 영혼의 세계가 엄연히 존재하고 있음을 보여주고 있다고 봐.

문제는 이 현상을 설명할 수 있는 논리와 근거가 현재의 교회에서는 전무하다는 것이지. 하지만 피타고라스와 플라톤과 함께 예수에게 지대한 영향을 미친 고대 이집트의 위대한 지혜, 헤르메스주의는 이 현상을 설명하고도 남지.」

3

과연, 어떻게 해서 피라미드 전시안으로 상징되는 헤르메스 주의가 그걸 설명할 수 있을지 궁금증이 일었다. 선배는 힐끔 시선을 책장으로 던지다가 자리에서 일어섰다. 그러곤 책장으로 가더니 한권의 책을 꺼내 와 내게 건네주면서, 「지금 말하는 건 이 책에 다 나온다」고 말하고 나서 자리에 앉았다. 원서 제목이 『Hermetica』였다.

「아직 한국에 이 방면의 책이 많지 않아. 내가 외국에 계신 친척 분에서 부탁해서 얻은 책이야. 이 책에는 헤르메스의 지혜를 연금술, 점성술, 신성 마법 세 가지로 분류하고 있지. 첫 번째 연금술은 태양의 학문이라고 하는데, 납으로 금을 만들어내는 건 일면적인 거야. 연금술의 궁극적인 목표는 죽음의 존재이자 무지 몽매한 우리 인간이 영생불사하고 전지전능한 신과 같은 존재로 승화하는 데 있어. 납이 금으로 변화되는 것처럼, 신이 된 인간은 예수의 오병이어와 같은 기적을 일으킬 수 있는 거야. 여기서 빼놓을 수 없는 게 '현자의 돌'이야. 내가 볼 때, 이것이 피라미드 전시안, 곧 인체 내부의 제3의 눈 송과체라고 봐. 두 번째 점성술은 달의 학문이라고 하는데, 이는 천체의 운행을 물리적 법칙을 넘어선 신의 섭리로 파악하는 것이지. 별을 보고 예수가 탄생한 걸 알아낸 세 명의 동방박사(magus)가 곧 점성술사인 셈이지. 세 번째, 신성마법은 별의 학문인데, 이는 신과 천사, 영 등 선의 세력의 도움으로 행해지는 것으로 신성 의식에 도달하는 게 궁극 목표지. 헤르메스주의에서 우주 전체의 세 가지 지혜를 관통하는 건 '현자의 돌'로 은유된 송과체라고 봐. 송과체, 곧 피라미드 전시안이 계발되지 않고서는 연금술은 물론 점성술, 신성마법 다 뜬 구름일 뿐이기 때문이야. 이제, 반석 교회 박 형제님 얘기를 하면 그의 오상 성흔과 금빛 가루 현상은 곧 그의 송과체의 계발에 의해 생겨난 거로 볼 수 있어. 실은, 금빛 가루 현상에 대해 처음 접한 게 아니야. 외국의 빈야드와 신사도 운동 계열의 교회에서는 금가루(금빛 가루)가 부지기수로 나온다고 하는데, 믿거나 말거나 어느 책에서는 잔뜩 금빛 가루가 생긴 사진을 싣기도 한 걸 보기도 했어.* 박 형제님은 송과체 계발에 의해, 신성의 세계와 맞닿음으로써 선각자 예수의 오상 성흔을 보이는 것과 함께 연금술의 결과물인 금빛 가루를 성혈 속에 생기게 하고 있는 거지. 예수의 머리 위에 그려진 피라미드 전시안이 지금 박 형제님에게 작용하고 있다고 봐.」

* 실제로 빈야드, 신사도 교회에서는 금빛가루와 영광운(Glory Cloud)이 생기고, 썩은 이를 메운 아말감이 금으로 바뀌는 현상이 발생하는데, 기성 교회에서는 이를 이단적으로 규정하고 있다.

『Hermetica』의 표지를 슬쩍 슬쩍 쳐다보면서, 귀로는 선배의 말에 집중했다. 책 표지에 그려진 호루스의 눈이 강렬하게 다가 왔다. 선배의 말을 들으면서 생각에 빠졌다. 선배는 박철수 형제님의 오상 성흔은 물론, 금빛 가루를 꿰고 있었다. 나는 최근 박 형제님의 오상 성흔 발현을 접했고, 그 기적 현상에 가슴을 진정시키기 어려웠다. 이에 비해, 선배는 박 형제님이 일으키는 기적 현상인 오상 성흔과 성혈의 금빛 가루를 하나로 꿰고 그만의 논리로 설명해 냈다. 듣고 보니, 상당히 설득력이 있었다. 오랫동안 교회를 떠나 작가 활동을 해왔지만, 그는 자신만의 신을 찾아 왔던 것이다. 그동안 내가 증산도, 국선도, 단학에서 '신'을 찾아왔듯이.

그 자리에서 선배가 강조한 송과체가 증산도, 국선도, 단학에도 관통한다는 걸 알 수 있었다. 한말의 이인 강증산은 전해지는 바에 따르면 실로 믿기 힘든 이적을 많이 일으켰다고 알려져 있는데, 실제로 현존하는 수많은 사람이 이를 증언하는 걸 볼 수 있다. 이를 이해하기 위해서는 국선도와 단학의 민족 전통 심신 수련법을 살펴봐야 한다. 이들의 궁극 목표는 대주천의 완성이자 상단전 계발, 곧 송과체 활성화에 있다. 이것이 곧 신성의 구현인 영생불사의 신선이 되는 길이다. 이러한 민족 수련을 보면, 강증산은 상단전, 송과체 빅뱅을 구현한 구도자임에 틀림없다. 예수가 그랬듯이 말이다.

선배가 담배 한 대를 물고 연기를 길게 뱉어냈다. 선배의 시선은 책장의 어느 책 하나에 꽂혀 있었다. 내가 생각을 정리하고 입을 열었다.

「선배, 놀랍습니다. 오랫동안 이 방면으로 여러 책을 섭렵하면서 많은 고민을 해왔네요. 제법 논리가 날카로워요. 서양의 헤르메스주의 사도들이 동양에서 신선이 되는 길을 찾아 나선 구도자와 흡사해요. 둘 다 정확하게도 상단전, 송과체가 그 비밀의 열쇠가 되니까요. 표현과 절차만 다를 뿐 그 본질은 하나라고 생각이 돼요. 그렇다면, 헤르메스주의 사도들 가운데 가장 높은 곳에 위치한 예수가 궁금해집니다. 과연, 그가 어떻게 신성과의 합일을 추구하는 수행을 했는지 말예요.」

선배가 나에게 밖으로 나가자고 제의했다. 내가 먼저 마당을 나온 후, 선배가 밖으로 나왔다. 한라산 중턱에 위치한 마을 위에 영롱하게 수많은 별이 반짝이고 있었다. 그 가운데에서도 단연 살아있는 생명체처럼 빛을 발하는 샛별이 눈에 들어왔다. 이렇게 지구 가까이에서 반짝이는 별은 우리 인간으로 하여금 우주를 잊지 말고 가슴에 새기게 하는 듯했다. 우리는 돌담길을 걸어 나가, 탁 트인 들판에 나섰다. 희붐하게 산등성이에 자리 잡고 있는 서너 개의 오름이 보였다. 오름은 제주도의 특징을 잘 보여주는 기생화산들이다. 다들 저마다 이름을 가지고 있었다.

선배가 말없이 별들을 바라보았다. 너무나 진지해서 경건하게 느껴질 정도였다. 내가 입을 열었다.

「혹시, 점성술에도 아는 게 있습니까? 뚫어져라 별들을 바라보는 걸 보니, 또 별에 대한 깊은 지식이 있지나 않을까 생각이 들어요.」

선배가 씩 웃었다.

「잘 몰라. 관심은 있지. 내가 수집한 책들 가운데 점성술 책도 여러 권 있어. 내 관심사가 그것을 아우르기 때문이야. 아까 말했듯이, 헤르메스주의는 연금술, 점성술, 신성마법 세 가지를 모두 포함하고 있잖아?」

내가 말했다.

「전에 선배의 문학잡지 사무실에서 봤던 시 〈태양, 그 영혼의 창〉이 떠올라요. 그 시는 선배의 일관된 고민에서 나온 듯해요. 오늘 선배 얘기를 듣고 나니, 결국 선배는 현실 기독교에서 말하는 신관과는 거리가 멀어질 수밖에 없을 거 같아요. 특히, 한국 교회가 문자주의적인 경전관에 사로잡혀 있으니까 선배의 입장은 여지없이 이단적으로 매도될 게 뻔해요. 아무리 역사, 신화적인 근거를 대고, 또 물질적 검증을 거쳐도요.」

선배가 내 어깨를 툭 쳤다.

「그게 현실이지. 중세 기독교 시대에서는 오컬트 계열의 마법사, 주술사, 연금술사, 점성술사들이 이단이라는 낙인에 찍혀 무수히 목숨을 잃었었지. 그들의 교조적인 신관에 따르면 이들의 존재는 악령에 다름없으니까 하루 빨리 제거되는 게 마땅한 일로 보았고, 그게 신의 뜻이자 자신들의 소명으로 인식했었지. 하지만, 본래 악령의 'demon'은 고대 그리스어 'Daimom'으로 그 뜻은 신과 인간 사이에 있는 수호천사였어. 이것이 조로아스터교의 선악 이원론을 교리로 채택한 기독교가 타 종교의 신을 배척하면서, 지금의 뜻을 가지게 된 거지. 기독교의 독선적인 태도를 엿볼 수 있지. 이처럼 유일신을 떠받드는 기독교는 형제 인간의 목을 눈썹하나 까닥

하지 않고 베어버리는 백정의 칼을 수도 없이 휘둘렀지. 조금만이라도 기독교의 역사를 더듬어보면 금방 드러나는 사실이야.」

듣고 보니, 그랬다. 성경 구절에 따르면, 저 중세의 기독교는 「그러나 나는 너희에게 말한다. 악에 맞서지 말라. 누가 네 오른뺨을 치거든 왼빰마저 돌려 대어라.」(「마태복음」 5:39)」를 잘 따랐는가? 「'네 이웃을 사랑하고 네 원수를 미워하라'는 말도 너희가 들었다. 그러나 나는 너희에게 말한다. 너희 원수를 사랑하고 너희를 핍박하는 사람을 위해 기도하라.」(「마태복음」 5:43-44) 이 구절은 어떤가? 이 구절대로라면 교황이 수많은 인명이 살상되는 이교도와의 전쟁이 발생하기 전에, 그걸 막기 위해 모든 걸 내바쳐야 하지 않았을까? 자기 목숨을 걸고, 단 한 명의 생명(기독교도와 이교도)이라도 해하는 일이 벌어지지 않도록 해야 하지 않는가? 아이러니컬하게도 역사는 그 반대다. 수많은 이교도와의 종교 전쟁의 한 가운데에 교황이 떡하니 버텨 있다. 그는 전쟁을 용납하는 신의 계시를 설파한다. 그러면서 전쟁을 방조하고, 전쟁을 끊임없이 일으켜왔다. 그 당시에 이교도는 원수보다도 못한 데몬으로 여겼지만, 지금 보라, 그게 얼마나 터무니없이 극악무도한 도그마라는 것을. 안타깝게도 현재도 매 한가지다. 하나님에게 선택받은 민족 이스라엘이 이교도의 땅을 침탈하고 수없이 교전을 일으키는 걸 보면 통탄스럽다. 유일신과 선악 이원론에 입각한 교조주의적 신관이 타 종교권의 우리 형제를 구별하고 배척하고 처단하는 논리로 돌변할 수 있다는 게 참으로 무섭고도 놀랍다.

씁쓸한 기분이 든 나는 잠시 입을 다물었다. 우리는 들판을 걸으면서 샛별이 빛나는 쪽으로 향했다. 걸음을 한동안 걸어가는 동안 어느 새 별 한 개가 머리 위에 위치해 있었다. 마치 별이 우리의 정수리로 떨어질 듯 정 직선 위에 있었다. 선배가 외투 주머니에서 문고판 책을 꺼냈다.

「오래 전에 너는 반석 교회에서 성경 교사인 나를 통해 성경을 배웠지. 이제, 지금까지 말한 내 논리의 정수에 해당하는 헤르메스 지혜의 예수를 알아야 할 시점인 것 같구나. 예수는 수행자 가운데에서도 가장 높은 봉우리를 차지하고 있어. 자, 이 책을 보면 예수의 진면목을 알 수 있을 거다.」

그 책을 건네받았다.

「어느 신학자가 쓴 『선각자 예수의 잃어버린 세월』이야. 저자는 근동 신화, 종교의 권위자인데 성서학, 이집트 학, 수메르 학에 정통할 뿐만 아니라 히브리어는 기본이고, 곱트어, 수메르어에 능통해. 그는 원전을 토대로 실제 모습에 가까운 예수의 원형을 복원했다고 해. 이 책을 보면, 헤르메스주의 예수 곧 수행자로서의 예수를 잘 알 수 있을 거야.」

4

-

선배가 건네준 책은 평전 형식을 취하고 있었다. 선배에게 들었듯이, 어떻게 신학을 공부하던 이가 헤르메스주의로 선회하게 되었는지가 궁금했다. 어쩌면, 희귀한 고문헌과 고고학적 유물을 취합해 가는 와중에 우리가 몰랐던 수행자 예수의 진면목에 도달했는지 모른다. 그 결과, 그는 인생을 걸고 매진해온 기성 신학에서 설파하는 것과 다른 예수, 헤르메스주의 예수를 책으로 그려냈을 것이다.

그의 약력을 살펴보니, 이전에 『한국 신화와 한글의 기원』이라는 책을 냈었다. 며칠 뒤, 〈사인자〉 서점에서 이 책을 살펴보니 놀라운 주장을 담고 있었다. 고대 한반도의 울산 천정리 암각화에 새겨진 문양에서 메소포타미아 신화의 영향을 밝혀 놓으면서 한국 신화와 메소포타미아 신화의 유사성을 다양하게 소개했다. 내 눈길을 끈 것은 한글의 기원을 히브리어로 보면서 유대인과 한국인의 교류 가능성을 주장하는 점이다. 훈민정음의 음운체계와 히브리 운서『창조서』의 것과 유사하다는 것이다. 이를 보충하는 근거로 유대교 역년과 대종교의 역년(단기력)이 별 차이가 없다는 것을 내세웠다. 이게 맞는다면, 유대인의 하나님과 고대 우리 민족의 하느님은 동일하다고 유추할 수 있다. 실제로, 이 책에서는 소개되지 않았지만 평양에서 히브리어가 새겨진 고조선 시대의 와당이 발견되어 고고학적으로 충격을 준 바 있었다. 한국인과 유대인의 교류 가능성은 상당히 흥미로운 주장으로 여겨졌다.

현재, 대동강 변에서 발견된 고조선 시대의 와당은 국립중앙박물관(A와 C)과 광주 박물관(B)에 소장되어 있다.

선배와 헤어지고 집으로 돌아온 나는『선각자 예수의 잃어버린 세월』을 빨려 들어가듯이 읽어나갔다. 책의 구성은 전반적으로 저자의 생각이 주를 이루었고 부분적으로 상상력을 가미한 짤막한 에피소드가 포함되어 있었다. 그러니까, 한 꼭지를 예로 들면 논평이 7~80%이고 에피소드가 2~30%였다. 비교적 술술 읽혔다. 책의 내용 가운데 단편적인 에피소드들을 하나의 스토리 형식으로 묶으면 대충 다음과 같다.

5

성채와 같은 예루살렘에 들어섰을 때 소년의 눈에 가장 먼저 들어온 것은 창을 든 로마 병정들이었다. 그들은 첨탑 위에서 독수리의 눈으로 행인을 감시하는 것은 물론 길거리에서 아무나 붙잡고 불심검문을 했다. 길게 늘어선 순례자를 따라 길을 걷고 있을 때였다. 허리가 굽은 유대인 노인이 건장한 체구의 로마 병정이 밀쳐내는 바람에 길바닥에 나뒹굴었다. 그 모습을 보면서 무심코 지나던 소년에게 까무러치게 놀라운 광경이 다가왔다. 로마 병정에게 강간당한 유부녀가 돌팔매질을 당해 처참하게 죽어가고 있었다. 아무도 그녀를 측은하게 여기지 않았다. 더럽고 추악한 것을 보는 듯 침을 퉤퉤 뱉었다. 소년은 몹시 가슴이 뛰었고, 자신도 모르게 찔끔 눈물을 흘렸다.

교회에 들어왔을 때는 제사장(사두개인)들에게서 독실한 신앙인에게서 느껴지는 경건함과 온화함을 찾아볼 수 없었다. 허름한

옷차림을 하고 나타난 갈릴리의 순례자들을 예의 거만한 눈빛으로 맞이했다. 무엇보다 그들에게서는 천국에 대한 말씀을 듣지 못했다. 그들은 오로지 권력과 부를 마음껏 누리고 있는 현세만을 옹호했다.

소년의 실망은 여기서 끝나지 않았다. 성전 문을 열고 나와 뒷골목으로 걸어가자 참혹한 광경이 펼쳐졌다. 행려병자들이 아무렇게나 널브러져 있었고, 뼈만 앙상한 자기 또래의 아이들이 구걸하고 있었다. 천막을 대충 쳐놓은 곳이 가족의 보금자리인 듯, 노파와 젖먹이를 안고 있는 여인이 누워 있었다. 온통 악취가 진동을 했으며, 발걸음을 떼기 무섭게 쥐들이 쏜살같이 흙탕길을 질주했다.

소년은 가슴이 메어오는 것을 참으며, 예루살렘 밖으로 나왔다. 왔던 길로 돌아가는 중에 가까운 곳에서 참을 수 없는 역한 냄새를 맡았다. 고개를 돌려보니, 그곳은 공동묘지였다. 그곳에서도 아무렇게나 버려진 사람들이 숱하게 눈에 들어왔다. 그들은 지렁이처럼 땅바닥에 기어 다니며 머지않은 죽음을 기다리고 있었다. 그들 사이사이에 십자가들이 빼곡하게 자리를 잡고 있었다.

나사렛 소년은 절레절레 고개를 흔들었다. 소년은 부모와 함께 찾았던 예루살렘의 모습이 잊혀 지지 않았다. 소년은 부모와 함께 해마다 유월절이 되면 예루살렘을 찾았다. 소년에게 점차 분별력이 생기기 시작하자, 예상 밖의 성지 예루살렘의 모습 그러니까 세속화된 사제들의 행태와 개와 소처럼 비참한 삶을 이어가는 민중이 눈에 들어오기 시작했다. 그러던 소년은 12세 때 예루살렘을 방문한 후, 아무런 기약 없이 나사렛을 홀로 떠났다.

늦은 밤, 나사렛을 떠나오던 소년의 뇌리에 부모님으로부터 전해들을 자신에 대한 경이로운 이야기가 스쳤다.

「네가 아기였을 때, 예루살렘을 방문했는데 시므온이라는 노인이 너를 보더니 이렇게 찬양하는 노래를 불렀단다. '다스리시는 주여, 이제 주께서는 주의 종이 평안히 가게 해 주십니다. 제 두 눈으로 주의 구원을 보았습니다. 이 구원은 주께서 모든 백성 앞에 마련하신 것으로 이방 사람에게는 계시의 빛이요, 주의 백성 이스라엘에게는 영광입니다.'」

소년은 자라면서 이 이야기를 들을 때마다, 자신이 보통 사람과 다른 길을 걸어갈 거라는 예감을 가졌다. 그의 남다른 삶을 예고하는 행적은 마지막으로 예수살렘을 방문했을 때 생겼다. 부모님의 부주의로 예루살렘에 남겨졌던 그는 사흘 만에 부모를 만나게 되었다. 이때, 그는 성전에서 사제와 랍비(율법학자)에 둘러싸여 논쟁을 벌이고 있었다. 부모는 그가 던지는 질문과 사제와 랍비의 질문에 대한 대답에 놀랄 수밖에 없었다. 눈앞의 아이가 정녕 자신의 아들인지 의문스러울 지경이었다. 어머니 마리아가 그에게 다가와 그동안 너를 찾았노라고 하자, 소년은 눈썹 하나 까딱하지 않고 「왜 나를 찾으셨습니까? 내가 마땅히 내 아버지의 집에 있어야 하는 줄 모르셨습니까?」라고 말했다.

소년은 밤하늘의 별들을 보면서 길을 재촉했다. 어머니가 일러주었던 사막의 수행자(에세네인)에게 찾아가는 길이었다. 소년은 칠흑 같은 어둠 속에서 지팡이 하나에 의지해 남쪽으로 남쪽으로 걸어갔다. 사해의 엔가디가 최종 목적지였다. 그곳에는 사막에 은둔하며 청빈하게 살아가는 에세네인의 신앙 공동체가 있었다. 소년은 막연하게나마 그들에게서 자신의 의문과 번민이 해결될 거라고 생각하고 있었다.

로마 병정에 짓밟힌 유대 민족, 타락한 성전 그리고 참혹하게 살아가는 민중. 대체, 이 현실을 어떻게 받아들여야할까? 여기다가 시모온이 젖먹이이던 내게서 계시의 빛이자 영광인 주의 구원을 보았다는 건 또 어떻게 감당할 수 있을까?

닷새 밤낮으로 잠깐 새우잠을 자는 것 외에 계속해서 걸어갔다. 몸은 점점 지쳐갔지만 정신은 더욱 투명해져왔다. 닷새째 어스름이 내려올 즈음, 평원의 끝자락에 사막이 나타났다. 뿌연 모래바람을 맞으며 희미하게 나 있는 길을 따라 걸어가자 연기가 모락모락 피어오르는 커다란 바위가 나타났다. 가까이 다가가 바위를 타고 연기가 나는 곳으로 가자, 동굴이 눈에 들어왔다. 비밀스럽게 숨겨진 듯이 동굴 입구가 하나같이 절벽에 나 있었다.

절벽을 타고 어렵사리 한 동굴로 내려 간 후 입구 앞에 섰다. 그러자 횃불이 타오르는 동굴 안쪽에서 한 노인이 그를 맞이했다.

「어린 수행자여, 어서 오게나. 먼 길을 오느라 고생이 많았네.」

소년은 자신이 올 것을 이미 알고 있었다는 듯한 그 말에 놀랐다.

「저를 아세요? 혹, 내가 여기에 올 것을 알고 계셨나요?」

「자네가 태어났을 때에도 이미 자네가 이 땅에 올 것을 알았던 분들이 있지 않았는가?」

소년은 자신에 대해 잘 알고 노인이 두려워지기 시작했다. 소년은 부모님으로부터 자신이 태어났을 때, 동쪽 땅에서 세 명의 이교도인이 별을 보고 찾아와 황금, 유약, 몰약을 바치며 경배했다는 이야기를 전해 들었었다. 그 이야기를 이 노인이 알고 있다는 게 놀라웠다.

소년은 더 이상 말을 하지 않았다. 횃불에 비췬 노인의 얼굴을 보니, 말할 수 없이 그윽하고 경건한 분위기가 배어났다. 그가 예루살렘의 성전에서 그토록 찾아뵙고자 했던 진정한 대사제장의 얼굴이었다. 그 모습을 보자 마치 고향에 돌아온 듯 닷새 동안의 피로가 한꺼번에 쏟아져 그 자리에 쓰러지고 말았다.

이튿날, 소년은 잠에서 깨어난 후 어제의 노인을 만났다. 그 노인은 수행 공동체의 최고 지도자였다. 노인은 이곳에서의 생활 규칙을 일러 주는 것과 함께, 3년간 수련 기간을 통과해야 비로소 자신들의 공동체 일원이 될 수 있는 자격이 부여된다고 말했다. 기본적으로 결혼을 금지하기 때문에 남녀 간의 교제가 일체 금지되었고, 추호도 재산의 사유를 허락지 않았다. 기도로 하루를 시작하고 매일 같이 율법을 공부하고, 농사와 수공업의 노동을 하는 것과 더불어 공동 식사를 해야 했다. 이날부터 소년은 매일 같이 반복되는 하루를 이어갔다. 처음 몇 달 동안, 소년의 뇌리에 불쑥불쑥 고향의 부모에 대한 그리움과 고향이 처한 비참한 현실이 되살아났다. 하지만 소년은 용케 스쳐가는 바람처럼 집착을 털어냈다. 그리하여 마침내 삼년이 지났다.

6

소년은 삼년 전에 뵈었던 스승인 노인 앞에 섰다. 스승의 옆에는 장로들 대여섯 명이 있었다. 삼년 간 다시는 볼 수 없었던 스승은 엊그제 뵈었던 옛 모습 그대로였다.

「일 단계를 통과했으니 자네에게는 우리 수행 공동체의 일원이 될 자격이 있네. 앞으로 자네에게는 수행 공동체의 삼 단계 시험이 남아 있네. 아직 이곳에선 사단계의 시험을 모두 통과한 자가 없네. 최고 지도자인 나는 삼단계이며, 장로들은 이단계이며, 그 밑으로는 일 단계에 머물고 있네. 지난날, 우리의 조상인 모세가 사 단계 통과제의를 마쳤고, 저 헬라의 땅에서 피타고라스라는 자가 또한 통과제의를 성공적으로 마쳤지. 그들은 수행자 중의 수행자로서 선각자의 반열에 올랐다네. 자네의 앞날은 이미 예정되어 있다는 걸 명심하게.」

곧이어, 소년은 스승, 장로들과 함께 식사를 했다. 물을 한잔 마시고 난 스승은 토론 시간이 주어진다며, 무엇이든 묻고 따지라고 했다. 소년은 그동안 이곳에서 율법공부를 하면서 키워왔던 질문을 던지기로 했다.

「스승에게 묻습니다. 저는 자라면서 토라(Torah)*가 모세에 의해 쓰였다고 들었습니다. 또한, 모세의 십계명은 여호와 하느님께서 모세에게 내려준 신앙생활의 규율로 알고 있습니다. 그런데 어찌해서, 이곳에서는 토라가 후대 사람들이 썼다고 하며 또한 모세의 십계명이 하느님의 계시에 의해 쓰였다고 하지 않는지요?」

소년은 분별력을 갖추면서부터 부모님에게서 들었던 모세 이야기가 대단하다고 생각했다. 자신도 어른이 되면 모세처럼 위대한 인물이 되어 이스라엘 민족을 로마의 압박으로부터 해방시키고 싶었다. 당시, 모세는 그 소년을 포함한 이스라엘의 모든 아이와 청년의 우상이었다.

스승이 동굴 너머로 멀리 시선을 던지고 나서, 소년을 바라보았다.

「이제 차차 진실을 알게 될 걸세.」

그러고 나서 스승은 시중을 드는 두 청년에게 눈짓을 보냈다. 두 청년은 기다렸다는 듯이, 동굴 막다른 곳으로 가 그곳에 펼쳐졌던 주홍색 천막을 위로 거두어 올렸다. 그곳에는 금빛으로 빛나는 두 개의 궤가 있었다. 소년은 스승을 따라 그 궤 가까기에 가까이에 다가갔다.

스승이 한 쪽 궤를 가리키며 말했다

---

* 모세5경: 창세기 · 출애굽기 · 레위기 · 민수기 · 신명기

「이게 모세 10계명이 새겨진 아카시아 나무 판을 보관하고 있는 성궤일세.」

그 말을 듣자마자 소년의 두 눈이 휘둥그레졌다. 솔로몬이 새로 건설한 신전의 지성소에 안치했다고 알려졌지만, 바빌로니아 군의 침공하면서 신전이 약탈당한 이후로 그 행방이 오리무중이었다.

스승이 성궤 위의 한 조각상을 만지며 입을 열었다.

「이 성궤가 모세는 물론 여호와 하나님에 대한 비밀을 모두 간직하고 있다네. 이 때문에 이 성궤는 우리의 수행 공동체에서 비밀리에 보관해오고 있었지. 자, 우선 여기를 보게나. 보다시피 이 조각은 옆에 있는 궤의 그것과 매우 흡사하지 않는가? 옆에 있는 게 이 궤의 원형이야. 이것은 이집트의 왕가와 귀족들이 사용하는 이시스 궤일세. 여기서 주목해야 하는 게 왜 성궤가 이집트의 성궤를 모방했느냐는 걸세. 십계명의 앞에 있는 두 계명은 이렇게 말하지. '너는 내 앞에서 다른 어떤 신도 없게 하여라(「출 20:3」)', '너는 너 자신을 위해 하늘에 있는 것이나 땅에 있는 것이나 물속에 있는 것이나 무슨 형태로든 우상을 만들지 마라(「출 20:4」)' 그런데 어찌해서 이교도가 모시는 이시스 신의 형상물을 성궤 위에 올려놓았는가 말이야. 이 모순을 해결하기 위해선 방법이 딱 하날세. 이 성궤를 위작으로 보거나, 아니면 그대가 알고 있는 지식이 오류라는 것이지. 자네, 설마 우리의 수행 공동체를 의심하진 않을 테지. 따라서 이 성궤는 진품이며, 그대가 알고 있는 모세에 대한 이야기는 모두 허구일세.」

소년은 감전된 듯 충격을 받았다. 스승의 나지막한 말이 이어졌다.

「결론부터 말하면, 토라(Torah)는 모세가 쓴 게 아니라 후대인들이 이집트의 지혜, 곧 헤르메스의 지혜에 영향을 받아 쓰인 것일세. 물론, 여기에는 저 멀리 수메르와 바빌로니아는 물론 인도의 영향도 있지. 하지만 그 중심에는 헤르메스의 지혜가 놓여 있네. 그걸 이 성궤 위에서 새의 날개를 펼치고 있는 이시스 조각상이 생생하게 입증하고 있지 않나?」

곧이어, 소년은 스승과 함께 제자리로 돌아와 앉았다. 스승은 아톤 18계명을 말하면서 그에 영향을 받은 모세 10계명을 들려주었다.* 스승은 허리를 꼿꼿이 한 채로 낭랑한 목소리로 이교도의

---

* 피라미드 연구학자로 유명한 영국의 이집트학자 페트리는 다음과 같이 이집트의 아톤 신의 18계명이 모세 10계명에 영향을 미쳤다고 주장한다.

빛의 신이자 창조의 신인 아톤 신이 내려주신 평등의 율법은 이러하니라.

1계명: 너희는 다른 신들을 질투의 신이자 창조주인 내 앞에 있게 하지 말라.
→ 1계명: 너는 내 앞에서 다른 어떤 신도 없게 하여라(「출 20:3」)
2계명: 너를 위하여 우상이나 다른 신들을 섬기기 위하여 어떤 상도 만들지 말라.
→ 2계명: 너는 너 자신을 위해 하늘에 있는 것이나 땅에 있는 것이나 물속에 있는 것이나 무슨 형태로든 우상을 만들지 마라(「출 20:4」)
3계명: 너는 마음을 다하고 성품을 다하고 힘을 다하여 너의 주 아톤 신을 사랑하라. 너 자신을 신으로 사랑하고 신을 너 자신으로 사랑하라.
4계명: 너의 주 아톤 신의 이름을 함부로 부르지 말라. 또한 그 이름을 걸고 거짓되이 맹세하지 말라.
→ 3계명: 너는 네 하나님 여호와의 이름을 함부로 들먹이지 마라(「출 20:7」)
9계명: 네 이웃에 대해 위증하지 마라(「출 20:16」)
5계명: 너의 주 아톤 신의 날을 기억하여 거룩하게 지키라.
→ 4계명: 안식일을 기억하여 거룩하게 지키라(「출 20:8」)
6계명: 너의 어머니와 아버지를 공경하라.
→ 5계명: 네 부모를 공경하여라(「출 20:12」)
7계명: 살인하지 말라.
→ 6계명: 살인하지 마라(「출 20:13」)
8계명: 간음하지 말라.
→ 7계명: 간음하지 마라(「출 20:14」)
9계명: 물질적으로도 마음으로도 도둑질하지 말라.
→ 8계명: 도둑질하지 마라(「출 20:15」)
10계명: 네 이웃의 집에 속한 일체의 것을 탐내지 말라.
→ 10계명: 네 이웃의 집을 탐내지 마라((「출 20:17」)

계명과 여호와의 계명을 하나하나 읊조렸다. 그것을 다 듣고 난 어린 수행자, 나사렛 소년은 눈앞이 캄캄해져 옴을 느꼈다. 믿음의 신전이 일순간 와르르 무너졌기 때문이다. 망연자실한 채로, 아무 말 없이 스승의 청명한 눈빛을 바라보았다.

스승이 식탁 위에 놓은 납작한 상자를 열어 두툼한 점토판 하나를 꺼내 들었다. 이교도의 의식을 형상화한 그림이 희미하게 새겨 있었다.

「이건 피라미드의 근처에서 발견한 걸세. 틀림없이 피라미드 내부에 이 같은 그림이 새겨진 벽화가 있을 거라 보네. 이걸 자세히 보게나. 여기 태양은 아툼 신을 상징하고, 그 아래로 길게 그어진 여러 개의 선은 광선인데 이것은 생명과 풍요, 다산을 상징하네. 여기 주목해야 할 건 이 직선 끝 부분이네. 자, 여기 직선 밑 부분에 무엇이 보이나?」

소년은 점토판을 건네받고 자세히 들여다봤다. 그러던 소년은 놀란 눈을 들어올렸다.

「스승이시여, 어찌하여 이교도들이 우리의 거룩한 십자가를 함부로 사용한단 말입니까?」

스승이 잠시 침묵을 지키고 나서 입을 열었다.

11계명: 너의 의지를 남에게 강요하지 말라.
12계명: 남을 판단하려 들지 말라.
13계명: 뿌린 대로 거둔다는 인과응보를 기억하라.
14계명: 신에게 행하는 모든 봉사를 거룩하게 여기라.
15계명: 인류의 번영을 위하여 신의 지혜를 본받으라.
16계명: 남에게 대접받고자 하는 대로 너희도 남을 대접하라.
17계명: 악행은 쉽게 드러남을 알라.
18계명: 너희는 신이 창조한 어떤 인간도 노예로 부려서는 안 된다.

「십자가로 본 건 정확하네. 하지만 십자가의 원형이 유대교에 있다고 보는 게 잘못이네. 방금 전에 모세가 이집트의 지혜에 영향을 받았듯이, 십자가 또한 그렇다네. 본래, 여기에 나오는 십자가는 우리 유대인들이 이집트에서 400년간 노예생활을 하는 동안 심심치 않게 접해왔던 결세. 이것은 앵크 십자가, 이집트 십자가, 나일의 열쇠 등으로 불려왔네. 바로 이것을 우리 선조가 십자가로 차용한 걸세. 이런 대표적인 사례가 또 있네. 우리 유대인들이 기도 말미에 붙이는 '아멘(amen)'이라는 말 또한 이집트의 신 아몬(Amon)* 의 영향을 받은 걸세.」

소년의 어지럽던 머리가 점차 선명해져왔다. 이와 함께 삼 년간 수행 공동체의 율법 공부를 순순히 따라왔지만, 결코 해소되지 못했던 의문점이 스르르 수증기처럼 사라져갔다. 모세와 그의 10계명 더 나아가 유대교의 뿌리가 이집트의 헤르메스 지혜에 영향을 받았다는 이야기를 전해 듣고 나자, 그동안 나사렛과 예루살렘에서 가르치는 율법이 잘못되었다는 것을 자각하게 되었다. 예루살렘에 갈 때마다 실망을 주었던 권력에 물든 사두개인 제사장과, 안식일과 십일조의 형식주의에 빠져 저들만의 천국에 갇힌 바리새인의 위선적인 얼굴이 떠올랐다. 결국, 그들이 설파한 율법은 자신들의 영달과 명예를 옹호하기 위해 왜곡했기에 역사적 사실과는 동떨어졌던 것이다.

마지막으로 스승이 말했다.

---

* 이집트 창세 신화에 등장하는 신으로 '감추어진 존재'를 뜻한다.

「자네의 지혜와 총명은 이 정도의 말만으로도 모든 전모를 파악할 수 있을 거라 보네. 자네도 지금 깨달았듯이, 유대교는 이집트 지혜의 자식으로 곧 여호와는 이집트의 유일신 아톰을 차용한 것이라네.」

7

그날, 어린 수행자는 스승 앞에서 비밀 서약을 했다. 여러 명의 장로가 그 주위를 둘러쌌고, 소년은 사막의 수행 공동체에 대해 절대 외부에 누설하지 않는다고 서약을 했다. 이윽고 소년은 장로 한 명을 따라 구불구불 개미굴처럼 이어진 동굴을 걸어갔다. 소년은 한참 만에 깎아 내리는 듯한 절벽에 입이 열려 있는 동굴로 들어왔다. 장로는 소년을 그곳에 놔두고, 동굴로 들어올 때의 나무문을 굳게 닫아버렸다. 앞으로 소년은 나무문의 자그만 구멍을 통해 전해지는 최소한 식수와 빵만으로 연명해야 했다. 소년이 동굴 밖으로 얼굴을 내밀어 보았지만 주변에 동굴이 하나도 보이지 않았다. 소년은 가슴이 턱 막혔다.

소년은 호흡을 고르며, 햇볕 바른 곳에 좌정했다. 그러자 스승의 말이 뇌리를 스쳤다.

「우리 수행 공동체의 오랜 전통대로, 자네는 앞으로 삼단계 통과제의를 모두 통과해야만 선각자 모세와 피타고라스의 반열에 오를 수 있네. 우리는 옆에서 자네의 영혼이 성장해가는 과정을 지켜볼 뿐일세. 그러면 말쿠트(Malchut)*에서 케테르(Kaether)**까지의 여행이 부디 성공하길 바라네.」

소년은 무릎을 꿇고 기도하고 나서 명상에 들었다. 소년의 눈앞에 로마 병정에 짓밟힌 조국이 펼쳐졌다. 조국을 잃은 이스라엘의 노예와 같은 참혹한 실상이 눈이 아프게 다가왔다. 그가 어릴 적에 소문으로 들었던 열심당(Zealots)의 십자가 처형장이 보였다. 조국 해방을 외치던 그들은 「왕이 아니라 신을 원한다」며 떨쳐 일어났지만 로마 병정에 의해 혁명이 수포로 돌아갔다. 소년은 당장이라도 그들을 구출하고, 조국을 로마의 압제에서 해방시키고 싶었다. 가슴이 쿵쿵 뛰었다. 연민이 강하게 일어나는 것과 동시에 증오심이 불타올랐다. 그는 온몸이 찢어질 듯한 고통을 느꼈다.

그런 한편, 만물을 주재하시는 궁극자이자 유일자이며 절대자로서의 신을 찾았다. 한 민족의 신이 아닌 인류를 껴안는 보편적인 신을 대면하고자 했다. 서서히 가슴속에서 찬란한 태양이 떠오르기 시작했다. 질투하고 보복하고 살육을 명하는 여호와 신이 태양 광선으로 지워지기 시작했다. 태양의 눈부신 광선이 이스라엘은 물론 로마제국, 이집트, 아프리카, 중동, 저 멀리 동방에까지

* 칼발라의 상징 '세피로트의 나무'에 제일 아래의 10 단계로 '왕국'을 뜻한다. 이곳은 오감을 통해 알 수 있는 이른바 '물질적 왕국'이다.

** 칼발라의 상징 '세피로트의 나무'에 제일 위의 1 단계로 '왕관'을 뜻한다. 인간의 머리 위에 있고 대우주와의 접점으로 창조의 원천, 순결한 존재, 생명력의 원천과 같은 뜻이 있다.

펼쳐졌다. 그 모든 나라 사람의 처한 현실이 드러나자 소년은 주르륵 눈물을 흘렸다. 소년은 인종과 국가, 종교 구별 없이 모든 사람 한 명 한 명에 대한 강한 연민을 느꼈다. 권력자, 유대교 제사장, 약탈자, 살인자, 강간범, 절도범, 창녀, 노인과 함께 노예, 이교도 제사장, 선량한 서민, 살해당한 사람, 강간당한 여자, 도둑맞은 사람, 처녀, 아이 구분 없이 다 애처로웠다. 소년은 그들의 영적 진화를 이끌어가야 한다는 생각이 들었다. 그러자 소년은 가슴이 벅찼다. 저도 모르게 「아톰이시여, 예고된 저의 앞날을 보여주소서.」 하고 소리쳤다.

이렇게 소년의 기도와 명상은 매일 같이 이어졌다. 시간 감각이 없어지는 것과 함께 감각 세계와 정신세계 사이의 구분도 사라졌다. 동굴 앞에 날마다 떠오르는 태양과 자신의 가슴 속에서 떠오르는 태양은 하나였다. 또한, 명상과 꿈의 구별도 사라져갔다. 꿈조차 명상의 연속이었다. 하루가 가고, 한 달이 가더니 일 년 갔고, 어느새 사 년이 흘렀다. 눈 깜짝할 사이였다.

소년은 청년이 되어 있었다. 아무렇게나 길러진 머리칼과 수염이 이따금 절벽에서 불어오는 바람에 휘날렸다. 청년이 된 그의 눈매는 그윽해져 있었고, 두 눈동자는 아침 우물처럼 투명하게 빛났다.

찬연하게 떠오른 태양이 서서히 지고 있을 때였다. 나사렛의 청년은 깊은 명상을 하고 있었는데, 그간 그를 목 졸랐던 애증의 집착이 스르르 풀려나갔다. 이와 함께 감사함과 자애로움이 가슴에 가득 차올랐다. 뉘엿뉘엿 저무는 태양이 일몰 직전인 듯, 갑자기

다시 떠오르는 태양처럼 찬연한 빛을 터뜨렸다. 그 빛이 동굴 내부에도 반사되어 동굴 벽을 환히 비추었다. 청년은 두 손을 모으고 몸을 부들부들 떨면서 기도를 올렸다.

이로부터 나사렛 청년은 이단계 통과제의를 마쳤고, 다음 단계로 접어들었다. 청년 앞에는 영적 여행이자 인류의 위대한 지혜와의 조우가 기다리고 있었다. 청년은 전과 달리 평정 속에서 명상을 이어갈 수 있었다. 깊은 명상은 또 다른 현실로 이어져나갔다. 명상 속의 자아는 또 다른 현실을 맞닥뜨렸다. 동굴 속의 자아와 별도로 명상 속의 자아는 동방으로 걸어가고 있었다.

고요히 숨 고르면서 숨과 하나가 되어, 자아가 숨이며 숨이 자아가 될 때였다. 동방의 현자가 나타났다. 주황색 두루마기를 입은 현자는 리그베다를 암송하고 있었다. 그는 수행자 청년을 반가이 맞아주었다.

「크리슈나(Krsna)*의 화신이시여, 위대한 영혼의 아버지이시여! 어서 오소서. 베다의 지혜는 온전히 당신을 위해 예비 되었나이다.」

그를 만난 후, 꿈결 같은 시간이 흘렀다. 그사이 청년은 만물과 우주의 지혜와 함께 아유르 베다의 의술을 전수받았다. 잠깐 사이 같았지만 몇 년이 흘렀고, 청년은 힌두교의 현자를 떠났다. 그가 떠날 때 힌두교 현자는 이렇게 경배했다.

「그대는 몇 백 년 전에 인도 땅에 출현한 고타마 붓다와 매한가

* 힌두교에서 최고 신이자 비슈누 신의 여덟 번째 화신.

지입니다. 그대는 진정한 인류의 스승입니다.」

청년의 위대한 영혼은 길고 긴 사막을 횡단해 바빌로니아에 다다랐다. 그곳은 가슴 아픈 곳이었다. 신바빌로니아에 의해 선조가 포로로 끌려와 노예 생활을 하던 곳이다. 청년은 바빌로니아 곳곳에 높이 세워진 신전(지구라트)를 볼 때, 그것을 건축하기 위해 피땀을 흘렸을 선조들이 생각나 가슴이 메여왔다.

수행자 청년이 거대한 신전 앞에 멈춰 섰을 때, 한 사제가 다가왔다. 그 사제는 눈빛으로 청년을 신전 내부로 인도했다. 그곳에서 사제는 수많은 쐐기꼴 글자의 점토판을 보여주었다. 낯선 글자였지만, 오래전에 알고 있었던 듯이 술술 그 뜻이 풀렸다. 사제가 말했다.

「여기의 바빌로니아, 수메르의 점토판을 보면 알겠지만, 창세기는 이곳에서 기원한 걸세.* 바빌로니아보다 더 오래된 역사를 가지고 있는 수메르의 실체에 대해선 사제들 가운데에서도 극히 일부만 알고 있네. 유대교의 기원 그리고 자네가 찾고 있는 신의 응답이 자명해질 걸세.」

그러고 나서 사제는 신전의 석주 쪽으로 청년을 데리고 갔다.

「여기에 함무라비 법전 명문이 새겨져 있네. 이것이 뜻하는 게 무엇인지는 말하지 않아도 잘 알고 있으리라 믿네.」

---

* 큰 틀에서 볼 때 다음처럼 유사성을 갖는데, 세부적으로 볼 때 흙으로 만들어진 인간, 이상향 에덴(수메르어 에딘(E Din), 이브, 사탄, 홍수 등에 대한 서술이 매우 유사하다.

수메르 창세기: 인간 창조 – 에덴 – 도시 – 계보 – 홍수 – 축복
바빌로니아 창세기: 천지창조 – 인간 창조 – 홍수 – 축복 – 무지개
구약성서(1장~9장): 천지창조 – 인간창조 – 에덴 – 도시 – 계보 – 홍수 – 축복 – 무지개

청년은 두근거리는 가슴을 진정시키며, 가까이 다가가 명문을 살펴보았다. 끝까지 읽어 내려갔다. 함무라비 법전 282조에서 모세 10경이 엿보였다. 청년은 바빌로니아 사제의 얼굴을 담담하게 바라보았다. 이로부터 몇 년간 청년은 그 사제 밑에서 유대교와 모세 10경의 기원과 본질, 그 정수의 율법을 전수받았다. 이미 허물처럼 벗겨버린 여호와 신이 아닌 인류의 보편의 신과 그의 말씀, 빛의 말씀을 전수받았다.

그곳에서의 4년이 흐를 때였다. 불현듯 자신을 찾아 베들레헴에 찾아왔던 세 명의 사제가 꿈속에 나타났다. 그 세 명의 머리 위에는 별이 영롱하게 빛나고 있었다. 청년은 그들을 반드시 만나야 한다는 생각이 들었다. 내 앞날을 예지했던 그들에게서 또 다른 비밀스러운 지혜를 전수받을 수 있을 듯했다.

청년은 깊은 호흡을 하면서 좌정했다. 마음속에 선명하게 떠오르는 세 명의 사제 얼굴 하나하나를 떠올렸다. 좀 더 정신을 집중해 한 명 한 명의 얼굴을 그려보려고 했다. 온몸에 땀이 흘렀다. 그런 어느 사이 현기증이 나더니 정신을 놓아버렸다. 그러곤 얼마나 흘렀을까? 밝은 빛이 비쳐오자 서서히 눈을 떴다.

「위대한 영혼이시여, 이제 예언이 성취가 머지않았음을 믿습니다.」

세 명의 페르시아 사제가 보였다. 그들 옆에는 활활 모닥불이 타오르고 있었다. 사원의 뜰이었는데 이미 어두컴컴한 밤이었다.

「그대들의 정체가 무엇입니까? 대체, 어떤 이유로 내가 탄생했을 때 찾아왔습니까?」

한 사제가 모닥불에 합장하고 경배를 올린 뒤, 말했다.

「저희는 조로아스터교의 사제들입니다. 저희는 마술과 천문학에 조예가 깊어 페르시아 왕국의 통치에 깊이 관여하고 있지요. 하나, 천문학은 페르시아의 왕국에 국한되지 않습니다. 천문학은 우주의 학문이기에 현세의 앞날을 낱낱이 예시해주고 있습니다. 저희는 우주의 학문이 보여준 것을 그대로 따라했을 뿐입니다. 그날, 베들레헴 하늘에 찬연히 빛났던 별은 말했습니다. 그대가 인류의 영적 진화를 완성시킬 스승이라고요.」

수행자 청년은 가슴에서 진한 향기가 터져 나옴을 느꼈다. 그동안 자신이 구해온 인류 보편의 신, 인류 전체의 구원에 대한 확신이 생겼다. 이로부터 청년은 페르시아에 머물러 그들에게서 천문학과 마법을 배우며 4년여를 보냈다. 이로써 삼단계를 모두 마친 그는 마지막 여행길에 올랐다.

최종 목적지는 이집트였다. 그곳에서 스승이 말했던 이집트의 지혜를 전수받아야 했다. 유대교에 영향을 준 이교도의 종교와 신화가 많지만 유대교의 정수에 영향을 끼친 것은 이집트의 지혜, 헤르메스주의였다. 아라비아 반도를 지나 홍해에서 배를 타고 이집트에 다다랐다. 알렉산드라이에 잠깐 머물며 전 세계에서 수집된 책을 탐독한 후, 어떤 부름에 끌린 듯이 청년은 피라미드가 있는 기자로 향했다. 눈을 뜰 수 없을 정도로 모래바람이 거세게 몰아쳐왔다. 스핑크스를 지나 대피리미드 앞에 섰다. 태양이 피라미드 뒤에 서서히 지고 있었다. 태양이 대피라미드 뒤로 사라져가고 있을 때였다.

청년은 단발마의 비명을 지르고 말았다.

아!

태양이 대피라미드의 밑에서 위로 2/3 지점에서 활활 타올랐다. 두 눈이 멀게 할 정도로 강력하게 빛났다. 청년은 제 자리에서 피하지 않고 정면으로 응시했다. 그러자 태양의 붉은 기운이 사라졌고, 태양은 온화한 눈동자로 변했다. 정말, 그것은 눈동자였다. 청년의 과거와 현재, 그리고 미래를 모두 보여주는 눈동자였다. 청년은 가슴이 부풀어 오르는 듯했다. 자신의 예고된 미래가 몸속에 움트는 것 같았다. 계속해서 대피라미드의 눈동자를 빨려 들어가듯이 응시했다. 삼라만상의 과거, 현재, 미래가 빠르게 눈앞에 펼쳐졌다. 그런 어느 사이 청년의 양 미간이 뜨거워졌다. 청년은 몸이 시키는 대로 스르르 부신 두 눈을 감았다. 놀랍게도 바로 앞의 대피라미드의 눈동자가 더 환하게 보였다. 아니, 보인다는 시각 감각을 넘어섰다. 그것과 청년이 온전히 하나가 되었다. 청년의 내부에 대피리미드의 눈동자가 있었고, 또 그 주위로 사막과 이집트가 이어졌고 또 밤하늘의 오리온성좌가 빛났다. 그의 내부에 온 우주가 다 갖추어졌다.

청년은 신념에 찬 목소리로 말했다.

「다 이루었도다. 헤르메스의 지혜와 하나가 되었도다. 케테르(Kaether)는 나의 것!」

이윽고, 부신 눈을 감았던 나사렛 청년이 천천히 눈을 떴다. 그의 청명한 눈은 호수처럼 주위의 온갖 사물을 다 빨아들였다. 그 앞에는 스승과 장로 그리고 수행원들이 있었다. 스승이 그에게 합장하고 고개를 숙이자 옆에 있는 사람들도 따라했다. 이로써 그들은 사단계 통과제의를 완전히 통과한 수행자 나사렛 청년에게 경배했다. 그는 이제 유대를 넘어, 온 인류를 껴안은 빛의 아들, 곧 선각자가 되었다.

8

여기까지가 『선각자 예수의 잃어버린 세월』의 이야기다. 주지하듯, 성경은 이 이야기를 뒤이어 예수의 행적에 대해 이렇게 전한다. 30세의 예수가 갈릴리를 거쳐 요단강에서 이르러 요한에게 세례를 받고자 하자, 요한이 「제가 오히려 선생님께 세례를 받아야 합니다. 그런데 제게 오시다니요!」(「마태복음」3:14)라고 선각자 예수를 알아본다. 무엇보다 책의 이야기 속에서 예수가 이교도의 건축물인 대피라미드 앞에서 '득도'하는 장면이 가슴 뛰게 했다. 솔직히 예수가 이래도 되는 건가하는 의구심이 들기도 했지만, 어느 정도 설득력이 있었다. 예수가 인도로 가 불제자가 되었다는 이야기며, 예수가 죽지 않고 결혼해서 자식을 낳았다는 이야기며, 예수가 열심 당원이었다는 이야기 등 흥미로운 가설이 적지 않았다. 그런데, 이 책은 예수가 사막의 수행 공동체에 들어가 이집트의 지혜를 전수받은 수행자로 그리고 있다. 새로운 가설로서 충분히 가치가 있어 보였다.

하룻밤에 책을 다 읽은 후 생각에 빠졌다. 유리창 너머로 밖이 환해지고 있었다. 이 책의 내용대로라면, 예수는 우리가 알고 있는 것과 전혀 달랐다. 그와 함께, 예수가 설파한 말씀의 본질이 크게 왜곡 변질된 것이다. 이러한 주장은 이때까지 한 번도 접하지 못했었다. 오상 성흔의 박철수 형제님의 얼굴이 떠올랐고, 그와 함께 어젯밤에 만났던 찬형 선배의 얼굴이 떠올랐다. 곧이어, 얼마 전에 꿈속에 나타났던 예수의 얼굴이 떠올랐다. 그는 내게 말했다. 「깨달은 사람 속에는 빛이 있어 그 빛이 온 세상을 비춥니다. 그 빛이 비추지 않기에 어둠이 깃드는 것입니다.」『도마 복음』에 나오는 이 구절은 불경의 말씀 같았다. 이 때문에 나는 예수를 불제자로 보는 쪽에 기울어져 있었다. 그런데 찬형 선배의 논리에 따르면 『도마복음』의 말씀은 그것이 발견된 곳이 이집트 나일강 상류 나그함마디인 것처럼, 이집트의 지혜 헤르메스주의에 토대를 둔 것으로 봐야 했다. 내가 직접 우당 도서관에서 찾아낸 야코포 다 카루치의 성화 「엠마오의 만찬(1525)」, 얀 프로보스트의 「기독교적인 우의화」(1510-1515), 성당의 조각과 십자가 등에서 발견된 피라미드 전시안, 그리고 선배가 내게 보여준 바티칸의 솔방울 사진의 송과체, 이것은 예수가 이집트의 지혜, 헤르메스주의와 연관성을 맺고 있다는 점을 보여주고 있지 않는가?

9

「선배, 이 책을 읽고 나니 그간 선배가 했던 이야기가 일목요연하게 정리가 되는 듯해요. 특히, 이 책의 저자가 고대 이집트어, 수메르어, 곱트어, 히브리어의 고대 자료를 해독한 토대 위에서 예수의 잃어버린 세월을 썼기에 하나의 가설로서 수긍이 갔습니다.」

초저녁, 선배의 문학잡지 사무실이었다. 며칠 동안 칩거하다가 오랜만에 밖에 나와, 선배에게 『선각자 예수의 잃어버린 세월』을 돌려주었다.

「다행이야. 역효과가 날까 걱정했었는데.」

「이 책에서 말하는 대로 예수가 헤르메스주의 수행자라면 세상을 발칵 뒤흔들어놓을 거예요.」

선배가 입술을 살짝 내밀었다.

「글쎄, 난 그렇게 보지 않아. 유감스럽게 지금의 시대로 본다면, 비관적이야. 이 책에서 말하는 예수 또한 수많은 예수에 대한 이단적인 가설 가운데 하나로 낙인찍히고 세상에서 잊힐 가능성이 커. 왜, 불제자 예수도 그랬잖아?」

듣고 보니, 그랬다. 기독교가 역사적으로 전 세계에 팽창해오는 과정을 그려 보니, 실로 그럴 수밖에 없어 보였다. 제 아무리 고고학과 과학적 사실에 근거해 예수에 대한 새로운 주장을 펼치더라도, 기독교는 성경 구절에 근거해 그것을 가차 없이 처단할 게 뻔했다. 성경이라는 텍스트가 주변의 사물, 생명과 온전히 하나 되어 조화롭게 공존하는 게 아니라 마치 블랙홀처럼 모든 것을 빨아들이는 건 아닌지 의구심이 들었다.

「그럼, 헤르메스주의 예수가 매장될 거란 말인가요?」

「그렇진 않아. 영원히 현재와 같이 기독교의 위세가 이어질 거라는 보장이 없으니까, 언젠가는 온 세상에 빛을 볼 날이 오겠지. 그게 몇 십 년 아니 몇 백 년, 더 나아가 몇 세기가 걸릴지 모른다는 말이야.」

선배가 담배를 물고 길게 연기를 뱉어냈다. 선배의 무표정한 얼굴을 보고 있자니, 마치 선배와 내가 중세 기독교의 이단적인 비밀결사의 멤버로 여겨졌다. 이미, 나는 이 결사 조직에 거의 입문해 있는 거나 마찬가지였다. 다양한 근거 자료를 토대로 한 헤르메스주의 예수를 거부할 수 없었다. 갑자기, 지난주일 예배 후에 찬형 선배가 보여줬던 금빛 가루가 보고 싶어졌다.

「혹시, 금빛 가루 한번 볼 수 있습니까? 아직도 그게 왜 생겼는지 놀라워요.」

「그야 어렵지 않지.」

선배는 책상 쪽으로 가서는 자그만 비닐봉지를 들고 왔다. 선배가 소파에 앉고서 내게 그것을 넘겼다. 비닐봉지에서 스카치테이프를 꺼내 들어 천장의 형광등 쪽으로 올려보았다. 그러자 스카치테이프 속에서 깨알 같은 금빛 가루들이 반짝이고 있었다.

「현재의 기성 교회에서는 성경에 근거하지 않는 것은 모두 이단으로 규정하고 있어. 이로 인해 외국의 빈야드, 신사도 교회에서 종종 생기는 금빛 가루 현상을 마귀의 현상이라고 매도하고 있어. 나는 달라. 두 눈으로 생생하게 볼 수 있고, 두 손으로 직접 만질 수 있고 더 나아가 온몸으로 체험할 수 있는 게 진실이야. 허공에서 불현 듯 생기는 금빛 가루는 진실이야. 이 금빛 가루는 말해. 성경 너머에 감추어진 초자연적인 힘이 생생하게 바로, 지금, 여기에 현현하고 있다고 말이야. 전에 말했듯이, 금빛 가루 현상은 무에서 유가 생길 수 있다는 걸 보여주는 건데 이건 헤르메스주의 연금술을 통해야만 이해할 수 있어.」

「그러면, 박 형제님이 따로 헤르메스주의 비전을 접해서 현재처럼 되었다고 보세요?」

선배가 고개를 한번 흔들고 나서 입을 열었다.

「그가 따로 헤르메스 비전을 접해서 현재에 이를 가능성은 낮아 보여. 국내에 이에 대한 책이 번역 소개된 게 전무하다시피 하니까. 대신에 그가 자신의 남다른 영적 능력, 곧 송과체 활성화에 기초해 교회에서 기존의 교리를 뛰어 넘는 예수님을 접했을 거라고 봐. 그 결과로 오상 성흔과 성혈의 금빛 가루가 생긴 거지. 내 추측이 맞는다면 강 목사의 치유 은사와 네가 들고 있는 금빛가루도 박 형제님의 영적 능력의 소산으로 포함시켜야 하겠지. 송과체가 활성화된 예는 정도의 차이가 있을 뿐 동서고금을 통해 전 세계적으로 비일비재하게 찾아볼 수 있어. 예수는 송과체 활성화의 최고 극치, 곧 빅뱅을 성취했기 때문에, 선각자의 반열에 올랐어.」

선배의 말을 들으며 생각했다. 탐욕에 물든 위선자 강 목사라면 틀림없이 한 신자의 초자연적인 특이 능력조차 저 자신의 사유물로 귀속시켰을 가능성이 높아 보였다. 번지르르한 성경 말씀을 늘어놓으며, 그러한 기적 현상이 발생하게 된 건 저 자신이 이끄는 반석 교회에 하나님이 내린 축복이라고 억지 주장했을 것이다. 어쩌면, 강 목사가 박 형제님의 어머니가 보살이라는 점을 약점으로 잡아 박 형제님에게 회유와 협박을 했을지도 모른다.

「네 오상 성흔과 금빛 가루와 치유 기적은 사탄의 힘을 빌려 생기는 것이다. 네가 계속 교회를 다니고자 한다면 내 말대로 네 은사가 온전히 나에 의해 생기는 것으로 고백하고 나를 빛내 주어야 한다. 만약, 내 말을 듣지 않으면 너는 마귀의 자식으로 사탄의 잡술로 교회를 어지럽힌다는 누명을 뒤집어쓰고 다신 반석 교회 문턱을 넘어서지 못할 것이야」

혹은, 물질적으로 매수하지 않았을까?

「박철수 형제님, 나를 도와주게나. 잘 알겠지만 우리 교회에 안 좋은 소문 때문에 갈수록 신도가 떨어져 나가고 교회 분위기도 냉랭해지는 것 알지 않는가? 자네에게 특별히 반석교회 집사 자리를 내주고 또 내가 설립할 사회 복지 재단의 중책을 맡도록 하겠네. 그러면 매달 몇 백만 원의 수당이 자네에게 지급될 걸세. 여기가 끝이 아니야. 앞으로 내가 이 근처에 대형 교회를 지으려고 땅을 마련해 두었는데, 그 일부를 자네에게 떼어주겠네. 그러니 요번에 부탁한 것 꼭 들어주게. 누이 좋고 매부 좋고 아닌가? 박철수 형제님, 우리 함께 반석 교회를 대형 교회를 만들어봄세.」

금빛 가루가 든 스카치테이프를 매만지다가 탁자 위에 올려놓았다. 그러자 선배가 내게 그걸 잘 간수하라고 했다. 그 신비로운 물질이 선배 자신보다 내게 더 필요하다는 것이었다. 듣고 보니, 선배는 헤르메스주의에 대한 탄탄한 논리와 확신을 가지고 있으니 굳이 이것을 가지고 있을 이유가 없어 보였다. 수와 기하학으로 삼라만상의 이치를 터득한 피타고라스에게 일일이 세상의 이치를 입증하기 위한 물질적 근거가 필요할까? 그것은 다만 평범한 사람들을 위해 필요할 뿐이리라.

금빛 가루를 비닐봉지에 넣어 상의 안주머니에 넣고, 선배를 바라보았다. 선배는 턱을 괴고 생각에 빠진 듯했다. 오늘따라 선배의 안색이 좋지 않아 보였다. 의욕에 차서, 나와 함께 모의를 계획하고 추진해오던 선배의 얼굴이 아니었다.

「선배, 몸이 안 좋아 보여요. 잡지 일에 너무 무리하는 것 아닙니까?」

선배가 놀란 듯이 고개를 돌렸다. 선배가 길게 한숨을 내쉬고 나서 입을 열었다.

「내게 한통의 전화가 왔었어.」

자못 심각한 어투로 말하자, 좋지 않은 일이 벌어졌다는 불길한 예감이 덮쳐 왔다.

「어디서요?」

「나사로 병원이 문학잡지를 창간호부터 협찬해주고 있어. 그곳에서 우리가 하는 일을 알고 있더라구. 더 이상 오상 성흔의 성혈을 검사한다면서 교회에 물의를 일으키지 말라는 거야. 신성한 종교의 영역을 이성의 잣대로 함부로 재단하지 말라는 것이었어. 그러면서, 문학잡지 후원을 중단할 수 있다고 엄포를 놓았어.」

선배가 거기까지 말하고 나서 입을 닫았다. 생각해보니, 잡지의 뒤표지와 안쪽 페이지에 두드러지게 광고를 했던 나사로 병원이 떠올랐다. 좋은 일을 해오던 그곳이 갑자기 이렇게 나온다는 게 당황스럽게 만들었다.

「대체, 거기선 우리가 성혈을 검사하는 모의를 하고 있다는 걸 어떻게 알았을까요? 설마, 석춘이가 다 까발렸을 리 없을 텐데요. 몇 주 전에 강요섭 선배가 우리가 하는 일을 눈치 채고 나를 만났었는데, 혹시 반석교회에서 나사로병원에게 우리의 모의를 중단하도록 요청한 건 아닐까요?」

「요섭이는 너하고 내가 붙어 다니는 걸 보고 충분히 짐작할 수 있었을 거야. 내가 작년부터 성혈 검사를 하자고 요구해왔는데, 어느 날 갑자기 네가 나와 함께 교회에 나타났으니 알고도 남겠지. 틀림없이 우리 모의를 요섭이와 더불어 강 목사가 눈치를 챘을 거야. 그래서 강 목사가 우리 모의를 중단시키려고 제주 노회장 장 목사에게 도움을 요청했고, 이에 장 목사가 나사로 병원을 끌어들였을 거라고 봐. 나사로 병원 이사장이 영주 제일 교회 장로이니까 적극적으로 나선 거고 말이야. 나사로 병원까지 끌어들여 내가 자식처럼 애정을 바쳐온 잡지를 중단시키겠다고 압력을 주는 걸 보면, 우리가 박 형제님 혈액형을 몰래 채취해 혈액형 검사를 한 걸 알아낸 건지도 몰라. 그래서 저쪽에서 이때까지의 방관자 입장을 철회하고 강경한 대응을 해오는 것일 수 있지.」

「선배, 성혈을 채취한 사실을 알고 있는 사람은 선배와 나, 석춘이, 그리고 친구 민섭이 뿐입니다. 석춘이는 절대 그걸 누설할 일이 없을 거고요. 그 점은 내일 내가 석춘이를 만나서 확인해볼 수 있습니다. 친구 민섭이 또한 비밀을 약속했으니까 누구에게 그걸 말했을 리 없습니다.」

선배가 눈빛을 반짝이고 나서 말했다.

「알고 있는 사람이 또 있지. 정영민 내과 원장과 간호사들, 그리고 박 형제님의 혈액형을 네 친구 민섭이에게 일러준 제주서초등학교 교감. 아마 이들 중에 한 명이 강 목사 측근에게 귀띔을 했을 수 있어. 제주시가 워낙 작다 보니 한 집 건너 한 집 다 혈연 학연 등으로 얽히고설켜 있지 않나? 강 목사는 정영민 내과의 오랜 고객인 걸로 알고 있어. 또 모르지 어떤 지역 단체에서 서로 교류하고 있는 사이인지도. 그러니까 우연히 정 원장이 강 목사에게 요번에 성혈을 검사했는데 그게 진짜 오상 성흔의 혈액 맞느냐? 하고 말을 했을 수도 있어. 그게 아니라면 또 다른 경우의 수도 얼마든지 있어. 이제, 문제는 그가 누군지를 밝히는 것이 아니야. 어떻게 해서 제주 노회가 강 목사 비리 문제를 백지화하는 것과 함께 오상 성흔을 아무렇지 않게 인정해주었느냐 하는 것에 초점을 맞추어야 해. 명백히 성혈 속에 성경과 교리에 비추어 설명할 수 없는 금빛 가루가 나온 이상, 이를 계기로 비위 문제에 연루된 강 목사의 목을 단단히 조일 수 있었던 말이야. 성혈의 조사 결과 그대로 이단적으로 규정해버리면 간단해. 그런데, 현실은 엉뚱하게 흘러가고 있단 말이야. 제주 노회장 장 목사와 강 목사 사이에 교감이 있지 않고서야 이런 일이 생길 수야 없지.」

10

일요일 오전이었다. 찬형 선배와 내가 반석 교회에 가기 위해 집 위쪽 사거리에서 만났다. 어제 저녁에 석춘을 만나 추궁하자 자신은 절대 아무에게도 말하지 않았다고 했다. 믿을 수 밖에 없었다. 석춘은 자신의 결백을 입증하기라도 하듯, 심상치 않은 교회의 분위기를 들려주었다. 강 목사 측근 가운데 일부 강경한 장로와 집사, 일반신도들이 나와 찬형 선배가 다신 교회 안으로 들어오지 못하게 하자고 성토를 했다는 것이다. 그러면서 무슨 일이 벌어질지 모르니 가능하면 당분간 주일 예배를 피하는 게 어떻겠느냐고 걱정을 했다. 또한, 자신은 이번 주일에 생방송 촬영을 하기로 되어 있어서 예배에 참석하지 못한다고 전해 주었다. 이 이야기를 찬형 선배에게 들려주었지만, 찬형 선배는 완강했다. 눈빛으로 넌 어쩔 거냐고 선택을 요구했다. 선배와 함께 반석 교회를 가기로 했다.

이십여 분 걸어가니 반석 교회 입구가 보였다. 예배 시간까지 일이 분 남았는데, 입구 쪽에 다섯 명의 신도가 서성거리고 있었다. 그들 가운데 키가 큰 정장 차림의 한 남자가 우리를 알아보고는 손짓으로 멈추라고 했다. 옆에 있던 신도들이 매서운 눈매로 우리를 쳐다보았다.

「찬형 형제님 아니 찬형 씨, 더 이상 들어갈 수 없어요. 하나님의 성전은 하나님의 형제자매님의 집이에요. 당신은 하나님을 욕되게 하고 있으니 더 이상 우리 형제일 수 없어요. 당신이 교회를 떠난 이후로 우린 하나님 안에서 믿음으로 하나가 되어 평안하게 잘 지내왔어요. 그런데 당신이 갑자기 나타나서 하나님의 은사인 오상 성흔을 의심하는 이상한 모의를 한다고 소문이 나면서 반석 교회에 요동이 일어나고 있어요. 믿음이 없으니 당신에게 남는 게 의심밖에 더 있겠습니까? 더 이상 반석 교회의 일에 개입하지 마세요. 당신은 교회를 떠난 지 오래지만, 우리는 변치 않고 강 목사를 믿고 의지하면서 반석 교회를 지켜왔어요. 이대로 돌아가는 게 좋습니다. 반석 교회 일은 우리 반석 교회 신도에 맡기세요.」

그 말이 끝나기 무섭게, 옆에 있던 신도들이 입구를 막아섰다. 두세 명이 겨우 지날 정도로 비좁은 시멘트로 된 길이 막혀버렸다. 이미 예배가 시작된 듯이, 찬송가 소리가 들려왔다. 선배가 조금도 흔들림이 없이 그들 앞에 다가갔다.

「내가 반석 교회를 떠난 건 하나님에 대한 믿음을 상실해서가 아녜요. 여러분도 잘 아시다시피, 예전에 상당수 신도가 교회를 떠날 때 나도 거기에 동참한 거예요. 반석 교회를 떠난 분들 중에 여전히 두터운 신앙심을 잃지 않고 교회를 다니는 분이 많은 걸로 알고 있어요. 그런데 그분들이 왜 반석 교회를 떠났냐? 그건 강 목사가 모 할머니 토지를 가로채서가 아닙니까? 제주 노회에서도 그 정황을 다 파악한 걸로 알고 있어요. 그런데 여러분들은 그것을 받아들이지 않고, 강 목사의 말만 믿고 여기에 남았던 거죠. 그러니까 저는 하나님을 한 번도 의심하거나 믿음을 저버리지 않았어요. 내 믿음을 시험에 들게 한 강 목사의 비위 때문에 나는 반석 교회를 떠날 수밖에 없었던 거예요. 한데, 요즘 반석 교회에 성령의 이적이 나타나면서 신도들이 늘었다고 알고 있어요. 저 또한 그 이적이 하나님의 은사라면, 옛일을 다 잊고 온전히 반석교회 신도가 되고자 예배에 참석하고 있습니다. 오늘도 그러한 마음으로 예배에 참석하고자 온 거예요. 눈이 있고 귀가 있으니 똑똑히 그것을 체험해서 확신을 얻고 싶을 따름입니다. 형제님이 어떤 경로로 우리에 대한 소문을 들었는지 모르지만, 오늘 나와 원영이는 다른 신도와 마찬가지로 여느 때처럼 조용히 예배에 참석할 거예요. 절대 예배를 훼방하거나, 반 기독교적인 포교를 하는 일이 없습니다.」

사내 옆의 중년 여신도가 목소리를 높였다.

「대체, 당신이 무슨 권리로 우리 교회에 분란을 일으키려 하는 거예욧. 이미 떠난 사람은 떠났고, 남은 사람은 강 목사를 믿고 의지해 왔는데 이제 와서는 뭘 어쩌자는 거예욧. 하나님께서 우리 교회에 내리신 오상 성흔이 모든 걸 말해 주잖아요. 강 목사님은 결백하시다고 말입니다. 이 오상 성흔이 생기면서, 지난 날 짧은 생각으로 반석 교회를 떠났던 몇몇 신도가 돌아오기도 했구요. 이제 남은 건 이것저것 따지는 게 아니라 믿느냐 마느냐 둘 중에 하나란 말이에욧. 찬형 형제님은 예전에 중·고등부 성경 교사를 했던 분인데 정말 이래도 되는 겁니까? 늦게나마 이제라도 회개하여, 어린 학생들에게 말씀으로 증거해 주셔야 하죠. 오상 성흔 은사가 저희를 사랑으로 인도하시는 강 목사님의 반석교회에 생기게 된 연유를 설명해 주셔야죠? 그게 돌아온 탕자의 길 아닌가요?」

선배가 답답한 듯 고개를 돌렸다. 다섯 명의 신도는 하나같이 손에 성경책과 찬송가책을 들고 있었다. 선배 또한 성경책과 찬송가책을 들고 있었다. 옆에서 지켜보면, 그들은 한 형제 자매로 부족함이 없었다. 문제는 하나님과 신도들 사이를 중계하는 목사를 바라보는 시각이 상이했다. 다섯 명의 신도가 저들에게 세례를 준 담임 목사에 대한 절대적인 신뢰와 존중을 고수하였다면, 찬형 선배는 성직자이면서 동시에 한 인간인 강 목사의 비위에 대해 준엄한 단죄를 역설했다.

좀 전의 중년 여신도가 다시 끼어들었다. 금테 안경을 매만지고 나서 한손으로 삿대질을 했다.

「이참에 꼭 말해둘 게 있어요. 왜, 댁이 예전에 중·고등부 성경 교사를 할 때 아이들한테 이상한 소리를 하고 다녔던 거 부정하지 않겠죠? 우리 애가 모태신앙인데, 중학생 때 성경 교사가 아무렇지도 않게 비신앙적인 말들을 학생들에게 했다고 했어요. '성경책은 그냥 종잇조각에 불과하다', '여호와는 우리나라의 단군처럼 유대인의 민족 신에 불과하다', '성경은 맹목적으로 암송을 할 게 아니라 행간의 의미를 파악해야 한다', 또 뭐랬더라 아 그래, '성경에서 말하는 것과 다른 역사적 예수님이 있을 수 있다' 이런 개뼈다귀 같은 소리를 해댔다죠? 이런 작자가 학생들에게 성경을 가르칠 자격이나 있는 거야 뭐야? 강요섭 형제님이 댁이 그래도 신학을 많이 공부했다면서 두둔하기에 그냥 나뒀지, 안 그랬으면 그때 혼쭐이 났어. 아주 단단히 혼쭐이 났지. 여보세요. 이게 댁의 실체인데, 이번엔 하나님의 은총인 오상 성흔을 가지고 늘어지고 있으니 우리가 가만히 있을 수 있겠어요? 댁이 반석 교회 신도라면 교회를 위해서 더욱 그것을 빛내게 해주지 못할망정 잿가루를 뿌리고 다니진 말아야 되는 거 아녜욧. 대체, 댁이 무슨 권리로 오상 성흔의 성혈을 검사한다면서, 교회 밖에 안 좋은 이야기가 떠돌아다니게 만드는 거냔 말이에욧. 우리 반석 교회 신도들은 댁의 신앙심을 절대 인정할 수 없어욧.」

옆에 우두커니 서 있던 다른 신도들도 질세라 합세했다.

「그래요, 평화로운 반석 교회를 이대로 내버려 두세요. 찬형 형제님.」

「찬형 형제님의 뜻대로 교회를 떠났으니, 형제님과 뜻이 맞는 분과 함께하면 되잖아요. 더 이상 반석 교회가 댁 때문에 혼란스러워지는 걸 묵과할 수 없어요.」

한 분은 찬형의 친구였던 듯, 걱정하는 투였다.

「찬형아, 난 아직도 너를 위해 기도를 하고 있다. 나 말고도 반석교회의 많은 형제자매님이 예전에 교회를 저버린 형제자매님을 위해 기도하고 있어. 강 목사님도 마찬가지야. 우선 신실한 신앙심에 기초해서 하나님에게 기도를 드리고 기도를 통해 응답을 받는 게 우선이라고 봐. 오로지 하나님에게 매달려 기도하는 게 정답이라고 봐. 찬형아, 제발 부탁이다. 반석 교회는 우리에게 맡겨 주라. 우리는 네 앞길을 막지 않을 테니, 너는 네 길을 가면 되는 거야.」

옆에서 지켜보던 나는 끼어들 엄두가 나지 않았다. 그들 가운데 기억이 나는 분이 두 분 정도였고, 나머지는 전혀 모르는 분이었다. 그만큼 나는 반석 교회를 겉돌았다. 속에서 내 나름의 주장과 항변이 솟구쳤지만, 내가 나설 자리가 아닌 듯했다. 오늘 나는 성경책은 가져왔지만 미처 찬송가책을 준비하지 않았다. 주일 예배를 찾은 신도로서 한참 미달로 볼 수밖에 없었다. 따라서 찬형 선배가 내 옆에 있는 한에서만 나는 반석 교회의 옛 신도로서 자격이 부여되었다. 점차, 찬송가가 더 힘차게 울려 퍼졌다. 결국, 찬형 선배와 나는 신도들의 거센 기세에 눌려 돌아오고 말았다.

11

시내로 나오면서, 찬형 선배가 양 간사에게 전화를 해보라고 했다. 양 간사의 집이 시내에 있으니 어쩌면 만나 뵐 수 있겠노라 했다. 교회 신자가 아니니 이 시간에 예배에 참석할 리는 없고, 또 일요일이니 집에서 쉬고 있을 가능성이 높았다. 시내에서 중앙로로 내려오는 도중에서 공중전화 박스 앞에서 멈추었다. 찬형 선배가 호주머니에서 수첩을 꺼내더니, 전화번호를 하나 알려주었다. 전화를 걸자 신호음이 울렸고, 곧이어 낯익은 중저음이 들려왔다.

「저 원영입니다. 일요일에 전화 드리게 되어 미안합니다.」

「아냐. 상관없어. 언제든 용무가 있으면 전화해. 내 집 번호는 어떻게 알았어? 아, 찬형 씨가 알려준 모양이지. 그래, 무슨 일이 있는 건가?」

「지금 찬형 선배와 함께 있어요. 실례가 되지 않는다면 잠깐 뵐 수 있을까 해서요. 상의하고 싶은 게 있습니다.」

「일요일에 예정에도 없는 상의라, 뻔해 보여. 찬형 씨와 너 그리고 나 이렇게 세 명이 만나서 상의하는 거라면 그거 때문이겠지. 안 그래?」

양 간사는 쉬고 있었노라며, 밖에서 보자고 했다. 양 간사는 관덕정 근처에 있는 민속 주점 하나를 알려주었다. 오후에 그곳에서 자신이 사회를 보는 대학생들 문화 행사가 있는데, 지금 가게 문이 열려 있을 거라고 했다. 다행히 찬형 선배가 그곳을 알고 있었다. 대략 이십여 분 정도 걸어서 그곳에 도착했다. 문을 열자, 아르바이트 하는 여자 대학생이 우리를 맞이했다. 양 간사님에게 전화로 연락을 받았다면서, 구석의 방으로 안내했다. 가게 내부에는 4.3사건 진상 규명, 4.3 해원상생 굿, 탑동 개발 반대 등 운동권적인 포스터들이 시선을 끌어 잡았다.

물을 한잔 다 마실 즈음 양간사가 나타났다. 양 간사는 이곳의 단골인 듯 아르바이트 여대생에게 격의 없는 농담을 주고받고 나서, 우리에게 식사를 했냐고 물었다. 식사를 안했다고 하자, 이곳 김치찌개가 맛있다며 김치찌개와 함께 막걸리를 들자고 했다. 선배와 나는 고개를 끄덕였다. 양 간사가 아르바이트 여대생에게 큰소리로 주문을 한 후 고개를 돌렸다. 그러곤 앉은뱅이 식탁 옆에 놓인 찬형 선배의 성경책과 찬송가책을 유심히 바라보았다.

「보아하니, 그대들은 불청객 신세가 되었나 보군요.」

내가 슬며시 미소를 띠우며 입을 열었다.

「눈치 채셨군요. 오늘 반석 교회에 갔다가 쫓겨났습니다. 어찌나 신도들이 강경하던지, 한발 짝도 교회 입구에 들여놓을 수 없었어요.」

양간사가 팔짱을 끼었다.

「저런, 강 목사가 초강수를 두기 시작 하네 보네. 도둑놈이 제 발 저리다고, 강 목사가 감출 게 많으니 눈먼 신도를 동원해 자네들을 예배에 참석하지 못하게 한 거로구만. 원영이와 찬형 씨에게 전에 말했듯이, 강 목사 지금 제 정신이 아니야. 하나의 비리를 감추려고 또 다른 비리를 만들어 눈속임을 하고 또 그것을 감추기 위해서는 무슨 짓이든 할 작자야.」

양 간사가 팔짱을 풀고 나서 담배를 피워 물었다. 곧이어 막걸리가 들어오자, 양 간사가 찬형 선배와 내게 한 잔을 따라 주었고 나는 양 간사의 잔을 따라 주었다. 잔을 부딪치고 나서 시원하게 한잔 죽 들이키자, 정신이 맑아지는 듯 했다. 막걸리를 두 잔을 마실 즈음, 아르바이트 여대생이 팔팔 끓는 김치찌개를 세 명의 앞에 가져다 놓았다.

침묵을 지키던 찬형 선배가 곱슬머리를 쓸어 올리며 입을 열었다.

「지난주에 모 병원에서 성혈 검사를 했었어요. 혈액형이 박철수 형제님의 O형과 다른 AB형으로 나왔어요.」

그러자 양 간사가 믿기지 않는 듯 눈을 크게 떴다.

「정말, 박철수 형제님의 혈액형과 다른 AB형이란 말이죠?」

「네, 백 프로 확실합니다. 문제가 또 있어요. 이 성혈에 금빛 가루가 섞여 나온다는 거예요. 이건 강 목사가 치유 은사를 펼칠 때에도 신도들 사이에서 나왔던 거예요. 금빛의 삼각형 가루죠. 이건 아실 줄 모르겠지만 이단적으로 규정된 외국의 모 교회에서는 흔하게 생긴다고 알려져 있죠. 그래서 말인데요, 박철수 형제님의 오상 성흔에는 이성으로 설명할 수 없는 초자연적인 힘이 작용하는 게 확실합니다. 이 현상은 이집트의 지혜, 곧 헤르메스주의로 풀 수 있다고 보는데요. 이 점은 전에도 그랬듯이 양 간사님이 유물론주의자이기 때문에 양 간사님을 납득시키기가 매우 힘들다고 생각해요. 그 어떤 현상과 물질적 증거가 따라온다고 해도, 이 지구상에 있는 유물론주의자들이 그 나름의 논리로 규정지울 게 뻔하니까요. 다만, 이번 기회에 조금 여유를 갖고 이 현상을 받아들이길 권고 드리고 싶어요. 찬찬히 하나하나 살펴보다 보면, 양 간사님의 입장에도 변화가 생길 수 있겠죠. 어느 책에서 접한 이야기입니다. 남미의 의사가 한 여성의 오상 성흔을 처음 접했을 때 초자연적인 현상으로 인정하지 않았답니다. 심리적인 요인과 박테리아 감염 아니면 사기로 보았던 거죠. 그런데 그 의사가 몇 개월에 걸쳐 그 현상을 밀착해서 검증해 본 결과, 그것을 신의 섭리로 인정하지 않을 수밖에 없었다는 거예요. 이 일로 무신론자였던 그 의사는 천주교 신자로 귀의했다고 해요. 양 간사님도 선입견을 갖지 말고, 백 프로 현실 그 자체를 순순히 받아들일 자세만 있으면 됩니다. 그러면 해답이 나올 거라 봐요.」

양 간사가 잔을 탈탈 털어내자, 내가 한 잔 따라주었다. 그가 그걸 다 들이키고 나서 말했다.

「찬형 씨는 여전히 신비주의자야, 하하. 교회에서 말하는 신자 개념은 아닌 듯하고, 초기 교회의 영지주의자, 그래 그것에 가까워 보여요. 기성 교회의 관습과 성경 문자주의(Biblicism)에 대해 매우 비판적이거나, 심지어 예수를 이집트의 신비주의적 관점으로 해석하는 게 그렇잖아요. 다 좋단 말씀이에요. 다양성의 차원에서 내 입장이 존중받아야 하듯이, 최 형의 관점도 수긍할 수 있어요. 그런데 말예요, 그런 오컬트적인 세계관의 맹점이 뭐냐 하면 우리가 발 딛고 있는 냉엄한 현실을 희석화한다는 거죠. 구름에 뜬 듯 바로, 지금, 여기가 아닌 저 너머의 초월적인 신성에 매몰된다는 거죠. 가령, 누가 강도를 맞아도 멀리서 바라보면서, 그 현상의 신비적인 아우라를 탐색할 뿐이죠. 정작 중요한 건 강도를 때려잡는 것인데도 불구하고 말이에요. 지금도 저 팔레스타인에서 유대인과 이슬람인이 서로 피 튀기며 싸우는 걸 보란 말이에요. 그 거룩한 두 종교가 그렇듯이 신비주의 또한 현실의 불의와 부정 앞에 그토록 무기력하단 말이에요. 신의 말씀과 신비적인 아우라에서 벗어나서 종교와 국가, 인종을 떠나 모든 사람이 다 존중받고 서로 화합하고 공존할 수 있는 길을 실천적으로 모색해야 한다고 봐요. 신비주의, 결국 또 다른 종교의 아류이자 무정부주의적 종교이며, 결국 지배자의 편을 들어주는 시녀의 종교라고 봐요. 나 무신론자이며, 유물론자가 그렇게 본단 말예요.」

옆에서 지켜보니, 둘의 입장이 명백히 평행선을 달리고 있었다. 인류 역사가 증명하듯, 이 둘의 입장을 하나로 엮어내려고 하는 시도 자체가 불합리하고 폭력적으로 보였다. 선배는 선배대로, 간사는 간사대로의 입장을 서로 존중해 주는 게 좋을 듯싶었다. 일방적으로 한쪽 입장으로 다른 입장을 지배하지 않았으면 했다. 그런 조건에서 둘은 원만한 관계를 유지하면서 서로에게 유익한 교류를 이어갈 수 있을 것으로 보였다.

양 간사가 얼큰 취어 오른 얼굴로 나를 정면으로 쳐다보았다.

「혹시, 원영이도 찬형 씨에게 세뇌된 거 아닌가? 그렇다면, 내가 코너에 몰리게 되겠는걸. 어쨌든 오늘, 그런 얘기로 내가 옳다, 네가 그르다고 귀중한 시간을 허비하진 말았음 해. 종교의 다양성처럼, 이 세상에는 유신론자가 있고 신비주의가가 있듯이 나 같은 유물론자가 있는 거야.」

내가 끼어들었다.

「좋은 말씀입니다. 오늘 귀한 시간 내주셨는데 대화가 소비적으로 흘러서는 안 돼요. 앞으로 또 다른 자리에서 신을 둘러싼 논의를 더 심층적으로 얘기할 수 있을 거예요. 현재, 내 입장이 찬형 선배의 것과 딱 들어맞는다고 볼 수 없어요. 저는 예수가 인도로 건너가 수행을 했다는 이야기에 관심이 많았죠. 최근에 그런 내용의 책을 낸 저자의 세미나에 참석하기도 했죠. 아직 완전히 예수를 불제자라고 단정내리지는 못하지만 심정적으로 그쪽에 많이 기울어져 있는 편이에요. 그래서인지 영지주의 복음서 『도마복음』에 나온 예수의 말씀에서 불교적 흔적을 엿보게 되기도 하구요. 간사님도 아시겠지만, 저는 이 방면으로 꾸준하고도 집중적으로 공부를 해오지 않았어요. 관심사의 하나일 뿐이었어요. 저에 비해, 찬형 선배는 오랫동안 관련 지식을 깊숙이 천착해 왔더라구요. 깜짝 놀랄 수밖에 없었어요. 6년 만에 제주에 내려와서 선배에게 생전 처음 듣는 이야기를 접하게 되었지요. 그게 바로 헤르메스주의 예수입니다. 내 생각에서는 이 또한 충분히 설득력 있는 예수에 대한 가설로 보여요. 찬형 선배의 논리는 박 형제님의 혈액형이 예수의 것인 AB형으로 나온 것과 혈액 속에 설명할 수 없는 금빛 가루가 섞여 있는 것을 일관되게 설명할 수 있어요. 이런 점에서 선배 쪽으로 상당히 기울어졌다 할 수 있겠죠.」

찬형 선배는 잠자코 잔을 기울였다. 한 평 남짓한 방에는 선배와 양 간사가 입에 문 담배 연기가 자욱했다. 양 간사가 만약 그게 사실이라고 치면, 그걸 어떻게 설명하는지 궁금하다며, 찬형 선배 쪽으로 시선을 돌렸다. 찬형 선배가 접때 내게 했던 그 이야기를 들려주었다. 혈액형이 AB형으로 나온 것으로 끝났더라면, 이번 오상 성흔은 백 프로 기독교의 예수가 개입된 현상이며 성령의 은사로 봐야 하나 그 혈액에 생긴 원인 모를 금빛 가루는 기독교적인 논리를 뛰어 넘고 있다고 하면서 말을 이어가기 시작했다. 이 금빛 가루는 결코 환상이나 착각의 물체가 아니며 실제로 빈야드, 신사도 교회에서는 비일비재하게 생기는 것으로, 기성 교회에서는 이를 마귀가 개입된 잡술의 결과물로 이단시 취급하나 자신이 볼 때 명백히 우리가 알지 못하는 예수님의 힘이 작용하는 것이라고 했다. 이 힘의 정체는 중세 기독교의 다양한 유물들에서 찾아 볼 수 있는 것으로 피라미드 전시안으로 상징되는 이집트의 지혜 곧 헤르메스주의라고 했다. 또한, 헤르메스주의의 유래와 그 의미를 말하고 나서 이것에서 연금술, 점성술, 신성 마법이 나왔다고 간략히 말했다. 그리고 헤르메스주의 예수의 진면목이 중세 이후 기독교에서 이단시되어 지금에 이르렀고, 본래 예수의 진면목이 전 세계 곳곳에서 초현실적인 현상을 통해 보이는데 그 하나가 반석 교회 박 형제님의 오상 성흔이고 했다. 다섯 곳의 상처와 그 피가 예수의 것인 AB형이라는 점과 함께 그 피 속에 금빛 가루가 섞여 있다는 게 그렇다고 말했다. 그러면서 금빛 가루가 헤르메스주의의 연금술을 보여주는 생생한 증거물이라는 것이다. 끝으로 금빛 가루가 요번 주일 예배 시간에 강 목사가 치유 은사를 펼칠 때 일반 신도들의 몸과 옷 위에 생겼다고 말하면서, 실은 치유 은사와 그때 생긴 금빛가루가 박 형제님의 영적 능력의 소산인데 이를 강 목사가 가로챈 것이라고 주장했다.

십여 분 정도 거기까지 말하고 나서 찬형 선배가 말을 그쳤다. 선배는 더 적극적으로 설명하고 싶어 보이지 않았다. 자신이 아무리 이야기해도 완강한 입장의 양 간사가 한귀로 흘려들을 게 뻔해서인지 몰랐다. 찬형 선배를 바라보면서 양 간사가 입을 열었다.

「찬형 씨도 알다시피 예수 신화에 온갖 신화, 종교 경전이 다 들어 있어요. 그 가운데 이집트 종교, 신화가 유력할 수 있다고 볼 수 있겠죠. 이런 점에서 적지 않게 최 형과 나는 겹치는 게 사실이에요. 결정적으로 찬형 씨는 그걸 역사적 사실로 보지만, 난 그렇지 않다는 점이 달라요. 나는 이집트 신화, 메소포티미아 신화, 불교 경전 등이 다 실존하지 않은 산타크로스를 픽션으로 만들어놓는 데에 사용되었을 뿐이라고 봐요. 지금 찬형 씨는 마치 동심으로 가득한 아이마냥 산타크로스가 크리스마스이브에 선물을 한보따리 짊어지고 나타나길 바라는 것 같아요. 하하. 예수는 허구에 불과해요. 그런데 찬형 씨의 얘기를 듣고 보니, 이집트의 지혜, 뭐

라더라 아 그래 헤르메스주의로 예수를 바라보는 건 상당히 의미 있게 보여요. 언제까지나 픽션이라는 전제 하에서만 말이죠. 좋아요. 이게 픽션인지 아니지는 박 형제님을 지켜보면서 그 진상을 엄밀하게 입증하고 나면 밝혀지겠죠. 암만해도, 오상 성흔은 사기 아니면, 좋게 보더라도 박테리아 감염으로 보여요. 또한 혈액형이 예수의 것인 AB형이랬지만 그건 박 형제님의 본래 혈액형이라고 생각해요. 아마 박 형제님의 혈액형을 잘못 알고 있겠죠, 안 그래요? 그리고 금빛 가루 같은 것에 지나치게 과민 반응할 필요가 있겠어요? 어찌어찌해서 박 형제님의 혈액 속에 특이하게 생긴 거겠죠. 스님들이 열반한 고승을 화장하고 나서 사리가 나온 걸 가지고 생불이셨다고 방방 떠드는 것과 매한가지라고 봐요. 그런 요상한 물질에 지나치게 현혹돼서는 안 된다고 봐요. 그건 그걸 통해 자기네가 보통 사람들의 세계와 차원이 다른 세계, 깨달음의 세계와 직결되어 있다고 설파해, 대중을 장악하기 위해 이용되는 마케팅용 전시품일 뿐이죠. 금빛 가루 그것도 인체 생리학상 특이하게 생겨난 부산물이라고 봐요. 그게 피에 섞여 나올 수 있고, 피부에 생겨 날 수도 있고 또 한 단계 건너 뛰어 옷 위에도 묻어날 수 있는 거겠죠. 안 그래요?」

12

외투 안주머니에 손을 넣었다. 금빛 가루가 든 비닐봉지가 손에 잡혔다. 만지작거리면서 꺼낼까 말까 망설이다가 도로 손을 빼 버렸다. 하나의 생생한 물질적 자료를 보는 입장의 차이가 너무나 극명했다. 내가 아무리 이것 보라며 꺼내 보여 봤자, 양 간사는 두 눈을 크게 뜨고 놀라기는커녕 콧방귀를 뀔게 뻔했다. 금빛 가루는 조만간 양 간사가 직접 그 현장에서 체험하는 걸 기대할 수밖에 없었다. 그렇게 되면 그의 유물론적 입장이 조금이나마 수그러들고, 설명할 수 없는 세계에 대해 일정 정도 수긍할 수 있으리라.

찬형 선배와 양 간사 사이의 접점을 찾아보았다. 오상 성혼을 둘러싼 강 목사와 제주 노회 사이의 감추어진 묵계가 이 자리에 있는 세 사람의 공통 관심사이자, 하나의 입장으로 정리할 수 있는 화제일 듯싶었다.

「며칠 전에 찬형 선배에게 압력 전화가 왔어요. 문학잡지를 후

원하는 나사로 병원에서 후원을 끊겠다면서, 성혈 조사하는 일 그만두라고 전화가 왔어요.」

「그런 일이 있었어?」

양 간사가 놀라워했다.

「그 일을 겪고 나자, 선배가 제주 노회장 장 목사와 반석 교회 강 목사 사이에 교감이 있을 수 있다고 했어요. 그 점에 대해, 양 간사님과 이야기하면 좋을 듯싶습니다. 정말, 그런 일이 있는지, 있다면 그게 무엇인지를 밝혀야 할 게 아닙니까?」

김치찌개를 한술 입에 넣고 나서 양간사가 관심의 눈빛을 보였다.

「그래요, 그것에 대해 머리를 맞대고 얘기해 봐요. 찬형 씨도 거기까지 생각이 미쳤나 보네요. 나도 요즘 생각에 생각을 거듭하다 보니, 제주 노회가 떡 하니 등장하더라구요. 재작년에만 해도, 강 목사를 단칼에 처단할 듯이 나섰던 제주 노회가 왜 갑자기 언제 그랬냐는 듯이 잠잠해져버렸냐 말이에요? 강 목사를 재판에 회부하려고 했을 때에는 강 목사의 비리에 대한 충분한 물증을 확보해 놓았다고 봐요. 그런데 하루아침에 그 증거들이 물거품처럼 사라져버리기라도 한 건지, 아니면 그 증거 불충분으로 판명 난 것인지 그 어느 쪽에도 분명한 입장을 내놓지 않은 채 강 목사 문제가 백지화되어버렸어요. 거 참 신기한 일이죠? 분명히 둘 사이에 암묵적 거래가 있을 거라고 봐요.」

찬형 선배가 젓가락을 탁자 위에 올렸다.

「저도 같은 의견입니다. 면직이 유력시 되었던 강 목사가 자리

보전을 할 수 있게 되었을 뿐만 아니라 화려하게 부활하게 된 데에는 오상 성흔이 큰 기여를 했죠. 강 목사는 자신의 신앙적 영적 능력에 의해 오상 성흔 은사를 박 형제님에게 생기게 했다고 주장해요. 오상 성흔이 반석교회에서 발생한 건 담임 목사의 헌신적인 목회 사역에 대한 하나님의 은사다, 이런 식이죠. 실제로는 박 형제님의 고유한 영적 능력의 소산일 뿐입니다. 강 목사가 가로 챈 것이죠. 오상 성흔에서 중요한 건 그 성혈이 진짜 예수의 피인지 아닌지입니다. 제주 노회 또한 그걸 밝히고자 하는 입장이었고, 은밀히 성혈 검사를 했어요. 제주 K 방송사에서 성혈 검사를 시도하는 과정에서, 제주 노회가 끼어들었고 여기에 강 목사가 동조하게 된 거예요. 강 목사는 제주 노회의 요청에 따라 성혈을 검사할 수 있도록 K 방송사 기자에게 넘겼어요. 그런데, 그 결과가 좀 전에 말한 대로예요. 예수의 혈액형이 나온 것까지는 제주노회나 강 목사가 쌍수 들어 대환영을 했을 테지만, 유감스럽게도 혈액에 확인 불명의 금빛 가루가 나오질 않았겠습니까? 일이 이렇게 되다 보니, 성혈 검사는 원천적으로 없었던 걸로 입막음을 해버렸어요. 양 간사님, 왜 그랬는지는 뻔하지 않을까요? 성경의 말씀과 기독교적인 교리에 비추어 볼 때, 받아들이기 힘든 금빛 가루가 생겼기 때문이죠. 이게 예수의 피와 함께 나왔다는 건 곧 오상 성흔의 기적 현상에는 기독교 이상의 힘이 작용하고 있다는 걸 보여주는 것이죠. 그러니, 긁어서 부스럼을 낼 필요가 없으니 속은 감추고 겉만 그럴싸하게 성령의 은사로 보이도록 한 것이겠죠. 그 결과, 작년부터 지금까지 세상 사람들은 제주 섬의 한 작은 교회에서 오상 성흔의 기적 현상이 일어나고 있다고들 알게 된 것이죠. 또한, 이 성스러운 은사를 노회 소속 교회인 반석 교회 전면에 내세우려고 하자 강 목사의 문제가 걸림돌이 될 수 있는데, 이걸 제주 노회에서 깔끔하게 정리해준 게 아니겠는가 하는 생각입니다.」

양 간사가 생각하는 듯 시선을 비닐 바닥에 내려놓았다가 다시 시선을 거두었다. 그러곤 천천히 입을 열었다.

「소문으로는 강 목사가 제주 노회인 영주 제일 교회 예배에 작년 초부터 종종 모습을 나타냈다고 해요. 그때마다 강 목사와 함께 박철수 형제님이 있었다는 거예요. 최근에도 둘이 영주 제일 교회에 열린 연합 예배 때에 오상 성흔 은사를 펼쳐보였다는 거예요. 이런 걸 보면, 무슨 이유에서인진 모르지만 제주 노회는 강 목사에게 면죄부를 준 게 확실해요. 그렇지 않고서야, 비리 덩어리인 강 목사를 수많은 신도가 모인 예배 시간에 데려다 놓고 예수님을 증거 할 수 있겠어요?」

그 말을 내가 받았다.

「그런 걸 보면, 제주 노회에서도 박철수 형제님의 오상 성흔을 적절하게 이용하는 것 같아 보여요. 어떻게 보면, 제주 노회에서 오상성흔의 상품 가치를 주목한 것일 수 있어요. 이렇게 볼 경우, 강 목사가 제주 노회의 오상 성흔의 상품적 활용 요청에 부응하고, 그 대가로 면죄부를 받았다는 가설이 생깁니다.」

내 말에 찬형 선배가 응수했다.

「그래, 그렇게 볼 수 있어. 박 형제님 개인의 영적 현상인 오상 성흔을 강 목사가 자신의 영적인 능력의 결과인 양 행세하듯이, 제주 노회는 기적 은사의 실재함을 신도에게 증거하기 위한 방편으로 반석 교회의 오상 성흔을 공인하고 활용하는 것일 수 있어. 그래서 지금, 장 목사는 담임목사 자리를 보전하면서 '회개하라. 하늘나라가 가까이 왔다.」고 설교할 수 있는 거겠지.'

양 간사가 고개를 끄덕였다. 그 모습을 보면서 내가 질문을 던졌다.

「혹시, 제주 노회장에 대해 아는 게 있습니까?」

양 간사가 잠깐 주춤하더니 입을 열었다.

「잘 알진 못해도, Y회관 옆에 영주 제일교회가 있으니까 들은 이야기가 많지. 노회장은 장영식 목사인데, 작년에 이어 올해 제주 노회장을 연임하고 있어. 장 목사를 싫어하는 일반 신도와 목사가 꽤 많은 걸로 알고 있어. 작년에, 그 목사가 '4.3사건은 빨갱이의 무장 폭동이자, 공산주의자들의 반란이다'라고 설교 때 했던 말 때문이야. 이로 인해 그의 재선은 매우 불투명했어. 그런데 박철수 형제님의 오상 성흔이 예배 시간에 나타나자, 판세가 예측 불허 상태로 이어지기 시작했어. 그러다가 결국 장 목사가 재선에 성공하게 되더라고.」

「그렇다면 장 목사가 연임하는 데에도 박 형제님의 오상 성흔은 큰 기여를 했겠네요.」

「충분히 그렇게 볼 수 있지, 암.」

찬형 선배가 양 간사의 빈 잔과 내 잔에도 막걸리를 부었다. 내 잔에는 막걸리가 넘쳐나서 흘러내렸다. 잔을 부딪치고 나서 죽 들이켰다. 서서히 취기가 올라왔지만 그럴수록 머릿속은 선명해지는 듯했다. 박 형제님의 오상 성흔을 둘러싼 강 목사와 제주 노회 영주 제일 교회 목사와의 석연치 않은 공모가 확실시되었다. 강 목사의 윤기 반들반들한 얼굴과 함께 박 형제님의 동공이 풀린 얼굴이 스쳐 지났다. 그때, 궁금증 하나가 떠올랐다.

「강 목사와 제주 노회 문제는 그렇다 치고요. 대체 어떻게 해서 박 형제님이 꼼짝없이 강 목사의 손아귀에서 놀아나는지도 궁금해요. 둘 사이에도 뭔가 있겠죠? 선배.」

「그래, 박 형제님이 강 목사를 믿고 따르는 순수한 신앙심에서 자신의 영적 현상을 강 목사에게 고스란히 바치진 않을 거라고 봐. 강 목사가 하나님의 권위를 내세워 그에게 회유나 협박을 했겠지. 그러니 박 형제님이 강 목사가 시키는 대로 꼭두각시처럼 행동하는 걸 거야.」

양 간사가 말했다.

「찬형 씨 말대로라면 박 형제님이라는 양반이 떡 허니 양심선언을 해준다면 좋겠어요. 그렇게 되면, 오상 성흔의 진실이 규명되는 건 물론 이를 둘러싼 제주노회와 반석교회 강 목사 사이의 부도덕한 결탁이 백일하에 드러날 거라고 봐요.」

듣고 있던 내가 끼어들었다.

「앞으로 아니, 당분간 반석교회 문턱을 넘을 수 없을 듯하니까, 이참에 박철수 형제님을 접촉해보면 좋겠어요. 이달 초에 석춘이가 박 형제님 집을 알려 줘서 한번 그 집에 찾아가본 적이 있거든요. 수행인이 항상 같이 따라다니는 듯하던데, 직접 박 형제님을 만나는 게 생각처럼 쉽지 않을 거 같아요.」

찬형 선배가 내 어깨를 툭 치면서 싱긋 미소를 지었다.

「네 말대로 박 형제님을 접촉하는 방안을 모색해 봐야겠어. 너와 나, 그리고 석춘이 함께 머리를 맞대보자. 그리고 강 목사 비리가 백지화하게 된 연유는 양 간사님이 신경 써서 영주 교회의 관계자를 통해 잘 알아내주시면 고맙겠습니다.」

양 간사가 손을 내밀자 찬형 선배가 오른손을 내밀어 응답했다. 나는 시선을 둘이 맞잡은 손 위에 올려놓았다. 다행히 오상 성흔 현상에 대한 세계관의 차이에도 불구하고, 찬형 선배와 양 간사는 의기투합을 했다. 여기에 나도 빠질 수 없었다.

13

「이번엔 또 뭘 부탁하려고 그래?」

어제저녁에 석춘에게 전화를 걸어 다짜고짜 보자고 했다. 지난 주 주일 예배 때에 그를 만난 이후, 한 주가 지나가고 있었다. 장소는 〈사인자〉 서점 위에 있는 커피숍이었다. 예전과 달리 인테리어가 많이 바뀌어 있었다. 고등학교를 졸업할 즈음, 교회 친구들은 특별한 이유 없이 시간을 죽이기 위해 자주 이곳을 찾았었다. 이제 막 미성년자에서 성인으로 신분이 바뀌게 될 친구들은 이곳에서 주로 인생, 신앙, 신학과 함께 역사 속의 예수 등의 화제를 들먹거렸었다. 석춘은 가끔 얼굴을 내비치는 정도였지만 나는 일주일에 한번 꼴로 찾아와 누군가와 대화를 하거나, 〈사인자〉에서 구입한 사회과학 서적과 운동권 출판사의 시집, 소설을 읽곤 했다.

「네 결백을 믿어. 저번에 정영민 내과의원에서 성혈 검사한 사실을 절대 네가 입 밖에 노출시키지 않았다는 걸 믿겠어. 강 목사

쪽에서 어떤 경로를 통해서든지 충분히 알아낼 수 있을 거라고 봐. 친구로서 믿는다.」

「그래 다행이야. 우리 방송사에서 성혈 검사를 했다는 걸 밝히지 못한 건 회사 극비라서 어쩔 수 없었지만, 너와 찬형 선배의 성혈 검사를 강 목사가 눈치 챈 건 나도 뜻밖의 일이야. 애초에 정 원장에게 성혈 검사를 비밀로 해 줄 것을 부탁한 것도 아니고, 또 정 원장이 그걸 들어줄 분도 아니잖아? 강 목사가 정영민 내과 의원의 주 고객인 걸로 아는데, 무심코 정 원장이 그 사실을 강 목사에게 밝혔을 수도 있는 거 아니겠어?」

커피를 한 모금 마시고 나서 잔을 내려놓았다. 석춘이 기다렸다는 듯이 물었다.

「그것도 그거지만, 성혈 검사 결과를 왜 내게 말해주지 않는 거야? 내가 강 목사 쪽 프락치일까 봐서 그런 건 아니겠지. 나를 친구로 인정한다면 사실대로 말해주길 바라.」

내가 외투 안쪽 호주머니에서 비닐봉지를 꺼내고 나서, 금빛 가루가 든 스카치테이프를 탁 자 위에 올려놓았다.

「이게 뭔지 알지?」

석춘이 그걸 들고 자세히 들여다보았다. 그러곤 피식 웃으며 말했다.

「이건 강 목사가 치유 은사를 펼칠 때 신도들에게 생기는 거잖아? 금분!」

「잘 말했어. 이게 말이야 박 형제님의 혈액 속에도 들어 있었어. 그리고 혈액형은 예수의 것과 동일한 AB형으로 나왔고 말이야.」

석춘이 스카치테이프를 탁자 위에 내려놓고, 다리를 꼬았다.

「그럼 다 된 것 아니야. 박 형제님 오상 성흔은 성령의 은사 말이지.」

「그렇지 않아! 정 원장의 말에 따르면, 이게 혈액 속에서 생겨나서는 일정한 크기가 되면 멈춘다고 했어. 또한 이것은 인체에서 생길 수 없는 거라고 했어. 이 금빛 가루와 강 목사가 치유 은사를 펼칠 때 신도들에게 생긴 금빛 가루는 동일한 거야. 둘다 금빛 삼각형이야. 문제는 이게 성경적인 근거에서 설명할 수 없다는 거지. 어때? 강 목사가 성령의 이름으로 치유 은사를 펼친다고 할 때 생기니까 그러려니 한 모양인데 이건 결코 기독교적 교리로 입증할 수 있는 게 아니야.

석춘이 꼬았던 다리를 풀고 나서 말했다.

「그건 그래. 박 형제님의 오상 성흔은 성경적 근거에 비추어 볼 때 납득이 가고 그런 사례가 부지기수이지만, 금분이 생기는 건 그 어디에서도 찾아볼 수 없는 거였어. 그런 생각이 들긴 했었지만, 신자로서 강 목사님의 이름을 욕되게 하는 것 같아 깊이 생각하지 않고 스쳐지나 버렸었지.」

내가 석춘의 눈을 응시하면서 말했다.

「너 놀라지 마라. 이건 교회에서 이단으로 규정하는 외국의 빈야드, 신사도 교회에서 빈번하게 생기는 거야. 기성 교회에서는 금빛 가루가 생기는 현상을 마귀의 힘이 작용하는 것 곧 마법으로 보고 있어. 그리고 또 네가 놓치지 말아야 할 게 있어. 강 목사가 박철수 형제님의 오상 성흔을 자기의 영적 능력에 힘입어 생긴 것으로 치장하면서 치유 은사가 자신의 능력으로 펼치는 것으로 행세하고 있지만 사실은 그렇지 않아. 오상 성흔과 치유 은사는 온전히 박 형제님의 개인적인 특이 능력 혹은 영적 계발에 의해 발생하고 있는 거야. 이걸 강 목사가 가로채기 한 것이지.」

「뭐라고? 그딴 말이 어딨어? 무슨 근거로 강 목사를 협잡꾼 취급을 하는 거야. 너와 찬형 선배가 선입견을 갖고 바라보니까 강 목사가 하는 모든 일이 그르게 보이는 거 아니겠어. 지난 일은 지난 일이고, 지금 일은 지금 일이야. 왜, 지금 반석 교회에서 일어나는 은혜로운 일을 강 목사님의 기도의 힘으로 생긴다는 사실을 순순히 받아들이지 못하는 거야? 참으로 안타깝다. 박철수 형제님이 직접 강 목사의 안수 기도를 받은 후 오상 성흔이 생겼다고 간증하기도 했어. 그러니까 자연히 치유 은사 또한 강 목사님의 영적 능력의 결과로 봐야 하는 거지.」

석춘은 완강했다. 그는 성경책의 카테고리와 강 목사의 품안에서 한 발짝도 나오려 하지 않았다. 그에게는 그 세계가 절대적이었고, 거기에서 한 발짝이라도 나가면 이단이요, 불경인 셈이었다.

「박 형제님의 간증은 강 목사에 의해 얼마든지 뒤바뀔 수 있다고 봐. 한 교회 내에서 담임 목사가 차지하는 위치가 절대적이니까, 그의 요구를 거부하는 건 곧 그 교회에서의 파문이나 다름없잖아?」

「점점, 강 목사를 악질 파렴치한으로 몰고 가는구나. 너 그런 소릴 하려고 나 보자고 한 건 아니겠지. 계속 이런 식이면 나 나 간다.」

분위기가 험악해졌다. 친구라는 끈이 있었기에 망정이지 그게 없었더라면 그가 내게 물컵 세례를 했을지도 몰랐다. 더 이상 이 이야기를 지속하기 어려워 보였다. 그도 나도 잠시 서로의 시선을 피했다. 밖은 서서히 어두워져 갔고, 가까운 곳의 가로등이 불빛을 골목에 던지기 시작했다.

내가 손깍지를 낀 채로 말했다.

「이젠 반석 교회 근처에 얼씬도 못하게 됐고, 너와는 의견이 달라도 너무 다르니 난감하네. 이대로 끝나면 너나 나나 섭섭하지 않겠어? 돌아온 탕자로 나를 받아주기로 한 너의 노력도 물거품이 되고 말잖아. 그래서 말인데, 마지막 부탁이다. 박철수 형제님을 직접 만나 볼 수 있으면 좋겠어. 그에게 직접 말을 들어보고 나면, 내가 네 소원대로 반석교회의 돌아온 탕자가 될 수 있잖아? 약속이다, 이게 마지막 기회야. 박 형제님이 네 주장대로 말한다면 나는 정말로 반석 교회의 신자로 돌아가서 강 목사님을 믿고 따를 게. 박 형제님과 직접 만날 수 있게 해줘.」

석춘이 물을 마시고 나서 말했다.

「그게 쉽지 않을 텐데. 교회에서 특별히 수행인을 붙여 보호하고 있는 걸로 알아. 그가 몸이 편치 않는 것도 있고 또 오상 성흔과 관련해 오해 살 만한 이야기가 나오는 걸 막기 위해 외부와의 접촉을 차단하는 걸로 알고 있어. 그렇지만 네 말대로 이게 마지막 카드라는 생각이 드는구나. 이 카드를 내가 쥐고 있으니 말이야. 그게 힘든 일이니 만큼 여기서 결정내리긴 어렵고, 금주 내로 가부 결정을 알려줄게.」

그날, 석춘에게는 찬형 선배에게서 들었던 헤르메스주의 예수에 대한 이야기를 단 한마디도 꺼내지 않았다. 그것은 석춘과 나 사이를 벌려 놓으면 놓았지 조금이라도 좁힐 것 같지 않았다. 신실한 신앙을 가진 석춘에게 그런 따위의 이야기는 어림 반 푼어치도 없는 것이었다. 하나님에 대한 신앙으로 충만한 자여, 그대에게 다양성(이교)에 대한 포용과 관용의 자비가 있기를!

4부

만물에 편재하는 영혼의 빛

1

석춘은 곧바로 연락을 주지 않았다. 내가 그에게 전화를 하면 재촉하는 듯해 그냥 기다리기로 했다. 한 주가 거의 다 지났고, 나는 집에 틀어박혀 지냈다. 언제 그가 전화를 해올지 모를 일이었다. 새벽까지 이 책 저 책을 읽다가 날이 밝아올 때 잠이 들었다. 산책 삼아 용두암에도 가지 않았고, 친구 민호도 만나지 않았다. 방안에 있는 게 갑갑할 때에는 마당에 나와 손 체조를 하거나 기껏 바깥채 옥상에 올라가는 게 전부였다. 단조로운 생활이 반복되다보니, 내 머릿속에는 오상 성흔과 금빛 가루 그리고 헤르메스주의 예수에 대한 생각으로 가득했다.

그런 토요일 새벽이었다. 예수가 꿈속에 나타났다. 청명한 눈빛을 반짝이는 예수가 긴 외투를 휘날리며 광야에 서 있었다. 캄캄한 광야의 하늘에는 촛불 같은 별들이 빛나고 있었다. 어둠에 감싸인 광야에는 거칠게 불어 닥치는 바람 소리만이 요란했다. 예수는 멀리서 나를 알아보고, 미소 띤 얼굴로 내게 손짓을 했다. 그를 향해 달려갔다. 방해물이 많았다. 돌부리에 발이 채여 넘어졌고, 가시덤불에 다리와 무릎과 손이 찔려 핏물이 흘러내렸고, 선인장에 수차례 얼굴을 부딪쳐 살갗이 찢어졌으며, 구덩이에 빠져 온몸이 진흙범벅이 되었다. 그래도 신들린 듯이, 지친 몸을 이끌고 나를 부르는 손짓을 향해 계속해서 나아갔다. 뛰다가 지쳐서, 걷고 다시 뛰다가 지쳐서 비틀비틀 걸어 나갔다. 사위의 어둠이 극에 달할수록, 하늘의 별들은 더 영롱한 빛을 지상에 비추었다. 그 별들 가운데 가장 찬연히 빛나는 샛별이 눈에 들어왔다. 나를 부르는 손짓은 그 별 아래에 있었다. 실성한 듯이 샛별을 향해, 나를 부르는 손짓으로 뛰다시피 하며 걸어갔다. 이상하게도 거리가 좁혀지지 않았다. 가도 가도 손짓은 하늘의 샛별처럼 변함없이 제자리를 지키고 있었다. 온몸에서 점점 기운이 다 빠져 나갔다. 눈이 풀렸고, 몸에 대한 감각이 사라져 갔다. 내 눈에는 점점 샛별이 환하게 빛났다. 내 입에서 신음 같은 목소리가 흘러나왔다. 「당신이 계신 곳을 말해주세요. 난 당신을 꼭 만나야 합니다.」 곧이어 내 눈이 캄캄해져 갔다. 동굴 속처럼 좁고 긴 통로가 이어졌고, 턱턱 숨이 막혀 왔다. 그런 어느 사이 숨이 끊겼다. 숨이 끊기자 내 속에서 황홀한 향기가 퍼져 나왔다. 온통 들장미의 진한 향이 가득했다. 다시, 내 시야에 컴컴한 광야가 드러났다. 갑자기 극에 달한 광야의 어둠이 마른 장작처럼 동녘 빛에 불타올랐다. 순식간에 어둠은 눈부시게 불타올랐고, 동녘 지평선 위에 황금빛 태양이 솟아올랐다. 태양은 광야에 남아 있는 어둠을 모조리 불사르면서 서서히 하늘 위에 떠올랐다. 그러자, 광야의 지평선에 거대한 피라미드가 보였고 그 앞에 예수가 서 있었다. 예수, 피라미드 그 너머에 태양이 떠오르고 있었다. 그런 어느 순간, 예수의 머리 위에서 피라미드 전시안이 빛났다. 그와 함께 내속에서 은은한 목소리가 울려 퍼졌다.「깨달은 사람 속에는 빛이 있어 그 빛이 온 세상을 비춥니다. 그 빛이 비추지 않기에 어둠이 깃드는 것입니다.」

토요일 오후 한 시경에 깨어난 뒤 간밤의 꿈에 대해 생각해 보았다. 내 손에는『도마복음』이 들려 있었다.「요한복음」(8:12)은「나는 세상의 빛이다. 누구든지 나를 따르는 사람은 어둠 속에 다니지 않고 생명의 빛을 얻을 것이다.」라고 말한다. 그런데『도마복음』은 빛이 초월적인 시공간에 있는 게 아니라 깨달은 사람의 내면에 있다고 말한다. 또한, 이 깨달음(gnosis)은 믿음(pistis)과 회개(repentance)가 아니라 의식의 변화(metanoia)에서 온다고 한다. 예전의 나는 빛과 깨달음에서 불성을 엿보았지만, 찬형 선배를 만난 후 서서히 달라졌다. 빛과 깨달음은 저, 이집트 사막에서 피어났던 고대 인류의 지고한 영적 수행의 정수를 말하며, 또한 그것은 에세네인 수행 공동체에서 최고의 수행 단계를 마친 예수를 통해 비전되었으리라.

책을 덮으면서 속으로 되뇌었다.

빛, 신이자 구원이자 천국은 저 언덕 너머에 있는 게 아니라 바로, 지금, 여기의 나와 온갖 사물과 생명에 다 편재해 있어. 그걸 받아들이고, 내면의 변화, 곧 영적 진화를 이끌어내는 게 우리 인간의 과제야. 여기서 중요한 게 헤르메스주의의 관문, 곧 송과체의 빅뱅을 통과해야 하는 거지. 이로써 진정한 깨달음을 얻은 선각자의 반열에 오를 수 있는 거야.

세면을 하려고 자리에서 일어나려고 할 때였다. 전화기가 울렸다. 석춘이 결정을 내린 모양이었다. 어쩌면 그가 내 부탁을 들어주기 힘들다며 전화기를 끊을 수도 있었다. 가슴이 뛰었다. 천천히 심호흡을 하면서 수화기를 들었다. 수화기 너머에서 들려오는 목소리는 석춘의 것이 아니었다.

「원영아, 놀라운 사실을 알아냈어.」

찬형 선배였다.

「대체 무슨 일입니까?」

「제주 노회에 내가 아는 목사가 비밀리에 강 목사 비위를 조사해 오고 있었어. 어찌된 일인지 제주 노회에서 가지고 있던 강 목사의 토지 등기부등본 사본이 자취를 감추었다고 해. 그래서 강 목사 비위를 취재했던 제주일보 사회부 기자와 함께 법원에 찾아가 등기부등본을 열람한 후 사본을 보관 중이라고 해. 그에 따르면 용마부락에서 가장 많은 부동산을 소유한 자가 강 목사라는 거야. 역시, 예상했던 결과가 나온 거지. 근데, 강 목사 다음으로 부동산을 많이 소유한 자가 있는데 서경훈이라는 사람이라고 해. 내가 그 이름을 듣고 보니, 이름이 영 낯설지가 않는 거였어. 그래서 반석 교회에 다니는 친구한테 서경훈이라는 사람 아느냐고 물어봤지. 놀라운 답변이 돌아왔어. 그가 박철수 형제님을 수행하는 분이라는 거야. 그때서야 나는 무릎을 탁 쳤어. 내가 그에 대해 궁금해서, 그가 무슨 일을 하느냐? 부모님에게 땅과 건물을 물려받았느냐고 물어보았지. 그랬더니, 친구가 서경훈 집사는 친척 집에서 키워진 고아라는 거야. 야간 고등학교를 졸업해서 보일러 기술자를 하고 있었는데, 강 목사가 신앙심이 깊은 그를 기특하게 여겨 그에게 집사 직을 맡긴 다음 교회 일을 하도록 시켰다는 거야. 거기다가 강 목사 수행비서가 되기도 하고, 강 목사가 장거리를 출타할 때엔 자가용 운전을 도맡았다는 거야. 그러다가 작년부터 교회 일과 강 목사 수행비서 일을 그만두고 박 형제님의 수행인이 되어 함께 살고 있다는 거야. 따라서 절대 그가 십억 대의 부동산을 가질 위인이 되지 않는 거지. 그러면 뻔하잖아? 강 목사가 그 이름을 빌린 거 말이지. 강 목사가 서경훈 이름으로 막대한 부동산을 등기한 데에는 자신의 부동산 소유를 은폐하려고 한 거겠지. 그런데 의문점은 어째서 강 목사가 다른 사람을 놔두고 서경훈 형제님의 이름으로 부동산을 등기했느냐는 거야.」

선배의 말을 다 듣고 나자 온몸에 찌릿하게 전류가 흐르는 듯했다. 강 목사의 비위는 너무나 자명했는데, 여기에 또 한 사람이 개입되어 있었다. 그 사람은 오상 성흔의 박 형제님을 24시간 보호한다는 명목으로 다른 사람과의 접촉을 철저히 차단하고 있었다. 오상 성흔의 진실을 알려 줄 수 있는 박 형제님이 그 누구도 만날 수 없게 가로 막고 있는 수행인, 그가 자신의 이름에 강 목사의 부동산을 올리고 있었다.

더 이상 석춘의 전화를 기다릴 수 없었던 내가 그에게 전화를 걸었다. 주말 오후, 집에 있던 석춘이 전화를 받으며, 그러지 않아도 자신이 전화를 하려고 했다고 말문을 열었다. 자신이 강요섭 선배에게 박 집사를 만나볼 수 있게 해 달라고 요청을 했는데 거절을 당했다고 했다. 여기다가 자신이 박철수 형제님을 수행하는 분에게 그를 만나서 대화를 할 수 있게 해달라고 요청을 했다는 것이다. 이번도 마찬가지였고, 목사님의 지시가 내리기 전에는 절대 불가하다는 답변이 돌아왔다는 것이다. 듣고 있던 내가 소리치듯이 말했다.

「네가 할 수 있는 만큼 애쓴 건 알겠다. 하지만 이대로 멈출 순 없어. 너, 내일 예배가 끝나자마자 박철수 형제님 집 앞으로 와라. 내가 거기에 있을게. 직접, 담판을 지어야겠어. 반석 교회의 사활이 걸린 문제니 꼭 박 형제님과 대화하게 해 달라고 부탁해야겠어. 그리고 오늘 찬형 선배로부터 수행인에 관해 들은 이야기가 있는데, 그것에 대해서 수행인에게 물어 볼 게 있어. 내일 꼭 보자, 친구야.」

2

일요일, 예배가 끝날 시간에 맞추어 박 형제님의 집 앞에서 대기하고 있었다. 몇 주 전의 기억대로라면, 이번에도 박 형제님은 수행인의 부축을 받고 집으로 향할 터였다. 거동이 불편한 그는 수행인이 없이는 제대로 걸을 수 없을 듯했다. 담배 가게 앞에서 시계를 보면서 예배가 끝나길 기다렸다. 한적한 골목길에 있다 보니, 노인 한명이 지팡이를 들고 위쪽 대로변으로 걸어갔다. 그 외의 행인이 찾아볼 수 없었다. 훈훈한 바닷바람이 목덜미를 간질여 왔고, 가까운 주택의 재래식 화장실에서 전해지는 분뇨 냄새가 맡아졌다. 담배 가게의 방에 누워 있는 노파는 텔레비전에 시선을 고정한 채로 미동도 하지 않았다. 담배 가게 내부를 죽 훑어보고 나서 시선을 대로변 쪽의 골목으로 향했다. 불쑥, 차 한대가 다가오더니 멈추었다. 석춘이 차문을 열고 내 앞으로 걸어 왔다.

「너 정말 큰일 내려고 이래?」

내가 아무렇지도 않은 듯 말했다.

「범죄를 저지르는 것도 아닌데 뭐 그리 호들갑이야. 오늘 정면 승부를 걸어봐야겠어. 너 혹시 박철수 형제님 다른 곳으로 빼돌린 건 아니겠지?」

정면으로 응수했다.

「내가 왜 그런 일을 하겠어? 너를 막으면 막았지 그럴 일은 없어. 그나저나 이제 곧 박 형제님이 돌아올 텐데, 어떻게 하려고 하는 거야? 내가 옆에서 몸싸움이 생기지 않도록 지켜봐야 될 거 같다. 그리고 수행인에 대해서는 뭘 알고 있다는 거야?」

내가 석춘의 손을 잡으면서 말했다.

「수행인에 대해서는 곧 알게 될 거야. 내가 여기 온 건 오상 성흔 진실 규명 문제로 교회 문턱을 넘을 수 없었기 때문이야. 이렇게라도 해서 박 형제님을 직접 만나고 싶었어. 내가 반석 교회에서 배척당하더라도 최소한 박 형제님을 만나는 일만큼은 절대 양보할 수 없어. 진실을 규명해야지. 만약, 오상 성흔이 백 프로 성령의 은사로 밝혀지면 나는 회개하고 다시 신앙인으로 돌아갈게. 하나, 그렇지 않을 경우 너는 단단히 마음의 준비를 해야 할 거다.」

「뭐? 마음의 준비!」

「그래, 오상 성흔의 진실과 함께 강 목사의 비리가 백일하에 드러날 테니, 그때에는 분명하게 처신을 해야 한다는 말이야. 눈먼 신자처럼 언제까지나 강 목사를 떠받들 순 없단 말이야.」

석춘의 눈빛이 떨렸다. 그때, 석춘의 등 너머로 검정색 자가용이 나타났다. 나와 석춘은 담배 가게 안으로 들어갔다. 검정색 자가용이 담배 가게 앞에서 정차하고 나서 수행인이 차에서 내려왔다. 그러곤 박 형제님을 부축해서 내리게 하고 나서 함께 집으로 향했다. 자가용은 방향을 돌려 왔던 길로 올라갔다. 나와 석춘이 드르르 가게 문을 열고 나왔다. 그러자 수행인이 석춘을 알아보았다. 놀란 표정으로 석춘 옆에 있는 나를 유심히 살펴보았다.

「석춘 형제님, 여긴 어쩐 일이십니까? 옆에 있는 분은 몇 주 전에 이곳에서 본 듯 한데요.」

석춘이 당황스러운 표정으로 나를 바라보았다. 내가 석춘 앞에 나섰다.

「용케 기억하시는군요. 그래요 몇 주 전에 이곳에서 댁과 박 형제님을 보았습니다.」

「박철수 형제님은 외부와의 접촉이 일체 차단되어 있는 거 모르십니까? 석춘 형제님은 그걸 잘 아실 줄 아는데 어떻게 이곳에서 박 형제님을 기다리고 있습니까?」

수행인의 목소리에 힘이 들어가 있었다. 석춘이 무언가를 말하려고 하자, 내가 가로 막았다.

「석춘은 내가 끌어들였어요. 그렇다고 석춘이 내 편이라는 말은 아니에요. 석춘은 여기에서 일이 안 좋은 쪽으로 흐르는 걸 막으려고 왔을 뿐입니다. 저는 다만 박철수 형제님과 단 십 분만이라도 오상 성훈에 대해 대화를 하고 싶습니다. 제발, 부탁드려요.」

서서히 그의 얼굴에 불쾌함이 묻어났다. 그에게 한 팔을 지탱하고 있는 박 형제님이 놀란 표정으로 나와 석춘을 바라보았다. 그는 떠듬떠듬 알아들을 수 없는 말을 몇 마디 내뱉었지만, 곧바로 수행인에 의해 제지되고 말았다. 박철수 형제의 눈빛은 우리를 피하지 않았다. 수행인은 우선 몸이 불편한 박 형제님을 집에 데리고 간 후 보자고 말했다. 수행인은 박 형제님과 함께 내 옆을 지나 녹색 철문으로 걸어갔다.

철컹하고 녹색 철문이 닫히고 나서 잠잠해졌다. 골목 안에는 다시 괴괴한 정적이 감돌았고, 그가 밖으로 나올지 안 나올지 알 수 없었다. 석춘과 나는 말없이 녹색 철문에 시선을 던져두고 있었다. 잠시 후, 녹색 철문이 열리면서 수행인의 모습이 나타났다. 수행인이 우리 쪽으로 다가와서 다짜고짜 언성을 높였다.

「댁이 찬형 형제님과 함께 반석교회에 물의를 일으킨다고 소문이 쫙 났어요. 이 때문에 신도들이 들고 일어나서 댁과 찬형 형제님이 예배에 참석하지 못하게 한 걸로 알고 있어요. 그러고도 여기 와서 뭘 어쩌자는 겁니까? 박철수 형제님은 건강이 좋지 않은데, 댁 때문에 건강이 더 악화되면 책임지시겠습니까?」

석춘이 미안해하는 표정을 지었다. 나는 말문이 막혀버렸다. 오상 성흔은 성령의 은사일진대 어찌해서, 그의 건강이 좋아지지 않고 나빠진 건지 이해하기 힘들었다. 성령은 그의 몸에 상처를 입히고 피를 흘리게 할 뿐, 그의 건강에는 도통 신경을 쓰지 않았다는 말인가? 그의 말을 듣고 보니, 더더욱 오상 성흔의 진실이 궁금해졌다. 그가 말을 마치자마자 끼어들었다.

「박 형제님 건강을 악화시킨다면 정말 송구스럽습니다. 저는 박 형제님으로부터 직접 오상 성흔에 대해 듣고 싶었습니다. 잠깐만이라도 좋으니 오상 성흔이 언제, 어떤 이유에서 생겼는지, 그 외의 다른 특이 현상이 있는지, 그리고 정말 치유 은사가 강 목사의 영적 능력에서 나오는 건지를 알고 싶어요. 그리고 궁금한 건, 어느 정도 박 형제님을 보호 수행하는 건 이해할 수 있는데 그 정도가 지나치다고 여겨진다는 점이에요. 반석교회에서 공식적인 자리를 떠나 신도들과 신앙적인 대화를 나눌 수 있는 것 아닌가요? 형제자매님들도 그걸 바랄 거라 보는데, 원천적으로 그 기회를 차단해버린다는 겁니다. 방금 전에도 봤다시피 박 형제님의 건강 상태가 인사불성일 정도로 최악의 상태는 아니잖아요? 눈빛도 멀쩡하고 댁이 한손으로 부축하는 것만으로 걸을 수도 있었고요.」

「그건 박 형제님과 그의 오상 성흔에 대한 불필요한 소문이 나는 걸 막기 위해서예요. 소문이 소문을 낳다 보면, 결과적으로 신성한 은사에 누를 끼치는 일이 벌어질 수 있기 때문이에요. 신앙심 낮은 분들이 기이한 현상에 대해 왈가왈부하면서 한 마디씩 보태고, 또 거기에다 이성적인 판단으로 이러쿵저러쿵 제멋대로 규정짓는 일이 생기는 걸 미연에 방지하기 위한 걸로 알고 있어요. 그래서 작년에 강 목사님이 장로, 집사, 권사 교회 관계자들과 함께 일반 신도들이 박 형제님과 개별적인 접촉을 하는 걸 불허한다고 공지했어요. 때문에 박 형제님의 오상 성흔은 주일 예배 시간에만 보이기로 했고 또한 박 형제님을 아무도 접촉해서 말을 건넬 수 없도록 한 것이죠.」

그럴싸해 보이는 변명이자 속임수로 보였다. 그런 말을 강 목사가 성령을 부르짖고 가슴에 십자가를 그으면서 신도들에게 했을 것이다. 신도들은 그 말을 고분고분 받아들여서 일절 박 형제님과 접촉하지 않았고 또 그래서 박 형제님 집은 아무도 찾지 않는 곳이 된 것이다. 지적 호기심으로 충만한 나는 예외였고, 언제든지 이곳에 올 수 있었다. 하나, 오늘 수행인은 박 형제님을 거의 완벽하게 나와 석춘으로부터 차단하는 데 성공하는 듯했다. 고개를 내리고 발을 굴렀다. 욱하는 성미가 터져 나오자 고개를 들어 그를 정면으로 응시했다.

「안심하긴 일러요. 댁이 얼마나 강 목사의 말을 잘 따르는 사람인지 확인했을 뿐입니다. 얼마 전에 제주 노회의 한 목사가 조사한 용마부락 소재의 등기부등본도 그걸 뒷받침하니까요.」

그의 얼굴색이 변해갔다. 석춘도 흠칫 놀랐다.

「댁의 이름으로 올려 진 토지가 십억 원 대라고 밝혀졌어요. 강 목사 다음으로 용마부락에서 부동산을 제일 많이 소유한 것으로 나온 것이죠. 전해들은 바로는 댁이 그만한 부동산을 소유할 능력이 없는 걸로 알고 있는데 어떻게 된 겁니까?」

그가 답답한지 정장 주머니에 손을 넣어 담배를 꺼냈다. 담배에 불을 붙여 길게 연기를 내쉬었다.

「이봐요, 그건 또 어떻게 알아냈습니까? 이렇게 프라이버시를 마구 짓밟아도 되는 겁니까? 천애의 고아인 나라고 그만한 재산을 가지지 말하는 법이라도 있습니까? 그건 내 개인적인 문제이니 여기서 밝혀야 할 의무가 없어요. 당신, 강 목사님을 욕되게 하는 것도 부족해서 나까지 부정한 사람으로 보나 본데 정말 큰일 날 사람이야. 나는 강 목사님을 중상 모략하는 비신도와는 말을 섞기 싫어요.」

분위기가 험악해져가자, 석춘이 끼어들었다.

「경훈 형제님, 화 푸세요. 이 친구 아주 교회를 떠난 건 아녜요. 고등학교 때 나하고 교회에 여러 해 다녔어요. 내가 잘 이끌어주지 못해 오늘에 이른 거 같아 송구스럽습니다.」

「석춘, 무슨 말을 그렇게 해. 나를 환자 취급하는 거야 뭐야?」

수행인이 손목시계를 보고 나서 말했다.

「석춘 형제님 친구 기억하고 있어요. 주일 예배에 잘 참석하지 않았지만 얼굴을 기억하고 있죠. 어쩌다 친구 분이 사탄의 유혹에 빠졌는지 안타깝네요.」

수행인에게 비정상인 취급을 당하자 화가 치밀어 올랐다.

「고귀한 성직자인 강 목사가 신도들의 부동산을 가로챈 것이 마귀의 수작이지, 어떻게 그걸 문제 삼는 나와 찬형 선배가 마귀의 유혹에 휘둘린 거란 말입니까?. 댁도 막대한 부동산을 소유한 걸로 보면 강 목사와 매한가지 아닙니까? 수입이 많은 직업을 가진 것도 아니고 또 부모님에게 유산을 물려받은 것도 아닌 댁에게 갑자기 하늘에서 땅문서가 뚝 하니 떨어지기라도 했다는 말입니까?」

그가 눈을 껌뻑껌뻑 거렸다. 그와 잠깐 대화를 나눠 보니, 겉으로 강인해 보이는 것과 달리 속은 무척 순수해 보였다. 고아였던 그는 보통의 보일러 기술자처럼 착실하게 일하면서 벌이를 했던 사람으로 여겨졌다. 그에게 신앙은 삶의 중심을 잡아주는 역할을 했을 것이다. 그런 그를 강 목사가 자신의 수행 비서로 일을 시키다가 어떤 이유에선지 박 형제를 전담해서 수행하면서 외부인과의 접촉을 차단하도록 시켰다. 강 목사의 한 마디 한 마디가 그에겐 절대적인 위력을 발휘할 터이기 때문이다. 그렇다면, 강 목사는 종처럼 좌지우지할 수 있기에 그의 이름을 빌려 자신의 부동산을 등기한 걸까?

3

수행인과의 대화는 진전이 없었다. 그의 입은 오로지 강 목사의 지시와 방침을 곧이곧대로 실어 나르기만 했으며, 자신의 부동산 소유에 대해서는 단 한마디도 하지 않았다. 무척이나 당혹스러웠다. 이 때문에 박 형제님과 단 몇 분의 대화도 못했을 뿐만 아니라 수행인의 부동산 취득에 대한 의문도 풀지 못한 채 돌아올 수밖에 없었다. 다행히 그날 소득이 있었다면, 내내 강 목사 쪽에 서 있던 석춘이 마음의 동요를 일으키는 게 역력했다는 점이다. 강 목사가 막대한 부동산을 소유한다 하더라도 정당한 절차에 의해 그의 이름으로 등기된 것이며 또한, 교회 건물 신축과 사회복지 재단을 설립하는 데 유용하게 쓰일 거라는 생각을 해오던 그였다. 결정적으로 그의 강 목사에 대한 믿음에 균열을 낸 건 그가 나고 자랐던 용마부락의 한 고아 신도가 십억 원대의 부동산을 소유하고 있다는 사실이다. 교회를 오래 다니면서 수행인에 대해 잘 알고 있는 석춘은 그가 그렇게 많은 부동산을 가질 능력이 없다고 보았다. 또한, 그의 생각으로는 굳이 강 목사가 수행인의 이름으로 부동산을 등기할 이유가 없다고 보았다. 정당하고 떳떳하게 부동산 소유를 한다면 왜 그런 일을 하겠는가 하는 의문에 빠졌다. 그의 생각이 점점 복잡해져가는 듯했다.

며칠 후, 석춘은 자신의 두 눈으로 직접 강 목사와 수행인의 등기부등본 사본 여러 장을 확인했다. 찬형 선배와 나 그리고 Y 간사가 함께 자리를 했다. 등기부등본을 복사한 제주노회 모 목사는 자신의 신분을 노출하기 꺼려했다. 석춘이 믿겨지지 않는 듯했다. 그가 예상했던 것보다 강 목사가 소유한 부동산이 훨씬 많았을 뿐만 아니라 여러 해에 걸쳐 부동산을 늘려왔다. 거기다가 수행인의 십억여 원대 부동산은 더더욱 놀라웠다. 그가 부동산을 소유한 시점은 지금으로부터 삼 년 전 1995년 8월이었다. 석춘은 강 목사를 자애롭고도 믿음으로 충만한 목회자로 존경해왔다. 그에 대해 안 좋은 소문이 날 때에도 강 목사 편에 서서 강 목사의 말을 추호도 의심치 않았었다. 이 때문에 강 목사에 대해 뒷조사를 한다는 건 불경스러운 일로 여겨왔다. 그런데 막상 등기부등본 사본을 보게 되니 강 목사가 자신이 알고 믿어왔던 것과 전혀 달라 보였다. 아무리 생각해도, 수행인의 부동산 취득에는 강 목사가 개입되지 않을 수 없었다. 지방의 유력 방송사 앵커인 그의 명민한 판단으로 볼 때, 강 목사가 새로 취득한 부동산을 숨기려는 목적으로 수행인의 이름으로 등기할 가능성이 매우 높았다.

석춘은 여태껏 강 목사를 보통 사람과 달리 성역에 놓고 보았다. 때문에 그에 대한 부정은 곧 신성 모독으로 간주했고, 오로지 그에 대한 존경과 순종만이 유일한 신앙인의 자세라고 굳게 믿어 왔다. 이로 인해, 나와 찬형 선배의 끈질긴 강 목사 비위에 대한 문제제기를 불경한 것으로 쉽게 잘라 내버렸다. 그랬던 그가 서서히 맹목적인 믿음에 자신의 눈이 가려졌다는 사실을 자각했다. 강 목사 또한 보통 사람과 마찬가지로 비리를 저지를 수 있다는 데에 동의했기 때문이다. 그는 좀 더 지켜보면서 확실한 증거를 확보하면 좋겠다고 말했다.

4

달력이 한 장 찢겨 나갔다. 4월이었다. 이틀 뒤 제주 섬의 비극의 날, 4·3 사건 기념일이었다. 양 간사는 4·3 연구소와 함께 공동으로 4·3 사건 진상 규명 및 희생자 명예 회복을 위한 세미나 준비로 바빴다. 찬형 선배도 시인들 중심으로 추모 시낭송 행사를 준비하고 있었다. 초등학교 때 머리가 길게 자란 나를 보고, 할머니가 '폭도'라고 하던 일이 종종 있었다. 그때만 해도 폭도가 무슨 의미인 줄 몰랐다. 나이 들어 고등학교 1학년 때, Y 독서모임에서 그것의 의미를 알게 되면서부터 나는 정신적으로 몰라보게 성장했다. 흔히, 폭도를 하나로 싸잡아 좌익 용공분자라고 매도했지만 난 폭도가 모두 좌익 용공분자가 아니라고 보았다. 이념의 이분법에 의해, 어느 쪽으로부터도 생명을 보장받지 못한 민간인들이 있었다. 그들은 산간 기슭의 동굴 속으로 숨어 들어가 겨우 생명을 부지했는데, 행색이 폭도였을 뿐 평범한 이웃사촌이었다.

이천 년 전, 팔레스타인에서 유대 민족의 생존권을 쟁취하기 위해 무장 혁명 집단인 열심당이 들고 일어났다. 이처럼 1948년 제주도에는 제주도민의 생존권을 지키기 위해, 정부의 무장 진압에 맞서 무장 투쟁을 벌인 폭도들이 있었을 것이다. 하나, 유대인의 무장 혁명이 실패하고 역사적으로 그 의미가 퇴색해졌듯이 제주도 폭도들의 항거 또한 왜곡과 은폐 속에서 잊혀 졌으리라. 안타까운 것은 유대인들에게는 그들의 영적 진화를 이끄는 인류의 선각자 예수가 있었으나 우리 제주인에게는 믿고 의지할 그 무엇도 없었다는 점이다. 그 결과, 제주도는 도민의 대략 십분의 일 가량이 처참하게 학살당하는 피의 섬이 되고 말았다.

저녁 어스름이 내리고 있었다. 석춘이 앵커로 나오는 제주 K 방송 뉴스를 본 후 텔레비전을 끄고 나서, 화장실에 가려고 할 때 전화벨이 울렸다. 석춘의 다급한 목소리가 들려왔다. 방금 전까지 생방송으로 보았던 석춘이 내게 전화를 해왔다는 게 신기했다. 석춘은 방송이 끝나자마자 전화를 걸어왔다.

「내가 생방송 직전에 요섭 선배 전화를 받았었어. 박철수 형제님이 행방불명됐다는 거야.」

불길한 예감이 들었다.

「항상 따라다니던 수행인이 있는데 어쩌다 그런 일이 생긴 거야?」

「오늘 수요일 예배가 있었잖아. 수행인이 혼자 예배에 참석하고 나서 돌아와 보니 박 형제님이 사라졌다는 거야. 이 사실은 강 목사와 강 요섭 선배, 수행인과 나만 알고 있어. 요섭 선배가 나에게 알려준 건 내가 방송인이니까 그를 찾는 데 도움이 될까 해서래. 그가 성치 않은 몸으로 대체 어디로 사라진 걸까?」

석춘의 전화를 끊은 후, 찬형 선배에게 연락을 했다. 찬형 선배가 놀라면서, 박 형제님이 다른 곳으로 감금되었을 가능성을 제기했다. 박 형제님의 솔직한 한 마디가 무엇보다 중요한 시점에, 그가 사라졌다는 게 의문스럽다고 했다. 그러면서, 4·3 사건 기념행사를 마친 다음 날인 토요일에 보자고 했다.

5

토요일, 한시가 넘어가고 있었다. 여전히 박 형제님의 행방이 묘연했다. 반석 교회 앞에서 찬형 선배와 석춘을 만났는데, 찬형 선배가 침착하게 가장 유력한 두 가지 추측을 내놓았다. 그가 단독으로 수행인이 자리를 비운 사이 어디론가 잠적했을 가능성과 오상 성흔의 진실을 속이고자 하는 쪽에서 그를 납치했을 가능성이다. 최근의 반석 교회의 정황에 비추어볼 때, 후자 쪽의 가능성이 매우 높아보였다. 찬형 선배와 나에 의해 오상 성흔의 진실이 밝혀지게 되자, 강 목사 측에서 박 형제님의 입을 영영 봉인해버릴 가능성이 점쳐졌다. 강 목사 측으로 분류되지만 친구인 나를 위해 중간자 입장에 서 있고자 노력했던 석춘 또한 그 가능성을 부정하지 못하는 눈치였다.

「시간이 다 됐으니 교회 안으로 들어가요.」

석춘이 찬형 선배에게 말하고 난 후, 비좁은 시멘트 길을 걸어

들어갔다. 찬형 선배와 나는 그를 따라 교회 현관문으로 걸어갔다. 어제 오후, 내가 목사의 사택에 찾아가 강요섭 선배에게 강 목사와의 접견을 요청했다. 그는 내가 박 형제님의 행방불명 사실을 알고 있다는 점에 놀라면서, 딱 잘라서 거절했다. 그랬던 그가 저녁 9시경에 전화를 걸어와 오늘 보자고 했다. 눈치를 보아하니, 그 사이에 석춘과 통화를 한 듯했다. 또한, 강 목사와 상의를 한 결과 면담을 하는 게 실보다는 득이 많다는 결론을 얻은 모양이었다. 내가 혼자 가는 것보다 찬형 선배와 석춘과 함께 가는 게 좋겠다고 하자, 좋다고 했다.

현관문을 드르륵 열고 안으로 들어서자, 내부에 불이 켜져 있었다. 목제 가림막 너머에 누군가 있었다. 신발장에는 세 켤레의 구두가 놓여 있었다. 마룻바닥을 지그시 밟으며 예배 석 앞쪽으로 걸어갔다. 강 목사와 그의 아들 강요섭 선배가 앉아 있었다. 요섭 선배가 찬형 선배와 나를 강 목사에게 소개하자, 강 목사가 우리와 간단히 악수를 청해왔다. 강 목사는 나와 악수를 하면서 원영 형제님 잘 기억난다, 자신이 예전에 세례를 하지 않았느냐? 그동안 잘 지냈느냐 등의 인사말을 건네 왔다. 목사 특유의 사무적이고도 의례적인 말투가 느껴졌다.

다들 방석에 앉자, 요섭 선배가 먼저 입을 열었다.

「잘 아시겠지만 목사님이 귀한 시간을 내주셨어요. 그런 만큼 이 자리가 서로의 오해가 풀리고 모두 믿음으로 하나가 되길 바랍니다. 요즘 반석교회 신도들 사이에 안 좋은 소문이 나돌고 있어서 목사님의 걱정이 이만저만 아닙니다. 언론계에서 인정한 바 있는 오상 성흔에 대해 비신자적인 의심을 품고 폄훼하는 일이 생기고 있어요. 명백히 오상 성흔은 하나님이 우리 반석 교회에 내려주신 은사가 틀림없습니다. 이 오상 성흔의 진실은 오로지 하나님께 매달려 기도하고 응답을 받는 수밖에 없다 봐요. 강 목사님은 이러한 신념 아래 조금도 흔들림 없이 반석교회를 이끌어왔고, 앞으로도 그러할 것입니다. 따라서 강 목사님은 오상 성흔에 대한 그 어떤 문제 제기도 일절 대응하지 않아왔어요. 한데, 강 목사님이 오늘 이렇게 귀한 시간을 내주신 것은 여러분도 잘 아시다시피 박철수 형제님이 행방불명이 되었기 때문입니다. 오상 성흔을 발현하는 박 형제님은 신자는 물론 일반인의 많은 관심을 받고 있는 터에 그의 행방불명은 큰 문제가 아닐 수 없습니다. 그래서 하루빨리 박 형제님을 찾아내고 또한 그가 행방불명되었다는 소문이 나도는 걸 차단하기 위해 여러분과 함께 자리를 하게 되었습니다. 여러분 모두 잘 협조해서, 꼭 박철수 형제님을 찾아낼 수 있기를 바랍니다.」

요섭 선배가 차분한 어조로 말을 끝내자, 강 목사가 감고 있던 두 눈을 떴다. 강 목사의 눈빛을 보자 전의가 불타는 듯해 내가 입을 열었다.

「전부터 궁금했던 게 있는데 우선 그것에 대해 알고 싶어요. 찬형 선배와 내가 박 형제님 성혈을 몰래 채취해 검사했다는 사실을 어떻게 알게 되었습니까?」

강 목사는 두 손을 맞은 채로 기도하는 자세를 취할 뿐이었다. 요섭 선배가 강 목사와 시선을 마주친 후 고개를 끄덕이고 나서 말했다.

「강 목사님은 정영민 내과 의원의 고객이기도 하고, 서로 잘 알고 있어. 강 목사님과 정영민 내과 원장은 지역 봉사 활동을 하면서 종종 만났었어. 정 원장은 반석 교회에 기부금을 낸 적도 있어. 그래서 정영민 원장이 며칠 전에 성혈 검사를 했는데 그게 정말 성혈 맞느냐며 알려준 거야. 용담동 사람치고 이 동네에서 제일 오래된 내과 의원의 정 원장님을 모르는 사람 없잖아?」

나는 씁쓸한 표정을 지었다. 정 원장님은 그 사실을 감추어야 할 의무가 없었다. 그런데 또다시 꼬리를 무는 의문이 있었다.

「그럼, 신도들은 그걸 어떻게 알게 되었죠? 강 목사님이 알고 있다고 쳐도 신도들은 알 수 있는 길이 없잖아요? 신도들이 알게 되면서, 반석 교회에 물의가 생기게 되었고 그 결과 신도들이 찬형 선배와 내가 주일예배를 참석하지 못하게 했어요.」

오른쪽의 찬형 선배가 내 옆얼굴을 쳐다보고 나서 상대편을 바라보았다. 왼쪽에 있던 석춘이 금테 안경을 매만지고 나서 침을 삼켰다. 요섭 선배가 눈빛을 파르르 떨더니 침을 삼키고 나서 입을 열었다.

「강 목사님이 우연히 알게 되었듯이, 신도들도 우연히 여러 경로를 통해 알게 되었겠지. 정영민 내과 의원의 간호사 중에 우리 교회 자매님이 있어. 꼭 그 길만 있겠어? 너와 찬형이가 박집사 혈액형을 알아내는 과정에서도 너희들이 성혈 검사를 한다는 게 노출되었겠지. 박 집사의 혈액형이 왜 필요한지는 뻔하잖아? 그게 의문스러울 일인지 이해가 안 되네.」

작은 동네다 보니 충분히 설득력 있는 말이었다. 내 집을 기준으로 서초등학교가 제일 가까이 있었고, 그 다음으로 정영민 내과 의원 그 다음이 반석교회였다. 이 동네 사람 대부분이 서초등학교 출신이며 정영민 내과 의원 단골이었다. 반석교회의 용마부락 사람들 역시 대부분 서초등학교 출신이며 정영민 내과의원 단골이었다.

잠시 침묵이 이어지는 찰라, 찬형 선배가 입을 열었다.

「좋습니다, 그렇다 칩시다. 내가 궁금한 건 강 목사님이 박 집사의 성혈을 검사했다고 알고 있는데 어떤 이유에서 공개를 하지 않느냐는 겁니다. K 방송사 주도로 제주 노회와 연계해서 강 목사님이 박 형제님의 성혈을 시내 나사로 병원에서 검사를 했다고 알고 있어요. 왜 성혈 검사 결과를 공개하지 않았습니까? 더욱이 나와 원영이가 성혈 검사를 한 걸 나사로 병원에서 어떻게 알았는지 이 일에서 손을 떼지 않으면 문학잡지 후원을 중단하겠다고 전화를 해왔어요. 대체, 어떻게 된 일입니까?」

강 목사가 흠칫 놀라는 눈치였다. 석춘 또한 놀라면서 강 목사를 바라보았다. 강 목사가 석춘을 바라고 보고 나서 기도하듯 모은 손을 풀었다. 강 목사의 굵직한 목소리가 이어졌다.

「어디서 그런 말도 안 되는 소문을 들었습니까? 절대 그런 일이 없어요. 설령 그랬더라도 그걸 꼭 공개해야 하는지 이해하기 힘들군요. 신앙적인 문제는 온전히 신앙인의 것이어야 합니다. 신앙심이 여물지 않는 분들로서는 박 형제님의 오상 성흔과 그 성혈의 의미를 제대로 납득하기가 힘듭니다. 성경을 읽고 가슴으로 받아들이지 않은 자가 함부로 예수와 성령, 하나님에 대해 왈가왈부하듯이, 신앙이 뿌리를 내리지 않는 자가 오상 성흔과 성혈에 대해 감히 가타부타 논할 수는 없는 일입니다. 교회를 떠나 신앙생활이 멀어진 분에게는 오로지 눈으로 분별되는 현상에만 집착하기 마련이에요. 진정한 신앙인은 현상 너머의 성령의 숨결과 하나님의 음성을 체험합니다. 최근, 찬형 형제님과 원영 형제님은 눈으로 볼 수 있고, 두 손으로 만들 수 있는 물질적 근거에 기초해 오상 성흔과 성혈에 대해 논하고 있는데 그게 잘못되었다고 말하고 싶어요. 모름지기 비신자와 일반 신자, 성직자는 동일하게 논할 수 없지요. 우리 성직자에게는 보통 신자들과 달리 하나님에 대한 음성을 기도를 통해 접할 수 있는 능력이 있어요. 이건 매우 중요한 사실입니다. 이를 인정한다면, 성혈 검사를 하느냐 마느냐, 그리고 그 결과를 공개하느냐, 마느냐는 전적으로 하나님이 우리 성직자에게 주신 고유한 권한이라는 점을 망각하지 말아야겠지요. 다시 한 번 말하지만 결코 성혈 검사를 한 적이 없습니다… 따라서 나사로 병원에서 찬형 형제님에게 전화를 건 것은 나로서는 그 이유를 알 도리가 없군요. 오늘, 이 자리는 반석 교회에 관한 것으로 한정하고 싶군요.」

요지부동이었다. 강 목사는 성의 세계에 속하고 찬형 선배와 나는 속의 세계에 속하는 듯한 기분이 들었다. 신에게 선택받은 성스러운 신분이 아니라면 감히 오상 성흔과 그 성혈에 대해 안다고 지껄이지 말라는 것이었다. 벽을 마주하고 있는 것처럼 암담해졌다.

「목사님, 저는 성경에 대해 잘 알고 있습니다. 한때, 그 누구보다 신앙심이 높았던 신자였구요. 과거에 목사님의 비위로 많은 신도가 떠날 때 나도 반석교회를 떠날 수밖에 없었어요. 그러다가 저는 교회와 거리가 멀어졌습니다. 하지만 지금도 내 나름으로 신앙생활을 하고 있다고 자신합니다. 예수님과 성령, 하나님은 반드시 교회라는 공간에만 머물지 않습니다. 사람이 살고 있는 그 어디에나 성령이 임재하고 있다고 봐요. 오히려, 호텔처럼 화려하게 건설된 교회, 담임 목사직을 세습하는 교회, 막대한 십일조와 기부금을 횡령하거나 영리추구적인 용도로 쓰는 교회에서야말로 성령이 떠나고 없다고 봅니다. 거기다가 부와 권력, 명예를 한보따리 신도들에게 안겨다 줄 것처럼 야단법석하게 예배를 올리는 교회는 또 어떻습니까? 이곳에서도 성령의 숨결이 끊어진 지 오래라고 봅니다. 요즘의 교회 목사는 이천 년 전 예루살렘의 제사장 사두개인과 무엇이 다릅니까? 그와 매한가지입니다. 민족 주권을 로마에게 빼앗기고, 동족이 참혹한 삶을 이어가는데도 저들은 저들만의 성전에서 하나님을 찬양하고 기도를 할뿐이었죠. 저는 이런 교회를 혐오합니다. 저는 이런 교회를 더 이상 다니지 않기로 했습니다. 그러면서 저는 시간이 나는 대로 성경을 읽고 묵상하고 기도를 해왔습니다. 이천 년 전, 그분이 이 땅에 오신 진정한 의미를 찾아왔고요. 이런 저에게도 오상 성흔과 성혈의 진실을 접근할 수 없단 말씀입니까? 내가 그걸 알 수 없는데, 그걸 알 수 있는 사람이 있다면 그는 분명 사두개인이 분명합니다.」

선배는 강 목사의 계속된 부동산 편취에 대해서는 언급을 하지 않았다. 나중에 결정적인 때를 기다리는 듯싶었다. 선배의 말이 끝나자, 강 목사의 입에서 저절로 탄식처럼 「오, 하나님」하는 소리가 터져 나왔다. 강 목사는 충격이 가시지 않은 듯, 억지 미소를 띠웠다. 강요섭 선배가 앞에 놓인 성경책에 손을 얹혀 놓았지만 거친 숨소리를 감출 수 없었다.

6

「찬형, 너무 지나친 거 아니야? 과거의 그 문제는 이제 다 끝난 걸로 아는데 이제 와서 그건 왜 꺼내. 제주 노회에서 강 목사님 문제에 대해 무혐의로 종결내린 거 모르진 않겠지. 그리고 어떻게 사두개인과 요즘의 목회자를 동일하게 볼 수 있어? 강 목사님만하더라도 이십여 년 전에 피난민들의 판자촌인 용마부락에 혈혈단신으로 개척 교회를 세우셨고, 이후 가난하고 영혼이 피폐한 수많은 주민을 하나님에게 인도하셨어. 또한, 일가친척 한명 없는 고아들, 고학하는 학생들은 물론 어려운 형편의 가정들에게 물심양면으로 많은 도움을 주셨어. 현재, 이들이 반석교회를 지탱하는 든든한 신도들이 되어준 거지. 과거에 강 목사님에 대한 근거 없는 중상모략으로 인해, 반석 교회의 신도가 두 쪽으로 갈라졌었지만 강 목사님에 대한 믿음을 가진 분들은 반석교회에 그대로 남아주었어. 석춘이도 그 가운데 한명이야. 이렇게 해서 모진 풍파 속에서도 반석 교회는 굳건히 제자리를 지켜오고 있다는 걸 잘 알잖아? 비단 반석 교회뿐만 아니라 다른 한국 교회 또한 안 보이는 곳에서 선행을 베풀면서 성령 안에서 신도들을 하나로 만들기 위해 무진 애를 쓰고 있어. 지금의 한국 교회는 예수님의 길을 따라가는 초기 교회의 모습, 바로 그것이야.」

찬형 선배가 곱슬머리를 쓸어 넘기고 나서 입맛을 다셨다. 말을 그친 요섭과 눈빛을 마주쳤다. 친구 사이였던 그들의 입장은 너무나 달랐다. 목사 아들인 요섭 선배가 기성 교회를 긍정하고 그 제도와 관습을 옹호하는 입장에 기울어져있는 게 당연했지만, 찬형 선배는 달랐다. 고등학교 때부터 교회를 다니기 시작했던 찬형 선배는 성경과 신학과 신앙에 대해 자유로운 입장을 취했다. 엄혹한 80년대에 버섯처럼 피어나던 민중신학, 해방신학에도 마음의 문을 열었고, 또 인도로 간 예수에도 경청했던 그였다. 이제 그는 다양한 신화, 종교, 역사적 근거에 기초해 헤르메스주의 예수를 주장하고 있었다.

찬형 선배가 양반 다리를 한 오른쪽 무릎을 손바닥으로 치면서 말했다

「현재 교회의 선행, 사랑의 실천은 그야말로 생색내기에 불과해! 외국에서는 그 의미가 퇴색해가는 십일조를 과도하게 설파하여 막대한 헌금을 강요 아닌 강요로 받아내서는 대부분 호화로운 교회 건축물을 짓고 교회 운영과 각종 행사를 하는 데에 허비하고 있어. 모름지기 사회 봉사단체가 기부금으로 봉사단체 건물을 짓는 막대한 예산을 집행하는 건 결코 이해할 수 없는 일이야. 따

라서 한국 교회 헌금의 대부분이 극빈층과 소외계층에게 쓰여야 하는 거라구. 더 나아가 교회 활동의 중심에는 교회 안에서의 예배와 기도에 머무는 게 아니라 사회 구석구석을 밝히는 실천적 사랑이 있어야 해. 예수님이 가장 낮은 자에게 하는 것이 나에게 하는 것과 같다고 했고, 낙타가 바늘귀로 들어가는 것이 부자가 하나님의 나라에 들어가는 것보다 쉽다고 했잖아. 한데, 현재 교회의 시선은 높은 자, 부자에게 맞추어져 있어. 교회는 수단 방법 가리지 않고 막대한 부를 축적한 신도들이 눈물만한 헌금을 내는 것으로 그들에게 면죄부를 주고 천국 보장을 말하고 있는 거 아니냔 말이야. 여기다가 걱정이 아닐 수 없는 건, 교회가 성경 말씀을 문자 그대로 성스럽고도 완벽한 텍스트로 보면서, 자구 하나하나에 얽매이고 있기 때문에 예수님 말씀의 진정한 의미가 굴절되고 있다는 점이야. 성경을 해석하고 토론하는 것과 함께 그 속에서 이 시대의 교회가 가진 소명을 읽어 내야하지만 현실은 그렇지 못해. 오체투지의 자세로 예수님 말씀에 따라 신앙생활을 하지 않는 목회자들은 웅장한 성전 안에서, 십일조를 조건으로 신도들에게 천국을 설파하고 있을 뿐이야. 그 목회자들의 설교에서 전해지는 성경 말씀은 그들의 자리보전을 위한 방편일 뿐이야. 만약 한국 교회가 쓰나미에 휩쓸렸다고 하면, 예수님은 어떻게 할 거라고 생각해? 그 이름난 교회는 다 흙탕물 속으로 가라앉아버릴 거야. 예수님은 이름 없는 극소수 교회들을 손수 건져낼 게 분명해.」

숨을 돌리고 나서 말을 이어갔다.

「물론, 나 역시 흙탕물 속으로 빨려 들어갈 가능성이 높다고 솔직히 고백해. 하지만 난 역사적 성경 읽기를 토대로 기성 교회와는 다른 예수를 발견했고, 이에 따른 신앙을 간직하고 있어. 나를 이단으로 규정하더라도 어쩔 수 없어. 16세기에 생긴 개신교는 구교에서 볼 때 이단적이었지만 이제는 구교와 함께 양립하는 기독교 종교가 되었잖아. 구교 또한 유대교에서 볼 때 이단이었지. 이와 마찬가지로 내가 엄밀한 성경 읽기와 묵상 속에서 발견한 예수님을 부정할 수 없어. 이러한 입장을 가진 분들이 표면적으로 드러나지는 않았지만 적지 않은 걸로 알고 있어. 지금, 내가 이단인지, 기성 교회가 이단인지는 박 형제님의 오상 성흔의 성혈이 판단내릴 수 있다고 봐. 이 생생하고도 확고한 물증만이 예수님의 진면목을 밝혀줄 수 있단 말이야.」

강 목사가 입을 벌리면서 집게손가락을 찬형 선배에게 겨냥했다. 그러곤 요섭 선배가 입을 열려고 하자 제지했다.

「형제님이 반석 교회를 다닐 때 형제님의 이상한 주장에 대해 요섭이한테 들었었어요. 그때, 예상을 못한 건 아니지만 형제님은 지금 너무 멀리 가버린 것 같아요. 우리나라에만 해도 이단이 수도 없이 많은 실정인데, 이 자리에서 내가 형제님의 관점을 일일이 논박할 만큼 여유롭지 않은 게 유감이군요. 오늘 이 자리의 초점이 박 형제님의 실종에 있었으니, 오상 성흔과 성혈에 대해서는 마지막으로 한마디만 하겠어요. 예수님께서는 「마태복음」 12장 39절에 '악하고 음란한 세대가 표적을 구하지만 예언자 요나의 표적밖에는 보여 줄 것이 없다.'고 말했습니다. 이처럼 신실한 신앙인은 예수님에게 눈을 현혹하는 표적을 구하지 말아야하고, 오로지 예수님이 우리의 죄를 사하고자 십자가에 못 박힌 후 요나처럼 죽은 지 사흘 만에 부활했다는 것을 믿어야 합니다. 표적을 구하고 표적에 의존하는 자야말로 예수를 부정했던 사두개인과 바리새인과 다를 바 없지요. 그러함에도 불구하고 은혜로우신 성령님께서 예수님이 십자가에 못 박혀 사흘 만에 부활하셨다는 증거를 박 형제님의 오상 성흔을 통해 보여주지 않습니까? 성혈의 혈액형이 무엇이냐는 아무런 문제가 없다고 봐요. 성흔, 그 자체가 확실한 부활 예수님의 증거이니까요.」

강 목사가 끝까지 속내를 드러내지 않았다. 찬형 선배가 말을 윽박질렀다.

「성흔, 그것으로 전부가 아닙니다. 정영민 내과 의원에서 검사를 했을 때, 금빛 가루가 혈액 속에 섞여 나왔어요. 이건 목사님 주장대로 목사님 자신이 치유 은사를 펼칠 때에도 신도들 사이에서 생겼던 겁니다. 둘다 금빛 삼각형 가루입니다. 대체, 이 금빛 가루가 무엇이냐는 겁니다. 저는 이 금빛 가루가 온전히 오상 성흔과 치유 은사의 진실을 밝히는 열쇠라고 봐요. 내가 보기론 이 현상은 비성경적이며 비기독교적입니다. 이 때문에 제주노회와 강 목사님이 굳이 박 형제님의 성혈 검사 결과를 공개하지 않았던 거죠. 하지만, 꼬리가 길면 잡히는 법. 강 목사님이 치유은사를 펼칠 때 그 초자연적인 현상과 결부되어 금빛 가루가 생겼던 겁니다. 이는 오상 성흔과 별개의 것이니까 아무렇지 않게 내버려두었지요. 단지 치유 은사가 펼쳐질 때 생기는 부산물에 불과하니 그런 물질에 괘념하지 말라고 하셨다죠. 저는 성혈의 금빛가루와 치유 은사 때 생기는 금빛 가루에서 우리가 생각하는 것과 다른 예수의 면모가 드러난다고 봐요. 이 금빛 가루는 정 원장님에 따르면 결코 인체에서 생길 수 없는 성분의 것이라고 했어요. 어떻게 해서 이게 생기느냐 말입니다. 성경은 절대 설명할 수 없어요. 따라서 금빛 가루는 강 목사님의 깊은 신앙에 의해 박 형제님에게 생기는 오상 성흔과 목사님이 직접 펼친다는 치유 은사가 이단적이라고 똑똑히 말해주는 거예요.」

강 목사의 얼굴이 붉어져갔다. 얕은 기침을 뱉어내고 나서 입을 열었다.

「좀 전에도 말했듯이, 형제님은 표적에 얽매이는 게 문제에요. 금빛 가루니 뭐니 하니 표적은 표적일 뿐이에요. 신앙인은 그것 너머에 임재하시는 성령님을 믿고 있어요. 그런데 형제님은 표적 자체에 나타난 현상에 과도하게 집착하고 있어요. 여기에서도 극명하게 신앙인과 비 신앙인의 차이가 드러나는군요. 거듭 말하지만, 제주 노회와 나는 성혈 검사를 한 적이 없어요. 내가 예배 시간에 치유 은사를 펼칠 때 생기는 금빛 가루도 그래요. 아무리 현미경으로 그걸 자세히 들여다봐도 답이 안 나와요. 중요한 건 내가 주재하는 예배에서 하나님을 찬양하는 신도들에게 그게 생겼다는 점입니다. 성령님의 그림자이겠지요. 반석 교회에서는 그걸 이성적으로 분석할 필요도 이유도 없어요. 그건 비신앙인의 관심사일 뿐인 것입니다. 금빛 가루, 다시 말하지만 극히 부수적인 물질일 뿐이에요.」

「절대 그렇지 않아요. 성경에 따르면 지금 반석교회에는 이단적 현상이 생기고 있는 게 틀림없어요. 사실, 외국의 이단적인 빈야드, 신사도 교회에서는 금빛 가루가 비일비재하게 생긴다고 보고되고 있어요. 이 때문에 제주 노회와 강 목사님은 성혈의 금빛 가루를 숨기려고 했겠죠. 그래서 오상 성흔이라는 은총 현상만을 부각시킨 것이죠. 하지만 오상 성흔에 미치는 초자연적인 힘은 목사님이 펼친다고 주장하는 치유 은사에서도 다시금 그 증거물을 남겼어요. 금빛 가루 말입니다. 목사님은 그 의혹의 물질이 생기는 위험 부담을 안더라도 자신에 의해 치유 은사가 생긴다는 걸 과시하고 싶었던 거겠죠. 더욱이 오상 성흔의 성혈에 섞여 있는 금빛 가루의 존재가 철저히 봉인되어 있으니 큰 고민을 할 필요가 없었겠죠. 하지만 금빛 가루는 결코 가볍게 넘길 수 없는 중요한 물증이 아닐 수 없어요. 우리가 알고 있는 예수가 아닌 다른 예수에 대한 가능성에 대한 물증 말입니다.」

이후, 찬형 선배는 간략하게 왜 금빛 가루가 헤르메스주의 예수를 입증하는지를 몇 분간 주장을 펼쳐나갔다. 강 목사는 잘 안 들리는 소리로 「주여」를 내뱉었다. 요섭 선배는 못마땅한 듯 표정이 점점 굳어갔더니, 답답한 듯 한숨을 내쉬었다. 찬형 선배의 말이 이어지자, 석춘이 놀라는 표정이었다. 찬형 선배가 말을 다 끝내기도 전에 요섭 선배가 끼어들었다.

「지금 이 자리에서 그런 이단적인 이야기를 들어야 할 이유가 없다고 본다. 오상성흔이 연관되어 있기에 망정이지 안 그랬으면 단 한 마디도 들을 가치가 없다고 봐. 이제 터무니없는 얘기는 그만 하고, 실질적인 대화를 하자구. 목사님은 박 형제님 실종되어서 이 자리에 오게 된 거야. 그동안 목사님이 근거 없는 비방에 시달려 왔기 때문에 이번에 직접 나서서 또 자신과의 연루 소문이 나도는 걸 막으려고 한 거야. 거듭 말하지만 박 형제님의 행방불명은 절대 강 목사와 아무 관련이 없어. 여기다가 어쩌면 단순 가출일 가능성도 있으니 당분간 입단속을 하면서, 최대한 빠른 시일 내에 박 형제님을 찾아내려고 너희들과 함께 자리를 하게 된 거야. 이 점에 대해 머리를 맞대보자.」

찬형 선배와 나는 여전히 강 목사가 의심쩍었다. 하지만 대놓게 따지거나 해명을 요구하지 않았다. 일단 유보해두었다. 이렇게 해서, 저녁 식사 시간에까지 대화가 이어졌다. 강 목사, 요섭 선배와 나, 찬형 선배, 석춘은 박 형제님이 갈 만한 곳으로 찾아보기로 하는 데 의견을 모았다. 자리를 뜰 때쯤, 강 목사가 두 손을 모으며 「오, 하나님. 박 형제님을 보살펴 주소서.」 하고 나지막하게 소리를 냈다.

7

찬형 선배와 나는 강 목사를 의심하는 쪽으로 기울어져 있었다. 점차 궁지에 몰리던 그가 은밀히 박 형제님을 별도의 공간으로 데리고 갔다고 보았다. 강 목사가 수행인에게 미리 박 형제님을 다른 곳으로 데리고 가게 하고 나서는 그에게 수요일 예배시간에 참석하게 시켰을 가능성이 있었다. 그러고서는 행방불명이라고 속이고 있다고 보았다. 문제는 박 형제님이 살아서 돌아 올 가능성이 희박하다는 것이었다. 박 형제님은 자신이 강제 구금된 걸 계기로 오상 성흔의 진실과 더불어 치유 은사가 저 자신의 영적 능력의 소산이라는 것을 폭로할 수 있었다. 때문에 박 형제님의 입을 닫아 놓기 위해 어쩌면 그를 영영 다시 사람들 앞에 내놓지 않을 수 있었다. 그 최악의 경우가 사고사를 위장한 살인으로 보았다.

다른 가능성도 없지 않았다. 강 목사의 주장대로 박 형제님이 단독으로 수행인이 자리를 비운 사이를 틈타 어디론가 사라졌을 수 있다. 지난 일요일에 그를 봤을 때, 수행인이 다리를 절던 그의 한손을 부축하는 것 말고는 크게 활동에 지장이 있을 정도로 건강이 안 좋지 않아 보였다. 그런 그가 어떤 이유에서 아무도 몰래 몸을 숨기기 위해, 불편한 몸을 이끌고 밖으로 나섰을 수 있었다. 용마 부락 위쪽 대로변은 불과 5백 미터도 안 되는 거리이니까, 이곳까지 비틀거리며 걸어와서 택시를 잡아탔다면 어디든 갈 수 있었다. 지난 일요일, 그가 나와 석춘을 피하지 않는 눈빛으로 떠듬떠듬 알아들을 수 없는 말을 뱉어내던 게 기억이 났다. 그의 태도와 달리 수행인은 당황한 눈빛으로 그를 서둘러 집 안으로 데리고 갔었다.

또다시 한주가 지난 월요일이었다. 석춘이 수행인이 우리에게 할 말이 있다고 하니, 시내 커피숍에서 보자고 전화를 해왔다. 수화기를 내려놓으면서, 어쩌면 그가 박 형제님 행방불명에 대한 결정적인 단서를 내놓을지 모른다고 생각했다. 제발 그래준다면, 한시라도 빨리 박 형제님을 찾아 그의 생명을 구하게 될 수 있을 것이었다. 찬형 선배에게 약속한 장소를 일러 준 후, 집에서 뒤숭숭한 생각을 정리하다가 세 시쯤에 집을 나섰다. 걸어서 시내로 나와 버스 정거장 다섯 개와 관덕정을 지나 중앙로에 접어들었다. 석춘이 말한 커피숍 간판이 보였다.

석춘과 수행인이 기다리고 있었다. 차를 주문한 후, 내가 박 형제님 행방을 찾는 데 성과가 있느냐고 물어보았다. 석춘도 수행인도 오리무중이라며 답답해했다. 그가 갈 만한 곳을 찾아보고 또 그와 가까운 신도들에게 비밀에 붙일 것을 당부하고 그의 행방을 수소문해봤지만 아무런 소득이 없었다는 것이었다. 잠시 후, 이마에 땀을 흘리며 찬형 선배가 나타났다.

「자, 이제 모두 왔으니 수행인이 말할 차례입니다.」

수행인이 쭈뼛쭈뼛 거리자, 찬형 선배가 그에게 담배 한 대를 권했다. 그가 담배를 입에 물고 길게 연기를 토하고 나서 천천히 입을 열었다.

「지난주에 박 형제님 집 앞에서 원영, 석춘 형제님을 만나게 되어 고민을 했죠. 그러다가 용기를 내서 어제 오후에 석춘 형제님에게 전화를 했어요. 강 목사님에 대해 솔직히 말해 달라고 하자, 강 목사님의 부동산 소유에 의심 살 만한 점이 있다고 하더라구요. 석춘 형제님은 반석교회에서 강 목사님을 누구보다 믿고 따르는 신도잖아요. 거기다가 방송사 앵커이기도 하고요. 그래서 모든 걸 밝히기로 했어요… 전 사실 월세 단칸방 하나가 전 재산입니다. 그런 내가 어떻게 십억 원대의 땅을 가질 수 있겠습니까? 내가 그렇게 많은 부동산을 가지게 된 건… 강 목사님이 저 명의를 빌렸기 때문이에요. 목사님에게 안 좋은 소문이 나도니까 저에게 부탁하더군요. 용마부락에 신축 반석교회와 사회복지 재단 건물 부지를 마련하고 있으니 당분간 내 인감증명을 빌려달라고 해서 그만…. 목사님은 신축 교회와 사회복지 재단이 세워지면, 저에게 중책을 맡겨서 먹고 사는 걱정이 없게 하겠다고 하셨습니다. 전 정말로 강 목사님이 하나님의 뜻에 따라 좋은 일을 하는 줄로 굳게 믿었어요.」

그가 마저 담배를 다 태우고 재떨이에 담배꽁초를 버린 후 다시 입을 열었다.

「그리고 목사님에게 납득하기 힘든 일이 있었던 걸 말씀드리고 싶어요. 작년 초에 목사님이 저보고 박 형제님을 보호하는 일을 맡기면서, 24시간 그와 함께하면서 일체 타인과의 접촉을 하지 못하게 하셨어요. 또한, 그와 대화를 하지 말라고 엄명하셨죠. 이렇게 해서 작년부터 목사님의 지시에 따라 그를 밀착해서 보호해오고 있기는 했지만, 그동안 박 형제님과 우연히 대화를 나눌 기회가 없었던 건 아닙니다. 강 목사님이 박 형제님의 입을 막으려고 했어도 나에게조차 막을 수는 없었죠. 다른 분들처럼 저도 제일 궁금한 게 오상 성흔이었습니다. 이상하게도 박 형제님이 그것에 대해서는 말하기를 꺼려했어요. 그런 작년 어느 날, 내가 복통으로 고통스러워하자 그가 내 이마에 손을 얹더니 속으로 기도를 올리는 거예요. 신기한 눈으로 바라고 있노라니, 아주 잠깐 사이 씻은 듯이 배앓이가 사라져버렸어요. 이와 함께 놀랍게도 내 손과 얼굴 겉옷에 금빛 가루가 반짝거리는 거예요. 참으로 대단한 일이죠. 내가 어떻게 된 거냐고 묻자, 그가 싱긋 웃으면서 하나님의 은사라고 하는 거예요. 이 일이 있고 난 뒤, 그런 일이 반석 교회에서 생겼어요. 작년 말, 예배 시간에 강 목사님이 치유 은사를 펼칠 때에도 신도들에게 금빛 가루가 온통 반짝거리는 거예요. 내가 슬쩍 눈을 뜨고 보니까 그가 한손으로 목사님의 손을 잡은 채 기도를 올리고 있더라구요. 그래서 그날 저녁에 말했죠. 그거 당신의 치유 은사 아니냐? 강 목사님은 전에 그런 치유 은사를 한 적이 한 번도 없었다, 내가 슬며시 눈을 뜨고 다 봤다며 답변을 요청했죠. 그런데 그는 요지부동이었어요. 말하길 꺼려하는 눈치였어요. 실은, 한 달에 한 번 정도 강 목사님이 박 형제님 집에 찾아오시곤 했어요. 그때마다 저를 밖으로 내보시고, 둘이 중요한 문제를 상의하는 것 같더라구요. 그래서 박 형제님이 입 밖에 내놓을 수 없는 사정이 있는 듯했어요. 아무리 생각해도 치유 은사는 박 형제님의 영적 능력에 의해 생기는 게 틀림없어 보였어요. 어제만 해도 그래요. 어제 예배시간에 치유 은사가 예정되었거든요. 그런데 무슨 일 때문인지, 취소하더라구요. 아마도 그곳에 박 형제님이 있었더라면 예정대로 치유 은사가 행해지고 또 금빛 가루가 생겼었겠죠.… 」

나와 찬형 선배가 석춘을 바라보았다. 석춘이 넥타이를 매만지면서 얕은 기침을 했다. 석춘이 끼어들어, 자신이 생각해도 치유은사를 취소할 이유가 없었다고 수행인의 생각을 뒷받침해주었다. 그의 말은 찬형 선배의 예상과 맞아 떨어졌다. 치유 은사는 박 형제님의 영적 능력에 의해 생기는 것이었다. 과연, 그의 말이 맞는지는 더 지켜봐야 했다. 박 형제님이 진실을 밝혀줄 터였다. 한시라도 빨리 그를 찾아내어 그의 생명을 보호해야만 했다.

「거듭 말하지만 저는 부동산 취득에 아무런 잘못이 없어요. 또한, 박 형제님의 행방불명에 저는 아무런 관련이 없다는 걸 말하고 싶어요. 다른 사람보다 내가 가장 의심을 살 만하기 때문에 이렇게라도 결백을 주장하고 싶어요. 잘 아시겠지만 자칫 잘못하면 행방불명된 박 형제님의 생명이 위급할 수 있습니다. 몸이 성치 않은 그가 지금 어디서 어떻게 있는지 너무 걱정돼서 죽겠습니다. 진심으로 그를 걱정하는 마음으로 그에게 최악의 일이 생기는 걸 막고 싶어요.」

그는 자신이 강 목사와 안 좋은 일에 더 이상 엮이는 걸 회피하고자 일종의 양심 고백을 선택한 것이었다. 예상 밖의 지원군이었다. 찬형 선배가 뚫어지게 수행인을 바라보다가 갑작스런 질문을 던졌다.

「이제, 왜 하필 강 목사가 다른 사람을 놔두고 경훈 형제님 명의를 빌렸는가 하는 걸 밝힐 차례로 보이는군요. 강 목사 주변에는 신뢰할 만한 장로, 집사, 권사, 일반 신도, 그리고 친인척이 적지 않은 걸로 알고 있어요. 그런데 누가 보더라도 충복인 경훈 형제님은 강 목사의 부정한 부동산을 명의 변경을 통해 은닉할 가능성이 매우 높은 사람으로 점칠 수 있다는 거예요. 이런 위험 부담을 무릅쓰고 강 목사가 왜 경훈 형제님 이름으로 부동산을 올렸는지는 의문이에요.」

거기까지 말이 나오자, 눈에 띄게 수행인이 초조한 표정을 지었다. 그가 물 컵을 들 때 파르르 손이 떨렸다. 그는 애써 찬형 선배의 시선을 피하는 듯했다. 석춘이 그걸 알아차리고 수행인에게 비밀을 지킬 것이며 만약 위법적인 행위가 개입되어 있다면, 나중에 경찰에 적극적으로 수행인의 사정을 소명을 하겠노라 했다. 석춘은 제주 지역 검사, 형사치고 자신을 모르는 사람이 없으니 솔직하게 털어놓으라고 권유했다. 그러자 그가 심경에 변화가 온 듯, 좀 전의 떳떳한 태도와 달리 푹 수그러진 모습으로 말을 이어갔다.

「강 목사님이 내 이름에 부동산을 올린 이유가 있어요.」

그러면서 이어지는 말은 이러했다. 작년 1월이었다. 보살이던 박 형제님의 모친이 용마부락 앞의 몰머리소금빌레(소금밭으로 사용되던 말머리 형상의 너럭바위)에서 굿을 하다가 거세게 몰아치는 파도에 휩쓸려 익사한 사고가 있었다. 그때, 그가 그 현장에 있었다. 강 목사가 여섯시에 몰머리소금빌레 앞 해변 도로에서 보자고 약속해서 그곳에 가게 되었다. 그 시각에 강 목사를 만난 후, 함께 용마부락의 모 신도님 댁에 심방을 하러 가기로 되어 있었다. 그런데, 그만 착오로 십분 가량 늦게 도착했다. 해변도로에 목사님이 보이지 않아 바다 쪽으로 바라보니, 목사님이 너럭바위에 서 있었다. 유심히 살펴보니 목사님 앞에 누군가 뉘여 있었다. 또 그 앞에, 박철수 형제님이 실성한 듯이 제정신이 아닌 채로 두 손을 하늘로 쳐든 채로 무릎을 꿇고 있었다. 불길한 예감이 들어 급히 내려가 보니, 뉘여 있는 사람은 보살이던 박 형제님 모친이었는데 숨을 쉬지 않았다. 강 목사는 그를 보자, 우연히 보살이 너울성 파도에 휩쓸리는 걸 보자마자 이곳으로 내려와 보살을 바다에서 꺼냈다는 것이다. 그런데 강 목사의 와이셔츠가 찢겨져 있었고, 그의 손등이 무엇인가에 베인 듯 피를 흘리고 있었다. 여기다가 성경책과 찬송가책이 너럭바위 한쪽에 아무렇게나 떨어져 있었다. 그는 별 생각 없이 손수건을 꺼내 목사의 상처를 동여맨 후, 경찰에 연락을 해야겠다고 말했다. 그러자 목사가 그에게 신신당부를 했다. 목사가 파도에 휩쓸려간 보살을 바위 근처에서 꺼내 보니 죽어 있었노라며, 그에게 현장에서 두 눈으로 똑똑히 봤다고 말해달라고 했다. 당시 목격자가 아무도 없었으니, 자칫 목사 자신이 마귀를 숭상하는 보살의 죽음에 연루될까 두렵다는 것이었다. 그는 존경하는 담임목사의 부탁에 믿고 따를 수밖에 없었다. 이렇게 해서 목격자인 그의 진술이 뒷받침되어 보살의 죽음은 사고사로 일단락이 났다. 이후, 강 목사는 쓸데없는 오해가 생기지 않도록 그때의 일에 대해 입단속 잘 하라고 했다. 그러면서 그에게 먹고 사는 걱정 없게 해줄 테니 교회 일에 쓸 토지를 그의 이름으로 올려놓자고 요청하면서 자신을 믿고 따르라고 당부했다. 그는 이에 순순히 따랐고, 그의 인감증명을 강 목사에게 넘겼다.

거기까지 듣고 나서, 석춘이 깜짝 놀라는 표정을 지었다. 수행인이 마지막 말을 덧붙였다.

「그러니까 강 목사님은 내가 박 형제님 모친의 죽음과 관련된 일을 입 밖에 노출하는 걸 극구 꺼려했죠. 때문에, 내게 다달이 급여를 주는 직책을 주겠다면서 내 명의를 빌려 부동산을 등기한 거예요. 저는 저대로 교회 일에 봉사하는 것과 함께 앞으로 먹고 살 걱정을 안 하게 되니 좋았구요.」

찬형 선배가 고개를 끄덕이며 수행인의 말에 귀 기울였다. 나는 순발력 있게 핵심을 짚어냈다.

「방금 말한 박 형제님 모친의 사고사 현장에서 의심스러운 부분이 있어요. 강 목사의 와이셔츠가 찢겨 있었고 또 손등이 베여 있었다는 점과 성경책과 찬송가책이 너럭바위에 나뒹굴었다는 점이 이상해요. 이런 정황은 강 목사가 단순히 바다에 빠져 죽은 보살을 꺼냈다고 하는 것과 전혀 달라요. 어떤 부대낌, 몸싸움의 정황을 떠올리게 한단 말입니다.」

찬형 선배가 조심스럽게 그때의 기억이 틀리지 않느냐며 재차 확인했다. 그러자 수행인은 자신이 살아가는 동안 겪었던 매우 충격적인 일이니만큼, 어제처럼 선명하게 기억하고 있었다고 말했다. 그 기억은 작년 이후 한 번도 자신의 뇌리에서 벗어난 적이 없었다는 것이었다. 수행인의 확신에 찬 대답을 듣자, 석춘은 길게 한숨을 내쉬고 시선을 천장으로 향했다. 강 목사에 대한 존경심을 잃지 않았던 그가 내적 동요를 일으키고 있는 게 분명했다.

찬형 선배가 입을 열었다.

「오늘, 강 목사가 수행인의 명의를 빌려 부동산을 등기한 내막이 자명해졌어요. 역시, 그런 일이 있었군요. 이제는 박 형제님 모친의 죽음이 과연 사고사인지가 의심스러워지네요.」

8

박 형제님이 실종된 지 꼭 일주일이 된 수요일이었다. 강 목사 측에서도, 찬형 선배와 나도 전혀 그의 행방을 찾을 길이 없었다. 시간이 흐르면서 더더욱 강 목사에 대한 의심이 커져갔다. 석춘 또한 그런 의심을 하는 눈치였지만 당분간 두고 봐야 한다고 고집했다. 그러면서 자신도 최대한 강 목사를 객관적으로 바라보는 시각을 갖도록 노력하겠다고 했다. 강 목사에게 의심스런 구석이 발견되면 그 즉시 찬형 선배와 나에게 알릴 것이며 함께 그 문제를 파헤치겠노라 했다.

최근 성경을 틈틈이 읽고 있어서 그런지, 이천 년 전 예수의 운명과 박 형제님의 그것이 겹친다는 생각이 들었다. 사두개인과 바리새인, 그리고 열심당과 거리를 두며, 온 인류를 구원을 설파했던 예수는 결국 로마 병정에 의해 십자가에 처형되고 만다. 예수는 더 오래 살아남아서 더욱 많은 사람에게 영적 구원의 메시지를 전파해 주었어야 했고, 오히려 사두개인과 바리새인, 로마인들의 운명이야말로 제동이 걸렸어야 마땅하지 않는가? 역사는 인류의 선각자인 빛의 아들 예수의 목숨을 거두어 간 후 다시 그의 부활을 보여주어야만 했다. 인류는 그의 부활, 영적 재생을 통해 죄에서 벗어날 수 있었다. 이처럼, 초자연적이며 영적인 오상 성흔을 발현하는 박철수 형제님 또한 이 시대의 부조리한 기성 교단과 불의한 세력에 의해 십자가형을 당하는 건 아닌지 우려되었다. 헤르메스주의, 그 힘의 생생한 현존을 보여주는 그는 정작 교회로부터 널리 인정받고 존중받기는커녕 박제화된 교리에 맞게 이용당하기만 하다가 아침햇살에 사라지는 이슬이 될지 몰랐다. 기세등등한 기성 교회는 그의 존재가 흔적 없이 사라져야만 입지가 더욱 탄탄해질 터이기 때문이다.

시간이 갈수록 점점 불안해졌다. 박 형제님 모친의 의문스런 죽음처럼, 그가 비명횡사할지 모른다는 걱정이 일어났다. 누구보다 그의 오상 성흔에 대해 관심을 가져 왔고, 또 그래서 그와의 대면을 바라던 나였기에 죄책감이 생겨났다. 야생동물이 우글거리는 들판에 홀로 남겨진 토끼 한 마리를 알고서도 방관하고 있다가, 어느 날 아침 앙상한 뼈로 발견된 토끼를 보게 되었을 때의 죄책감 말이다. 무리를 해서라도 그의 신변 안전에 대한 대책을 세워뒀어야 한다는 생각이 뒤늦게 밀려왔다. 과연, 내가 할 수 있었던 게 뭘까? 무력하기만 했다. 그러다 생각을 바꿨다.

지금이라도 후회하지 않도록 할 수 있는 한 모든 걸 해야겠어.

우선적으로 할 수 있는 건 강 목사와 단둘이 만나는 것이었다.

이른 새벽, 그가 반석교회로 가는 길목을 지키고 있다가 그 앞을 가로막은 후 윽박지른다. 수행인에게서 다 들었다. 박 형제님의 모친을 당신이 죽이지 않았느냐? 그 사실을 숨기고 또 오상 성흔의 진실을 영영 감추기 위해 박 형제님을 어디론가 감금하지 않았느냐? 이것만이 아니다. 당신의 부도덕한 부동산 편취를 낱낱이 알고 있다. 당신은 하나님의 성전을 짓는다는 등 사회복지재단을 설립하는 등 선의의 명목을 내세워 사회 물정에 어두운 노인네들의 부동산을 편취한 것이다. 그 노인네들은 오로지 하나님을 믿는 마음으로 자신이 피땀 흘려 모은 부동산을 당신에게 맡겼지만, 당신은 그것을 자신의 소유로 뒤바꾸고 만 것이다. 그렇지 않느냐? 지금이라도 늦지 않았다. 어서 빨리 박 형제님 있는 곳을 알려 달라. 그렇지 않으면 당신은 죄 값을 톡톡히 치르게 될 것이다. 이렇게 속사포로 쏟아내면 강 목사가 허옇게 질려서 사실대로 실토할지도 모른다. 아니다, 그는 철면피에 고단수다. 그는 외려 내게 사탄아 물러가라, 마귀가 씌었구나며 맞서서 입에 거품을 물고 따발총을 쏘아댈지 모른다.

다음으로 시도할 수 있는 건 공개적인 자리에서 강 목사에 대해 까발리는 것이다. 주일 예배나 수요일 예배 시간에 다들 눈감고 기도를 드리는 틈을 타, 교회에 잠입한 후 A4 용지를 사방에 뿌린다. 거기에는 강 목사의 부정한 부동산 편취 내역이 적혀 있고 또 수행인의 박 형제님 모친의 죽음에 대한 의문점이 적혀 있다. 또한, 오상 성흔의 성혈에 대한 검사 결과가 공개되어 있다. 여기다가 왜 제주노회와 강 목사가 성혈 검사를 했으면서도 그 결과를 공개하지 않았는지 그 사실이 밝혀져 있다. 이렇게 되면 강 목사를 추종하는 신도들 가운데에서 적지 않은 수가 그걸 보고 심적 동요를 일으키게 될 것이다. 이때, 목소리 높여 외친다. 강 목사여, 박 형제님이 있는 곳을 밝혀 달라. 그의 목숨마저 앗아간다면 하나님은 그대를 결코 용서하지 않을 것이다. 하나님이 지켜보고 있다는 걸 모르는가? 하지만 아주 빠른 시간에 나는 건장한 신도들에 의해 제압당하고 질질 교회 밖으로 내쫓겨지고 말 것이다.

애석하게도 지나친 조심성에다, 그즈음 다시 도진 비관론이 내 발목을 잡았다. 당장, 박 형제님을 찾아내어 그의 목숨을 구하기 위해 무슨 일이라도 해야겠다는 생각했지만 몸이 따라주지 못했다. 불길하고 암담한 상상력이 시도 때도 없이 날개를 펼쳐 날아다녔다. 무력한 내 자신이 싫어지기 시작했다. 언제나 나는 방관자이자 주변인이었다. 반석교회에서의 경우, 착실한 신자도 아니고 그렇다고 불제자 예수의 적극적인 추종자도 아니고 또한 민중 신학의 실천자도 아니었다. 이 사이를 절묘하게 떠돌아다니는 한량이었다. Y 독서 모임에서는 또 어떤가? 일찍 머리가 깬 고등학생들이 독서 모임을 만들어 모임을 주도해 나갔지만, 중간에 들어간 나는 들락날락거렸다. 독서 모임이 잘 이어지다가 제주 4·3 사건이 암초처럼 튀어나오자, 일부 학생은 독서 모임을 그만두었다. 나는 호기심이 발동해 관련 금서를 탐독해 나갔다. 하지만 누군가로부터 체계적인 지도를 받은 의식화된 고등학생이 아니었다. 내 가슴이 4·3 사건, 폭도, 5·18 광주민주화운동 등으로 흥분이 되었지만, 한편 나는 바닷가 수평선을 바라보면서 한없이 시간을 죽이는 몽상가이기도 했다.

그날 새벽, 이 생각 저 생각에 뒤척이고 있을 때 전화벨이 울렸다. 찬형 선배였다. 새벽에 전화를 걸어오기는 처음이었다. 다짜고짜 오늘 서귀포 행 첫차를 타야 하니, 시외버스 터미널에서 여섯 시에 보자고 했다. 자세한 건 차에서 말해주겠노라 했다. 선배의 목소리가 다소 떨리고 있었음을 알아차릴 수 있었다.

9

찬형 선배가 달리는 시외버스에서 지금 박철수 형제님을 만나러 간다고 말했다. 박 형제님의 소재지는 자신과 나 단둘밖에 모른다면서, 당분간 석춘에게도 말하지 말 것을 부탁했다. 어제 새벽에 누군가 자신의 집에 전화를 걸어왔는데, 그가 박 형제님일 줄은 꿈에도 생각지 못했다는 것이다. 그가 떠듬떠듬 자신이 임마누엘 기도원에 있다면서 자신을 만나고 싶다고 전화해왔다고 했다. 선배는 그가 반석 교회 신도 주소록에서 용케 자신의 전화번호를 알아냈으리라고 추측했다. 5·16 도로를 횡단하는 버스에서 깜빡 졸고 나니, 어느새 서귀포 시외버스 터미널이었다. 그곳에서 택시를 타고 곧장 임마누엘 기도원으로 향했다.

대략 두 시간여 만에 제주시에서 한라산을 횡단한 후 임마누엘 기도원 앞에 다다랐다. 주차장에 내려 보니, 기억이 새록새록 되살아났다. 이곳에 세 번 다녀갔었다. 작은 수목과 낮은 돌담이

기도원의 울타리 역할을 하고 있었다. 기도원 중앙에 황색 슬래브 붉은 벽돌 교회가 있었고, 입구 위에 임마누엘 기도원이라는 간판이 붙여 있었다. 그 오른 편에는 기도실, 왼편에는 숙소와 관리실이 있었다. 숙소 옆에는 이층 건물이 새로 들어서 있었다. 예전에 잔디로 뒤덮였던 마당에는 종려나무와 개화한 벚나무가 있었는데 그 사이에 벤치가 놓여 있었다. 천천히 안으로 들어가 교회 입구 앞에서 발걸음을 멈추었다. 교회 안에서 인기척을 느꼈는지 누군가 문을 열었다. 한쪽 발을 절고 있는 사내, 박철수 형제님이었다. 선글라스를 낀 그가 찬형 선배를 알아보고 들어오라고 손짓을 했다. 나는 찬형 선배와 함께 안으로 들어갔다.

넓게 펼쳐진 마룻바닥 위에 아침 햇살이 내리비치고 있었다. 오른 편 창문 너머로 한라산의 정상 분화구가 손에 잡힐 듯 가깝게 보였다. 낯설지 않았다. 십여 년 너머의 기억이 다시금 현재로 불려나온 듯했다. 불성실한 고등학생 신자였던 내가, 예상치 못하게 눈물을 펑펑 흘리면서 방언을 쏟아냈던 곳이다. 내가 그토록 의심해 마지않았고, 또 한편 현존을 보여주시라고 목매이게 외쳤던 성령이자 예수님이 바로 이곳에서 내게 임했던 것이다. 반석 교회를 떠나면서 신앙과 거리가 멀어진 내가 다시 이곳을 찾을 가능성이 거의 없었다. 그런 내가 뜻밖에 이곳에 서게 되었다. 박 형제님이 나를 불렀지만 어쩌면 그 너머의 어떤 힘이 나를 부른 건 아닌지 몰랐다. 숙연해지는 건 어쩔 수 없었다.

「몸은 괜찮으세요? 혹시 잘못되지나 않을까 걱정 많이 했습니다.」

「거, 건강은 별 문제가 없어요. 이분이 함께 오신다던 그…」

「네, 반석 교회를 다녔던 이원영 형제님입니다.」

그가 검정 선글라스 안쪽에 눈빛을 감추고 나를 바라보았다.

「저, 저번 주에 우리 집에 찾아 왔어요. 고등부 때 크리스마스 이브에 구두 수선공 마틴 연극을 했었죠? 저, 저는 감동적으로 봤어요.」

그가 나를 기억한다니 의외였다.

「오래전 일인데 잘 기억하시네요. 좋게 보셨다니 감사합니다. 실은, 그때 저는 교회를 잘 안 다녔고 또 성경 공부에도 흥미가 없었어요.」

말을 마치고 머뭇거리자, 그가 말했다.

「왜, 왜요? 연극을 할 때 보니, 진실 되게 그분을 구하는 마음이 보이던데요. 마, 마틴이 탁자 위의 성경책 앞에서 무릎을 끓고 두 손을 모으는 장면에서는 울컥했었답니다. 전 그 장면이 잊히지 않더라구요.」

그런 일이 있었다는 게 참으로 믿기지 않았다. 불성실한 고등학생 신자가 신앙 연극을 통해 단 한 사람에게라도 감동을 줄 수 있었다니, 정말 뜻밖이었다. 그는 내게 우호적인 감정을 가지고 있는 듯했다. 때문에, 찬형 선배가 나와 함께 그를 만나러 간다고 했을 때, 그는 기억 속의 나를 떠올리고 나서 흔쾌히 허락했으리라.

10

「누군가 여기로 데리고 온 건가요?」

그가 고개를 절레절레 흔들었다. 다행히, 강 목사가 개입되어 있지 않았다.

「그럼 박 형제님이 스스로 여기 오셨군요?」

그가 입을 열었다.

「여, 여기는 반석교회에서 하계 수련회 때 자주 오던 곳이에요. 이곳 연락처를 알고 있어서, 미리 한 달간 머물겠다고 예약을 해두었습니다. 이곳에 오면서 얼굴을 가리려고 검정 선글라스를 끼었더니, 절 알아보는 사람이 없더군요. 이, 이곳 분들에게는 한쪽 눈에 장애가 생겼다고 말해두었어요. 다행히 조용히 일주일여 시간이 흘렀어요.」

「그랬었군요. 저와 원영이는 박 형제님이 누군가에 의해 납치 구금되지 않았나 걱정했어요. 강 목사가 또 나쁜 짓을 저지를지 모르는 일이었거든요. 이곳에 있는 건 아무도 모르나 보죠?」

「네, 네. 아무도 모를 거예요. 그, 근데 강 목사가 또 나쁜 짓을 저지를지 모른다니 어, 어떤 이유에서 그런 생각하셨습니까?」

찬형 선배가 내 얼굴을 보고 나서 말했다.

「잘 아시리라 믿습니다. 실은, 박 형제님의 성혈을 몰래 채취해서 검사를 해봤어요. 그 결과 예수의 혈액형 AB형으로 밝혀졌는데, 문제는 이것으로 끝나지 않는다는 거예요. 의문의 금빛 가루가 피에 섞여서 생겨났어요. 이 금빛 가루는 강 목사가 자신이 성령으로부터 받은 은사라고 호들갑 떨면서 신도들의 병 치유를 할 때 생기는 것과 동일합니다. 금빛의 삼각형 가루이죠. 제주노회와 강 목사 또한 오상 성흔의 성혈을 검사했는데, 이 의문의 금빛 가루 때문에 그 결과를 공개하지 못한 것이죠. 때문에, 성혈 검사는 애초에 진행하지 않았던 걸로 한 채로 오상 성흔을 성령의 은총으로 대대적으로 홍보했죠. 제 관점에서는 금빛 가루가 매우 중요하다고 봐요. 금빛 가루가 기성 교회의 예수님에 대한 관점을 수정하도록 하니까요. 바로, 이런 점에서 강 목사가 오상 성흔의 왜곡을 봉인하기 위해 무슨 짓이라도 할 것만 같았어요.」

「그, 그랬었군요. 서, 성혈에 금빛 가루가 들어 있었다니 놀랍군요. 어떻게 그런 일이… 」

그가 선글라스를 매만지면서 호흡을 가다듬었다. 내가 끼어들었다.

「오상 성흔에 대해 분명하게 한 말씀해주세요. 정말 강 목사의 말대로, 강 목사의 안수 기도를 받은 후에 생기게 되었는지, 또 치유 은사가 강 목사의 것인지 사실대로 말씀해 주세요.」

그가 긴장된 듯이, 교회 유리창 너머를 휘 둘러보았다. 그러곤 나와 찬형 선배 얼굴을 번갈아 바라보았다. 그의 입에서 탄식처럼 「오, 주님」이 터져 나왔다.

「그, 그, 점에 대해서는…」

그는 더 말을 더듬거렸다. 그는 선글라스를 살짝 들어 올려 손수건으로 눈물을 훔쳤다. 심상치 않았다. 나와 찬형 선배는 자극을 주지 않게끔 침묵을 지켰다. 잠시 후, 그는 더듬더듬 속 이야기를 털어놓았다. 자신의 유별난 삶을 들려주는 것으로 답변을 대신했다.

보살이던 그의 모친은 그를 무속의 길에서 떼어놓으려고 일부러 초등학생 때 교회에 보냈다. 소아마비에 걸려 한쪽 다리를 쓰지 못한 그는 어머니의 영향을 받은 탓인지 신기가 유별났다. 어린 그에게는 예지몽이 있었다. 그가 간밤 꿈에서 특별한 사람을 만났다거나, 특별한 일을 겪었다고 하면 그 다음날 반드시 그와 관련된 일이 생겼다. 여기에다가 그가 까닭 없이 신열에 앓아눕게 되면, 기어코 주변에 사고가 생기거나 지인의 사망 소식이 들려왔다. 어머니는 이를 걱정스러워했다. 아들은 보통 아이들처럼 자라나서 평범한 직장인이 되길 바랐다. 그래서 어린 그는 반석교회의 여름 성경학교에 보내졌다. 어린 그는 어머니가 무속인인 걸 부끄러워할 줄 몰랐다. 그만큼 그는 철부지였고, 아이들 사이에서도 문제가 되지 않았다. 그런데 그가 교회를 다니기 시작하면서, 그가 신열에 앓아눕는 횟수가 증가했다. 처음엔 어린 그에게 귀신이 악착같이 달라

붙어 떨어지지 않으려고 하는 줄 알고, 더 악착같이 그를 교회에 보냈다. 점차 안정을 되찾았고 그는 조용하고 말 수 없는 학생으로 별 탈 없이 성장했다. 세월이 흘렀다. 그는 전문대를 졸업한 후 장애 때문에 특별한 일없이 집과 교회를 오고가는 일과를 보냈다. 그는 교회에서 있는지 없는지 모를 정도로 존재감이 미약한 신도에 불과했다. 하지만 오랜 시간을 기도로 보낼 정도로 신앙심이 두터웠다. 그런 그에게 재작년 말에 이상한 일이 생겼다. 그가 반석교회에서 손을 모아 기도를 하던 중에 두 손에서 피가 났다. 십자가에 피 흘리신 예수님을 생각하면서 간절히 기도를 하자 그런 일이 생겼다. 어떨 때에는 손에서 피가 나기도 했다가 어떨 때에는 다리와 늑골에서 피가 났다. 아주 가끔 몸 다섯 군데에서 피가 났다. 그것을 본 교회 장로들 몇 분이 「성흔이다, 오상 성흔 은사야」하면서 탄성을 내질렀고, 이 사실이 강 목사의 귀에 들어가게 되었다. 강 목사는 무슨 이유에선지 이 일에 대해 일체 함구령을 내렸다. 그러고 나서 강 목사는 박 형제님의 이적 현상에 대해 자세히 조사했다. 나중에 알고 보니, 그가 기도를 드릴 때 그의 주변에 있는 사람의 몸에도 금빛 가루가 생기면서 치유의 효과가 발생했다. 한번은 모 장로가 신장병을 앓고 있었는데, 그가 기도를 드리자 금빛 가루가 그의 몸에 생기면서 말끔하게 완치되었다. 이러한 현상은 십여 명의 사람을 통해 재차 검증한 결과 의심의 여지가 없었다. 강 목사는 치유 은사 때 생기는 금빛 가루를 별다르게 고려하지 않기로 하고 그를 따로 불러 제안을 했다. 오상 성흔이 자신의 안수기도를 받은 후 생겼다고 자신을 빛내 주라는 것이었다. 그렇게 해서 몇 년 후 반석 교회의 새로운 대형 교회를 건립하게 되면, 그에게 먹고 사는 일 걱정 없게 새 교회의 중책을 맡기겠노라고 했다. 그러니 예배 시간에 오상 성흔을 펼쳐서 저 자신을 빛내달라고 요구했다. 그의 어머니가 이 사실을 알게 되었다. 그의 어머니는 절대 그럴 수 없노라면 극구 반대를 했다. 그의 어머니는 그를 관심있게 지켜봤다. 그의 어머니는 어린 시절의 그가 귀신에 들려 신열을 앓듯이, 오상 성흔이 발현할 때 그가 까닭모를 고열로 인사불성이 되었다는 점을 주목했다. 그의 어머니는 이 현상을 귀신의 작용으로 보았다. 그 몸에서 떨어져나갔다고 봤던 귀신이 또다시 들러붙었다고 보았다. 그의 어머니는 신기가 뛰어났던 그의 어린 시절을 떠올렸다. 그동안 잠잠하던 귀신이 이제 교회의 표적으로 아들에게 나타났다고 보았다. 이 때문에, 그의 어머니는 제발 그런 현상이 생기기 않길 바랐고, 강 목사에게 그에게 그런 현상이 생기지 않도록 기도해달라고 극구 부탁했다. 그의 어머니의 간곡한 요청으로 그는 일주일여 금식을 하면서 교회에서 생활하기도 했다. 그러면서 매일 아침저녁으로 강 목사와 함께 기도를 드렸다. 하지만 나아질 기미가 보이지 않았다. 오상 성흔은 더욱 확실하고 강렬한 표지가 되어갔다. 그의 어머니는 하는 수없이, 자신이 직접 나서기로 했다. 바닷가 몰머리소금빌레에서 굿을 드리기로 한 것이다. 이렇게 해서 작년 초에 보살이던 그의 어머니는 그를 위해 거친 파도가 몰아쳐오는 새벽바다 앞에서 굿을 올렸다. 한창, 굿이 진행되자 숨이 턱턱 막히면서 머리가 아파왔다. 그러곤 비명을 지르던 어느 순간 정신을 잃어버렸다.

거기까지 말하고 나서 그가 기침을 하면서 말을 멈추었다. 그러곤 다시 주변을 휘 둘러보고 나서 말을 이었다. 교회 근처에는 아무도 없는 듯 조용했다.

「누, 눈을 떠, 떠보니… 어, 어머니가 숨을 거, 거두셨어요.」

그러곤 선글라스 밑으로 눈물을 훔치면서, 흐느끼기 시작했다. 오 분여 지났을 때쯤 다시 말을 이었다. 강 목사가 어머니 앞에 서 있었다고 했다. 강 목사가 그를 바라보면서 이제 정신을 차리겠느냐고 물었다고 했다. 강 목사는 무릎을 꿇고 앉은 그에게, 어머니는 방금 전에 그가 발광하면서 바다로 밀쳐버리는 바람에 거친 파도에 휩쓸려 돌아가셨다고 말했다는 것이다. 그는 경악하면서 울부짖었다고 했다. 강 목사는 그를 달래면서 그의 살인죄를 덮어주겠노라고 했고, 그 대가로 거절할 수 없는 요구 두 가지를 해왔다는 것이다. 그에게는 선택의 여지가 없었다. 그 결과, 그는 거짓 간증을 통해 오상 성흔 은사가 강 목사의 안수 기도를 받은 후에 생겼다고 했으며, 또한 치유 은사 때 강 목사의 손을 잡아줌으로써 그에게 영적인 힘이 있는 것처럼 만들어 주었다는 것이다.

「저, 저는 강 목사님이 시키는 대로 할 수밖에 없었어요. 가, 강 목사님은 죄인인 저를 용서하시고 저를 받아 주셨어요.」

결국, 오상 성흔과 치유 은사는 찬형 선배가 추정해온 대로 온전히 박 형제님의 영적 능력의 소산이었다. 치유 은사의 경우, 며칠 전에 만났던 수행인의 말과 일치했다. 그런데 그의 말에서 수행인의 말과 다른 곳이 있었다. 내가 찬형 선배의 얼굴을 보고 나서 말했다.

「수행인은 강 목사로부터 익사한 박 형제님의 모친을 자신이 바닷가 바위 근처에서 건졌다는 말을 들었다고 했어요. 자칫 강 목사에게 살인 혐의가 생길 수 있는 일인데, 강 목사가 수행인에게 박 형제님 때문에 모친이 죽음에 이르게 되었다고 분명하게 언급하지 않은 게 이상해요. 그러니까 강 목사가 수행인에게는 박 형제님 모친이 사고사를 당했다고 말했지만, 박 형제님에게는 박 형제님에 의해 모친이 살해되었다고 말한 것이죠. 이상해요. 누구 말이 맞을까요? 내가 아는 강 목사는 결코 박 형제님의 죄를 덮어줄 위인이 아니거든요. 이와 함께 수행인이 당시 그곳의 기억을 되살려 말했듯이, 강 목사의 찢겨진 와이셔츠, 그의 손등에 난 상처 그리고 내팽겨진 성경책과 찬송가책이 전혀 다른 상황을 상상하게 하는 게 사실이에요. 혹시, 박 형제님도 그 당시 상황을 기억하세요?」

선글라스를 낀 박 형제님이 생각에 빠진 듯 말이 없었다. 그렇다, 그렇지 않다 딱 부러지게 말하지 않았다. 그가 고개를 돌려 창가 너머로 시선을 던졌다. 이름 모를 산새들이 조잘거렸다. 잠시 후, 자세를 고쳐 앉고 나서 말했다.

「그, 글쎄요, 기, 기억이 잘….」

11

그날, 기도원에는 관리인 한 명만 있었고, 내부 관계자는 출타 중이었다. 관리인은 자신의 일을 하느라 정신이 없었기 때문에 교회 근처에는 얼씬도 하지 않았다. 박 형제님은 일부러 이날을 택해 찬형 선배를 보자고 전화를 했다. 대화는 12시까지 이어졌는데, 박 형제님은 숨김없이 모든 걸 고백하려고 단단히 마음의 준비를 한 모양이었다. 찬형 선배와 내가 성혈 검사를 했다는 소문을 접했던 그가 결정적으로 지난주에 그의 집 앞에서 나와 석춘이를 본 후 결단을 내리기로 했다. 그가 나서서 진실을 밝히기로 한 것이다. 이렇게 해서 그는 수행인이 자리를 비운 틈을 타 몸을 숨기기에 적합하다고 생각한 임마누엘 수도원으로 오게 되었다. 이곳에 온 후 매일 마다 기도를 드리고 회개하고 나서 마음을 다잡았다. 더 이상 자신이 죄를 세상에 숨길 수 없다는 것과 함께, 오상 성흔의 진실이 밝혀져야 한다는 것이 그의 생각이었다. 나와 찬형 선배는 그에게 함께 제주시로 돌아가자고 하자, 그는 당분간 참회를 시간을 가지겠노라 했다.

대화의 후반 무렵이 되자, 내가 박 형제님에게 오상 성흔과 치유 은사를 펼치는데 어찌해서 본인 건강이 안 좋으냐고 물었다. 그는 건강이 안 좋은 건 아니고, 기적 은사가 발현될 때 무아지경이 되어 거동하기 힘들다고 했다. 또한, 강 목사 측에서 타인이 자신과 접촉하는 것을 차단할 목적으로 건강이 안 좋다고 둘러댔다는 것이다. 조금 후, 마음에 안정이 생겼는지 그가 찬형 선배에게 오상 성흔을 어떻게 생각하느냐고 물었다. 이에 대해 찬형 선배는 내게 밝혀왔던 생각을 흐트러짐 없이 말했다. 오상 성흔은 예수님의 부활을 증거 하지만 성혈의 금빛 가루로 인해, 우리가 알고 있는 예수님을 다시 생각해야 한다는 것이었다. 금빛 가루는 이집트의 신비, 헤르메스주의 선각자인 예수를 입증한다고 했다. 또한, 헤르메스주의 정수는 송과체의 빅뱅에 있다고 했다. 그러면서 헤르메스주의의 하위 체계인 연금술의 결과로 금빛 가루가 발생했다고 말을 이었다. 듣고 있던 박 형제님이 자신은 그런 것에 매우 무지하고 또 그런 마법을 배운 적도 없는데, 어떻게 자신에게 그런 일이 벌어지느냐고 물었다. 이에 대해 선배가 말했다.

「송과체의 빅뱅을 추구하는 수행법은 동서고금에 걸쳐 여러 가지가 있어요. 박 형제님의 경우, 어머니로부터 이어받은 신기에다가 남다른 영적 능력이 뒷받침됨으로써 송과체의 활성화를 이룰 수 있었죠. 그래서 예수님의 영을 몸으로 받아들일 수 있었고 이로써 오상 성흔의 기적을 발현시켰다고 봐요. 사실, 예수, 석가, 피타고라스, 플라톤의 경우처럼 송과체 빅뱅의 힘은 상상을 초월합니다. 이들과 박 형제님을 비교한다면, 박 형제님의 것은 초기 단계에 머물고 있을 거라 봐요. 하나, 금빛 가루가 든 성혈을 징표로 나타내는 것은 물론 오늘 밝혀진 박철수 형제님의 특이 능력 그러니까 금빛 가루를 생기게 하면서 주변 사람들을 치유하는 것 또한 대단한 겁니다. 이성과 과학으로 설명할 수 없는 기적 현상이니까요.」

「그, 그러면 지금 여기서 내가 교회에서 기도하는 게 다, 다 무의미한 일인가요?」

「그렇진 않습니다. 세상의 교회에서 설파하는 예수, 그리고 이때껏 박 형제님이 믿어왔던 예수와 헤르메스주의 예수는 동일한 인물이니까요. 그를 바라보는 시각이 다를 뿐이죠. 이제 박 형제님은 교회에서 말하는 예수 이상의 예수, 영혼의 빛으로서의 선각자 예수를 만나야 한다고 봐요.」

그날, 선배가 주장하던 헤르메스주의 예수가 한낱 가설이 아니라 박 형제님을 통해 생생하게 실증되고 있음을 알 수 있었다. 선배의 치밀한 논리가 오상 성흔과 금빛 가루, 치유 은사의 박 형제님을 따스하게 포용했고 이에 박 형제님은 순순히 받아들였다. 그 둘을 옆에서 지켜본 나로서는 더 이상 헤르메스주의 예수에 대해 일말의 의심을 가질 필요가 없어졌다.

12

서귀포에서 제주시로 돌아왔을 때는 네 시 반쯤이었다. 집에 도착하자마자, 쏟아지는 잠에 빨려 들어갔다. 잠이 부족했던 탓에 제대로 씻지 않고 자리에 눕자마자 잠이 들었다. 여덟시쯤, 나를 깨운 건 전화벨이었다. 석춘이었다. 그가 강 목사 일에 대해 긴히 할 이야기가 있다면서 보자고 했다. 잠이 덜 깬 얼굴로 대문 밖으로 나온 후 택시를 잡아타서 약속 장소로 향했다.

〈사인자〉 서점 위의 커피숍이었다. 그가 미리 와 있었다. 커피를 들면서 그가 먼저 입을 열었다. 그의 안색이 좋지 않았다.

「내가 너를 반석 교회에 인도했었지? 내 책임이 크다고 생각한다. 전에, 강 목사님 비위 문제로 너는 교회를 떠나버렸지만 나는 그대로 교회에 남았었지. 정작 내가 너를 반석 교회에 인도했으면서도 너를 올바른 길로 인도하지 못한 것 같다. 내가 옳다면, 끝까지 너를 붙잡았어야 했고, 내가 틀리고 네가 옳다면 난 교회를 진작에 떠났어야 했지. 근데, 난 이러지도 저러지도 못했어. 처음엔 너에게 신앙적으로 큰 결함이 있다고 보았어. 그래서 너는 나와 같은 레벨의 신자와 동급이 될 수 없다고 보았구 말이야. 그 때문에, 너는 돌아온 탕자의 길을 걸어가게 될 줄 굳게 믿었었지. 이런 생각의 중심에는 내가 믿고 존경하는 강 목사님이 있었어. 그분에 대한 의심과 비판은 가당치 않게 여겼었어. 일반인과 신앙이 낮은 분들은 강 목사님의 처신에 대한 왈가왈부할 자격이 없다고 보았지. 그들이 신성한 성령의 구역을 함부로 엿보고 재단할 수 없다고 보았어. 이런 생각은 최근 너와 찬형 선배와 긴밀한 관계를 유지하는 동안에도 변함이 없었던 게 사실이야. 근데, 하나 둘씩 새로운 사실을 뒷받침하는 자료와 증인이 나타나면서 나도 이 일을 어떻게 받아들여야할지 난처하게 되더라구. 성경적으로 설명할 수 없는 금빛 가루에 대한 제주 노회와 강 목사의 은폐, 그리고 강 목사가 부당 취득한 부동산과 이에 대한 서경훈 수행인의 양심 고백이 내 신앙의 근간을 뒤흔들어 놓았어. 강 목사님은 내가 어렸을 때부터 우리 집에 먹을 것을 보태주고 또 사랑으로 가족을 돌봐주었었어. 우리 집에게만 그런 게 아니야. 그분은 용마부락의 다른 가정에도 사랑을 많이 베풀었어. 그런 강 목사님에게 그런 일이 있었다는 게 참으로 믿기 힘들었어.」

그가 자세를 고쳐 앉고 나서 금테 안경을 매만졌다. 애써 미소를 지으며 자신의 마음을 다잡는 듯 보였다.

「명색이 내가 제주도 공영 방송사 뉴스 앵커인데, 신앙과 현실을 혼동하지는 말아야 하지 않겠어? 신앙에 눈이 멀어 위법과 범

죄 행위에 대한 분별력을 상실해서는 안 된다는 자각이 발동한 거야. 그동안 네가 나에게 자극을 준 게 도움이 됐지. 결정적으로 며칠 전에 우리 방송사 기자에게 입수한 정보가 나를 변하게 했어. 그래서 지난 화요일에, 요섭 선배를 단둘이 만났어. 요섭 선배에게 모든 이야기를 다 털어놓았어. 강 목사님의 부동산 부당 편취의 경우, 내가 방송인으로서 말하건대 백 프로 확실한 사실이라고 전해주었지. 우리 방송사 기자에 따르면, 모 신문사에서는 이미 그걸 기사화하려고 준비하고 있다고 언급해 주었지. 여기에다 모 신문사에서는 왜 제주 노회에서 강 목사의 부동산 편취를 인지하고서도 그것을 문제 삼지 않았는지를 심층 취재하고 있다고 전해 주었어. 그랬더니 요섭 선배가 충격을 받는 눈치였어.」

내가 끼어들었다.

「그 신문사에서는 제주 노회가 강 목사 문제를 백지화한 이유를 무엇으로 파악하고 있어?」

석춘이 정장을 벗어 옆 의자에 놓았다. 그러곤 넥타이를 느슨히 풀고 나서 와이셔츠 윗 단추 하나를 풀었다.

「제주 노회장이 강 목사 문제를 덮어버렸다고 보고 있어. 제주도 예수교 장로의 교회는 보수 성향과 진보 성향으로 양분되어 있다고 해. 작년에 보수 성향의 노회장 장영식 목사가 4.3사건을 좌익 용공 세력의 폭동으로 몰아세운 발언이 물의를 일으켰다고 해. 이로 인해, 제주도 교회 대다수는 장영식 목사를 비판하고 4.3사건 진상 규명 운동을 추진하는 진보 쪽으로 세를 확대했다고 해. 때문에 장 목사의 노회장 재선은 물 건너 간 듯했다는 거야. 그런데 그가 자신의 제주 노회장 재선을 노리는 것과 함께 교회 내의 좌익 세력을 척결한다는 논리에 따라 계획적으로 반석교회의 오상 성혼을 이용했다고 해. 이게 먹혀 들어갔던지, 그에게 등을 돌린 많은 목사가 다시 돌아왔다고 해. 이렇게 해서, 간발의 차이로 그가 재선을 하게 되었다고 해. 근데 이게 전부가 아니야. 놀라운 일이 또 있어.…」

그가 물을 벌컥 마시고 나서 양손을 깍지 끼고 말을 이어갔다.

「장 목사의 재선을 적극 지원한 또 다른 손이 있어.」

「뭐라고?」

「그의 역사관을 함께하는 검경 고위 간부와 보수 정당 또한 장 목사의 재선을 바랐어. 제주 지역의 정당은 항상 보수 측과 진보 측이 팽팽하게 맞서고 있었지. 그런데, 최근 제주 지역에는 연이어 진보 정당의 도지사가 당선되면서 진보 정당이 세를 확장하고 있었어. 그래서 이에 대해 불만을 가진 보수 성향의 정당과 검경 고위 간부가 힘을 합쳐 자신들의 제주도 지사를 만들기 위해 행동에 옮긴 끝에 제주 노회 선거에 개입한 거지. 제주도 기독교인을 대표하는 제주 노회를 도지사 선거의 여론 몰이를 하는 데에 매우 중요한 전초기지라고 파악한 거야. 상당수 제주의 투표권자가 기독교인이고 특히 청년층에 기독교인이 많은 걸 감안하면, 좋은 복안이라고 할 수 있지. 진보로 돌아선 젊은 층의 표를 되찾아오는 데 매우 효과적인 전략인 셈이지. 그래서 보수 성향 노 회장을 당선시키기로 한 거고, 오상 성혼을 대대적으로 여론 몰이로 활용하기 위해 강 목사의 비리를 백지화하는 걸 묵인한 거야. 제주 노회장 장 목사와 검경 고위 간부, 보수 정당 사이에 묵계가 들어선 것으로 볼 수 있지. 결과적으로 제주 노회장은 공정한 선거로 재선에 당선했어. 이와 함께 강 목사 비리 문제를 다루던 제주 노회 특별 감사 위원회는 해체되었고 또한 강 목사 비리 관계 서류는 어디론가 행방을 감추게 된 거야.」

놀라웠다. 마치 밭 표면에 드러난 감자 하나를 무심코 캐내었다가 뿌리에 이어진 십여 개의 감자가 줄줄이 올라오는 것 같았다. 제주 노회장과 강 목사 사이의 일로 끝나지 않았었다. 장 영식 목사의 제주 노회장 재선을 바라는 제주 보수 세력의 묵인 하에 강 목사의 문제가 공중에 사라져버린 것이다.

「요섭 선배가 이 사실을 다 알고 있어?」

석춘이 고개를 끄덕거리고 나서 말했다.

「그래서 오늘 너를 보자고 한 거야. 요섭 선배에게 이번 주 화요일에 이 이야기를 전해 주었는데, 요섭 선배가 수요일 저녁에 내게 만나자고 전화를 해왔어. 일을 마치고 약속한 탑동 방파제에 가봤더니, 요섭 선배가 취해 있었어. 난 요섭 선배가 술을 전혀 안한다고 알고 있었기 때문에 놀랐어. 요섭 선배가 무슨 일 때문인지 모르지만 몹시 괴로워하고 있었어. 내게 미안하다, 미안하다는 말을 연신 뱉어냈어. 그러면서 강 목사님은 반석 교회의 담임 목사이기 전에 자신의 아버지이다, 자신이 직접 나서서 모든 문제를 해결해 보겠노라 말했어. 더 이상 자세한 내막은 말하지 않더라구. 혼잣말을 하듯이 자신의 말만 내뱉었었지. 그 모습을 본 나는 요섭 선배의 심경에 큰 변화가 생겼음을 알 수 있었어. 하지만 구체적으로 그게 무엇인지는 알 수 없었어.」

거기서 석춘의 말이 끝났다. 요섭 선배가 큰 충격을 받은 건 틀림없어 보였다. 그런데 선배가 모든 문제를 직접 해결하겠다는 게 무슨 말인지 궁금해졌다. 어쩌면 그의 아버지인 강 목사에게 모든 사실을 털어놓고, 담판을 벌이겠다는 것인지 몰랐다. 어쨌거나 강 목사가 자신이 저지른 과오를 솔직히 실토하고 죄 값을 달게 받는 일이 남았다. 여기에는 박 형제님 모친의 석연치 않은 죽음 문제도 빠뜨릴 수 없는 일이었다. 반드시, 강 목사의 양심적인 고백이 뒤따라야만 했다.

13

—

아무 일 없이, 박 형제님이 임마누엘 기도원에 잘 은신해 있기를 바라며 금요일이 지났다. 토요일 오후 한시 반이었다. 전화 한 통 없이, 찬형 선배가 집으로 찾아왔다. 선배는 놀라운 소식을 전해 주었다. 박 형제님이 간밤 늦은 시각에 자신에 전화를 걸어왔다는 것이다. 그는 울먹이면서, 그때 일을 잘 기억하고 있노라고 말했다고 했다.

「모친이 돌아가신 그날을 잘 기억하고 있었대. 그가 정신을 차려 보니 그의 모친이 너럭바위에 널브러져 있고, 그 앞에 강 목사가 서 있었다고 해. 강 목사는 부들부들 떨면서 자신의 눈을 쳐다보았다는 거야. 그러고는 박 형제님에게, 자네가 실성해서 모친을 바다로 밀쳐내 버렸다고 말했다고 해. 그는 울부짖으며 모친의 손을 잡고 주여, 주여 어머니를 살려 주십시오 하고 목이 메게 외쳤다고 해. 어머니는 손가락 까딱 하지 않았대. 이때, 그의 눈에 강 목사의 찢겨진 와이셔츠와 피 흘리는 손등이 들어왔고, 그 옆으로 너럭바위에 아무렇게 버려진 성경책과 찬송가책이 들어왔대. 곧이어 그는 무릎을 꿇은 채 울부짖으며 기도를 드리다가 정신 찬란 상태가 되고 말았대. 이후, 그는 강 목사의 말대로 자신이 어머니를 죽일 걸로 알아왔대. 그런데 어제 우리에게 서경훈 수행인이 한 말을 듣고 나서는 의혹이 생겼다고 해. 흐느끼면서 강 목사님에게 진실을 들어야겠다고 말했어. 내가 진정하라고, 조금만 시간을 기다리고 말했지. 그랬더니 자신의 어머니의 죽음에 관련된 일이니, 자신이 직접 강 목사님을 찾아가서 진실을 밝혀내야겠다고 말했어. 그러곤 일방적으로 전화를 끊어버렸지 뭐야. 안 좋은 예감이 들어 오늘 첫차를 타고 기도원으로 향했어. 그곳에 도착 해보니, 박 형제님이 이미 어디론가 떠나고 없었어.」

거기까지 말하고 나서 숨을 돌렸다. 선배는 기도원을 나와 기도원 근처와 서귀포, 제주시 터미널을 뒤져보다가 지금 이곳으로 왔노라 했다. 선배의 이마는 땀에 흠뻑 젖어있었다.

「박 형제님이 강 목사를 만나겠고 했으니, 반석 교회나 강 목사 자택으로 올 가능성이 크지. 그래서 내가 네 집으로 오게 되었어. 강 목사가 그에게 어떤 짓을 할지 모르니, 사전에 박 형제님을 찾아내야 해.」

선배가 목소리가 떨리고 있었다.

「석춘도 퇴근 했을 테니, 이 사실을 알려야 하겠네요.」

「그래, 그게 좋겠어.」

이윽고, 석춘이 작은 종이 상자 두 개를 들고 나타났다. 그 또한 박 형제님이 강 목사를 만나게 내버려두지 말자는 입장이었다. 그는 종이 상자를 각각 찬형 선배와 내게 주었다. 경황이 없는 와중에 그것을 준비해 왔다는 게 이상했다. 찬형 선배는 무엇인가를 짐작했는지 잠자코 있었다. 그가 내게 열어보라고 했다. 종이 상자를 열어보니, 달걀이 들어 있었다.

「내일 부활절이야. 찬형 선배랑 너, 반석 교회 예배에 참석하지 못하잖아. 그래서 미리 선물하는 거야.」

색 칠한 달걀을 보니, 예전에 반석 교회의 부활절 예배가 떠올랐다. 그때의 자세한 정황이 기억이 나지 않았지만 유독 달걀이 환하게 떠올랐다. 고등학생이던 나는 알록달록 색칠해진 달걀 몇 개를 만지작거리다가 집에 가지고 왔다. 그 달걀은 한동안 책상 위에 이색적인 장식으로 자리를 차지했었는데, 시간이 지나면서 어디론가 사라져버렸다.

우리는 박 형제님이 나타날 수 있는 곳을 짚어낸 후 각자 해당 영역을 맡기로 했다. 나는 박 형제님의 집 앞을, 찬형 선배는 교회 앞을, 석춘은 목사 자택 앞을 지키기로 했다. 일차적으로 저녁 아홉 시까지 각 자리에서 기다려 본 후, 아홉 시 십오 분에 서초등학교 앞에서 다시 모이기로 했다.

해변도로를 따라 용마부락으로 간 후, 그의 집 앞에 다다랐다. 그러곤 담배 가게에 들러 노파에게 박 형제님을 보지 않았느냐고 물어보았다. 노파는 요즘 그가 안 보이는 것 같던데, 무슨 일이 있느냐며 되레 물어왔다. 문을 닫고 나서 담배 가게 앞에서 서성거렸다. 지나가는 노인 두 명과 함께 담배 가게에 들른 아줌마 한 명

말고는 인적을 찾아볼 수 없었다. 주말 어스름이 내리면서 인근 주택에서 온갖 소리가 낮게 들려왔다. 그 소리를 뒤이어 교미하는 듯 길냥이의 날카로운 울음이 들려왔다. 나는 자리에 앉았다가 도로 일어섰다가를 반복했다. 그러다가 박 형제님의 녹색 철문 대문 앞까지 걸어갔다가 돌아오기를 반복했다. 담배 가게 앞 가로등에 불이 환하게 들어왔다. 어느 순간, 비틀거리며 박 형제님이 나타날 수 있었다. 그가 내 모습을 알아차리지 못하게 어두컴컴한 담벼락에 몸을 숨겼다. 아홉시가 되도록 자리를 지켰지만 아무런 소득이 없었다.

잠시 후 서교 초등학교 정문 앞에 세 사람이 모였는데, 다들 박 형제님을 찾지 못했다. 날이 어두워지자 좀 전의 의욕이 꺾이는 듯했다. 찬형 선배가 오늘 그가 나타나리라는 법이 없다는 의견을 내놓자, 석춘이 내일 부활절 예배가 시작하기 몇 시간 전에 강 목사님 자택에서 반석 교회까지의 동선을 중심으로 그를 찾아보자고 했다. 내가 석춘의 의견에 힘을 실어주었다. 그가 강 목사를 만난다는 날이, 오늘이 될지 내일이 될지 모르는 상황에서 이런 식으로 마냥 길목을 지키고 있을 수만은 없다, 가장 확실시 되는 날과 시간대에 그 길목을 지키는 게 낫다, 그러니 오늘은 이 정도로 하고 내일 다시 그를 찾자고 말했다. 찬형 선배가 흔쾌히 동의해주었다. 석춘은 자신이 내일 아홉 시부터 강 목사님 자택 앞을 지킬 테니 찬형 선배와 나는 반석 교회 주위를 지키라고 했다. 그러고 나서 석춘은 집으로 돌아가서 내일 오겠노라 했고, 찬형 선배는 내 방에서 밤을 보내기로 했다.

14

이른 새벽, 요란한 소리에 잠이 깼다. 어디에선가 불이 난 듯, 사이렌 소리를 내며 소방차가 지나가고 있었다. 고개를 들어 보니, 찬형 선배가 일어나 창가 쪽에 서 있었다. 찬형 선배가 어서 일어나 반석 교회에 가보자고 했다. 뜬금없는 말처럼 들렸지만, 가만 주의를 해서 귀를 집중하자 분명히 소방차는 용마부락 쪽으로 달려가고 있었다. 혹시나 하는 마음에 대충 외투를 걸치고 나서 뛰면서 반석 교회 쪽으로 갔다. 가는 도중에 서초등학교 앞에서 용마부락 쪽에서 나오는 택시를 만났다. 찬형 선배가 택시를 세우고 기사에게 어느 곳에 화재가 났는지 물었다. 기사가 덤덤하게 말했다.

「교회에 화재가 났더라구요. 어쩌다 그런 일이 났는지.」

그 말을 듣는 순간 나와 찬형 선배는 그 자리에서 얼어붙어버렸다. 찬형 선배가 방향을 돌려 반석 교회로 가자고 하면서 나와 함께 택시에 올라탔다. 택시는 매끄럽게 놓인 아스팔트길을 쏜살

같이 달려갔다. 용마 부락 입구를 지나자 점점 크게 사이렌 소리가 울렸다. 그와 함께 반석 교회가 있는 하늘에서 뿌연 연기가 치솟고 있었다. 택시가 반석교회에 다가가자, 아스팔트 위에 소방차 두 대와 119 구조차, 경찰차가 세워져 있었다. 경찰관 한 명이 붉은 경광봉을 들고 교통정리를 했고, 다른 경찰관은 근접하는 사람들을 뒤로 밀치며 통제하고 있었다. 벌써 인근 주민 수십 명이 밖에 나와 화재 현장을 지켜보고 있었다. 찬형 선배와 나는 택시에서 내려 반석 교회 입구로 다가가려고 했지만 그곳에는 소방관과 경찰관이 진입 통제했다. 멀리서 보니, 굵은 소방 호수가 입구로 길게 늘어뜨려져 있었다. 경찰관과 소방관들이 주고받는 말이 들려왔다. 「교회도 교회지만, 자칫 잘못하면 옆 주택으로 불길이 옮길 수 있으니까 빨리 주민들을 모두 대피시켜야 합니다.」 우리는 그대로 아스파트 길에 서 있을 수밖에 없었다. 점차 우리가 서 있는 곳에서 메케한 연기 냄새가 맡아졌다. 그때, 누군가의 고함 소리가 들려왔다. 「교회에 목사님이 있어요. 빨리 구해내야 합니다. 아버지! 아버지!」 그러곤 교회 입구로 다가오려고 들어서려고 했지만 경찰관에 의해 제지되었다. 요섭 선배였다. 그 옆에는 강 목사 사모님이 망연자실한 채로 오열을 터뜨리고 있었다.

찬형 선배가 내게 귓속말로 화재가 난 교회 안에 강 목사님이 있다는 게 불길한 예감이 든다는 말을 했다. 선배와 내가 찾고 있던 박 형제님은 강 목사를 만나 보겠다는 말을 남기고 행방을 감추었다. 최악의 경우를 대비해야 한다고 생각했다. 반석 교회가 있는 곳에서는 치솟던 검은 연기가 서서히 잦아들었다. 작은 교회여서 그런지 얼마 지나지 않아 불길이 잡힌 듯했다. 입구에서 나온 소방관이 헬멧을 벗으며 경찰관에게 다가가, 교회가 전소됐으며 두 구의 시신이 발견됐다는 말을 내뱉었다. 그러고 나서, 안에서 구조대에 의해 두 구의 시신이 실려 나왔다. 가운에 덮인 두 구의 시신은 119구조대 차에 실려졌다. 그쪽으로 요섭 선배와 강 목사 사모님이 달려왔지만 제지되어 한 발짝도 다가 설 수 없었다. 곧바로 119 구조대 차량이 시내로 향해 달려갔다. 요섭 선배와 사모님이 누군가의 차에 몸을 싣고 따라 나섰다. 소방관이 땀을 닦아내며, 누군가 휘발유를 뿌려 방화했으며, 두 구의 시신은 모두 남성이라고 말했다. 그 말을 듣고 경찰은 지지직거리는 무전기로 누군가와 긴급한 통화를 했다.

15

결국, 한 구의 시신은 강 목사로 밝혀졌으며, 다른 한 구의 시신은 박 형제님으로 밝혀졌다. 경찰은 시내의 철물점 두 곳에서 박 형제님이 휘발유를 구입한 사실을 밝혀냈다. 이로써, 경찰은 반석교회 화재가 박 형제님의 방화로 발생한 것으로 최종 결론을 내렸다. 불은 박 형제님의 몸에 뿌려진 휘발유에서 붙기 시작해 교회 내부의 휘발유로 번져 갔다는 것이다. 이와 함께 경찰은 풀리지 않은 의문을 가졌다. 강 목사가 박 형제님의 몸을 깍지 낀 두 손으로 껴안고 있었는데, 그 이유를 알 수 없다고 했다.

얼마 가지 않아 이 의문이 풀렸다. 석춘이 요섭 선배에게서 강 목사가 남긴 글을 복사해 나와 형찬 선배에게 보여주었다. 요섭 선배에 따르면, 반석교회에 화재가 난 그날 강 목사의 서재 책상에 가보니 편지 봉투와 함께 자신에게 남긴 메모지가 놓여 있었다는 것이다. 메모지에는 부활절 예배가 끝난 직후, 편지 봉투 속의 글을 반석교회 신도들에게 공개하라고 적혀 있었다고 했다. 나와 찬형 선배는 침묵 속에서 복사한 글을 읽어 내려갔다. 그 글대로라면 강 목사는 부활절 오전에 경찰에 자수할 예정이었다. 이 점은 강 목사가 남긴 글 전문을 보면 알 수 있으리라.

〈반석교회 성도님에게 드리는 참회의 글〉

저를 위해 십자가에 못 박히신 예수님과 사랑하는 반석교회 성도님들에게 참회의 글을 적습니다. 그동안 저를 믿고 따라와 준 성도님들 그리고 목회자의 길을 걸어가는 저에게 힘이 되어준 아내, 그리고 한 번도 그른 길을 가지 않고 잘 성장해준 아들 요섭에게도 한없는 감사의 마음을 전합니다. 또한, 제가 이렇게 한순간의 잘못으로 죄인의 늪에 빠지게 된 데 대해, 죄송한 마음을 금치 못합니다.

저는 이십여 년 전에 혈혈단신으로 용마부락에 와 반석 교회를 세웠습니다. 당시 많은 고난과 시련이 있었지만 하나님을 믿고 따르는 성도님이 저에게 힘이 되어주셨습니다. 저는 교회 목회 일을 하는 한편, 형편이 어려운 가정에 먹을 것 입을 것으로 보내주고, 또 연로한 어른들을 일일이 찾아가 위로하고 건강을 보살피는 데 누구보다 앞장서 왔습니다. 이렇듯, 지역 사회에 봉사를 실천하면서 하나님의 말씀을 전파하는 보람이 매우 컸습니다. 점차 신도들이 늘어갔습니다. 그런 가운데 뒤늦게 하나님 말씀을 받아들이신 연로한 노인 분들이 저에게 도움을 주고자 하셨습니다. 목사님의 하시는 좋은 일에 쓰라고 가진 재산을 저에게 맡기시고자 했지요. 처음엔 교회에 기부된 것으로 투명하게 처리하고자 했으나, 생각이 바뀌고 말았습니다. 내가 꿈꾸는 새로운 교회 건물 건설과 사회 복지 단체를 설립하여 하나님 사업을 펼치기 위해서는 내가 관리하는 게 낫다는 판단이 섰습니다. 이런 계기로 모 할머니의 부동산이 내 명의로 이전이 되게 되었습니다. 이게 한동안 말썽이 되어 반석교회 신도 상당수가 교회를 떠나버리게 되었지요. 아무리 부동산을 내게 증여하는 할머니의 유언장이 있더라도, 성직자로서 참으로 부도덕한 일이 아닐 수 없지요. 이 때문에 저는 참회하는 자세로 그 토지를 모 사회복지재단에 기부하게 되었고, 이로써 그 문제는 일단락이 났지요.

이후로, 저는 예전보다 더욱 강한 믿음으로 교회를 이끌어나갔습니다. 새로운 교회를 건설하고자 하는 꿈은 더욱 커져만 갔습니다. 그런 저에게, 여러 어르신이 도움의 손길을 내밀어주셨습니다. 오로지 하나님의 심부름꾼인 저 하나를 믿고, 전 재산을 하나님의 사업에 쓰라며 저에게 맡기셨습니다. 이렇게 해서, 용마부락의 꽤 많은 부동산이 기부 명목으로 저에게 주어졌습니다. 저는 떳떳하게 하나님의 사업에 사용한다고 했지만, 그때 이미 제 마음 속에서 사탄의 그림자가 끼어들었던 것입니다. 저는 목회자로서 비위를 저지르고 있다는 자각이 들긴 했지만 이미 늦어버렸습니다. 저는 스스로에게 하나님이 저에게 허락하신 것이라고 합리화했습니다. 이 때문에 저는 교회 회계에 그 막대한 부동산을 누락시켰고, 또한 일부 부동산을 서경훈 형제님의 이름으로 올려놓았습니다. 왜 그랬을까요? 애통하게도 지금 이 글을 쓰는 내가 볼 때 그때의 나는 이미 돌아올 수 없는 강을 넘어버렸다고 생각합니다. 언제고 나는 내 이름으로 막대한 부동산을 늘릴 수 있었고, 이것은 하나님의 일을 하는 나에게 아무런 문제가 되지 않는다고 줄곧 최면을 걸어왔던 것입니다.

지금에 와서야 저는 지난 날 저의 과오를 솔직히 인정하고 통곡하는 마음으로 회개합니다. 그 어떤 지고한 목적이 있었다 하더라도, 교회 관례상, 그리고 사회 통념상 분명히 저는 부도덕한 일을 저질렀음에 틀림없습니다. 그동안 저는 내가 막대한 부동산을 소유하게 되면서, 점차 판단력을 잃어버렸던 것입니다. 앞으로 그 부동산이 과연 하나님의 사업에 온전히 쓰이게 될지, 아니면 내 사유의 재산이 될지 아무도 장담할 수 없는 일이 되고 만 것입니다. 목적이 어찌되었던지 간에 목회자로서 교회 회계 장부에 누락한 채로 신도가 기부한 토지를 내 이름에 올린 것은 명백히 파렴치한 행위가 아닐 수 없습니다. 거듭, 저는 저의 과오를 인정하고 뼈저리게 반성합니다. 또한, 저와 서경훈 형제님 이름에 올린 모든 부동산을 진정으로 하나님의 뜻대로 사용할 수 있도록 제주 노회에 바칩니다. 그늘진 곳에서 따스한 도움의 손길이 필요한 분들에게 쓰일 수 있기를 바랍니다.

제가 이렇게 신도의 부동산을 편취한 것을 시인하고 회개하게 된 데에는 이유가 있습니다. 충격스럽게도 며칠 전에 요셉이에게서 그게 탄로 났다는 걸 전해 듣게 되었습니다. 그동안 요셉이는 저와 제주노회가 함께 박 형제님의 성혈을 몰래 검사했다는 사실도 모르고 있었습니다. 충격을 받은 듯 떨리는 목소리로 요섭이가 말했습니다. 모 신문사에게 제주 노회와 저의 결탁에 대해 은밀히 추적해왔고, 조만간 신문기사로 나가게 될 거라고 했지요. 요섭이는 나의 사랑하는 석춘 형제님에게 들었다고 하면서 울먹였습니다. 오, 어쩌다가 요섭이가 못난 아비를 만나서 고통의 수렁에 빠지게 했는지 저는 슬프고도 제 자신이 몹시 가증스러워졌습니다. 그래서 더 늦기 전에 늑대를 탈을 스스로 벗고자 마음을 추슬렀습니다. 나로 인해 더 이상 많은 형제님이 비통해하지 않도록 막아야 한다는 결단을 내리게 되었죠.

제주 노회와 저의 부정한 결탁에 대해 솔직 고백하겠습니다. 작년에 장 목사는 제주 지역 보수 정당과 보수 측 검경의 지원을 받아, 제주 노회장 재선을 노렸습니다. 그의 재선 당선을 제주 도지사 선거에 보수 인사를 당선시키는 데 효과적인 여론몰이로 활용하자는 전략이 있었던 것이죠. 당시, 그는 4·3사건 관련 피해자를 모독하는 발언을 하는 바람에 재선이 매우 불투명한 상황이었습니다. 이때, 내가 그의 구원자로 나타나게 된 것입니다. 그는 내게 비리 문제를 조사하는 특별 감사위원회를 해체하고 그 문제 자체를 백지화할 테니, 자신의 요구에 응해 달라고 했습니다. 그의 요구는 세계적으로 희귀한 오상 성흔의 기적 현상을 자신을 지지하는 보수 세력의 집결에 도움을 주라는 것이었습니다. 처음엔 엄정하게 성혈을 검사해 예수의 AB형이 나올 경우 대대적으로 홍보하자고 했지만, 혈액 속의 금빛 가루가 때문에 난관에 봉착했습니다. 결국, 성혈 검사를 없었던 걸로 하고 금빛 가루를 배제한 채 오상 성흔을 성령의 은사로 크게 부각시키기로 했습니다. 그러곤 자신의 예배에 참석해, 자신을 빛내게 해달라고 요청했고 나는 이에 순순히 동의했습니다. 그래서 박 형제님을 대동해 그의 예배에 수십 차례 참석해 오상 성흔 발현을 보여주었습니다. 그 결과, 그가 가까스로 재선에 성공하게 되었고 이와 함께 내 비위 문제가 철저히 봉인될 수 있었습니다. 또한, 금빛 가루가 배제된 채 왜곡된 오상 성흔이 세상에 퍼져나갔지요.

입에 담기 어려운 추악한 일을 어쩌다 내가 저지르게 되었는지, 참으로 부끄럽고 통탄스럽습니다. 제가 저지른 죄는 또 있습니다. 박 형제님의 오상 성흔이 내 안수기도를 받은 후 생겼다고 하는 것과 함께 그의 치유 은사가 내 영적 능력에서 생긴다고 한 것은 모두 거짓입니다. 저의 오만에서 벌어진 것입니다. 오상 성흔과 치유 은사는 고스란히 박 형제님의 영적 능력임에 틀림없는데, 이를 속여왔습니다. 또한, 제가 제주노회 장 목사에게 찬형 형제님으로 하여금 성혈 검사 일에서 손을 떼도록 압력을 넣도록 요청했습니다. 이에, 영주 제일 교회의 장로가 운영하는 나사로 병원에서 문학잡지 후원을 끊겠다며 찬형 형제님에게 압력 전화를 한 것입니다. 여기에다 비밀리에 장로님 몇 분에게 찬형, 원영 형제님이 불순한 의도로 반석교회의 분란을 일으키고 있다면서 다신 교회 문턱을 넘어오지 못하도록 하라고 지시했습니다. 참으로 저는 제 자신이 원망스러워 얼굴을 들지 못하겠습니다.

저의 죄는 이미 감당할 수 없을 만큼 불어나버렸습니다. 그런데 최근 또 다시 내 죄가 불어날까 몹시 걱정이 되는 일이 생기고 말았습니다. 행방불명된 박 형제님 때문이었습니다. 그에게 비극적인 일이 생길 것만 같아 참으로 괴로워 잠을 이룰 수 없었습니다. 결국, 내가 저지른 죄과를 낱낱이 글로 밝히기로 하고 아침저녁으로 기도에 매진하면서 마음을 정리했습니다. 그런 어제 저녁 전화 한 통을 받았습니다. 웬 사내가 목사님을 찾는다고, 부인이 내게 수화기를 건네주었지요. 전화를 받고 나니, 그가 박 형제님 부탁으로 전화를 드렸다면서 자신이 말하는 전화번호로 전화를 하라고 했습니다. 나는 놀란 가슴을 진정시키며 가까운 공중전화로 달려가서 그 전화번호로 전화를 했습니다. 그러자 박 형제님이 전화를 받았습니다. 애타게 찾아왔던 형제님이 안전하게 있어서 너무나 다행이었습니다. 박 형제님이 저에게 어머니의 죽음에 대해 할 말이 있다며, 반석 교회에서 새벽 다섯 시에 보자고 했습니다. 그러곤 일방적으로 전화를 끊었죠. 그가 대뜸 어머니의 죽음을 말하는 걸 듣고서 내 가슴이 철렁거렸습니다. 그가 눈치를 챘다는 걸 느낄 수 있었습니다.

박 형제님 모친에게 저지른 저의 죄를 글로 밝힙니다. 작년 일 월, 보살이던 박 형제님의 어머니는 사고사로 죽은 게 아닙니다. 그날의 일을 밝힙니다. 저는 수소문해서 박 형제님 모친이 굿을 올리는 날과 장소를 알아냈습니다. 서경훈 수행인에게 그날 그곳 해변도로에서 보자고 했습니다. 함께 신도 댁에 심방을 하러 가자고 말했습니다. 그가 있어야 든든할 것 같아 거짓말을 했지요. 그날 그곳에 가보니, 기어코 그의 모친이 굿을 올리고 있었습니다. 너럭바위에 가까이 다가가 살펴보았습니다. 박 형제님이 무릎 꿇고 앉아 있고,

그의 모친은 그에게 물을 뿌리고 나서 신칼을 들고 그의 머리 위에 휘두르고 있었습니다. 그걸 본 나는 안 좋은 일이라도 생길까봐 걱정이 되어 그곳으로 달려갔습니다. 내가 박 형제님 앞에 서서 제 정신이 아닌 그를 보호하려 하자, 보살이 버럭 소리를 지르면서 다가왔습니다. 내가 반사적으로 올린 손이 칼날에 베이고 말았습니다. 손등에 상처가 났습니다. 놀란 나는 제정신을 차려라, 박철수 형제님은 하나님의 자식이니 굿 같은 걸 하지 말라고 소리 질렀습니다. 그러고 나서 나는 보살의 멱살을 잡자 보살도 내 멱살을 잡았고 그 상태로 서로를 밀쳐냈습니다. 그러다가 내 와이셔츠가 찢겨 나갔습니다. 흥분한 나는 보살을 뒤로 힘껏 밀쳐버렸습니다. 그렇게 보살은 파도가 거센 바다에 빠져 죽게 되었습니다. 이윽고 박 형제님이 제정신이 돌아오자, 실성한 그가 어머니를 바다에 밀쳐 죽였노라고 거짓말로 그를 속였습니다. 곧이어, 약속 시간보다 늦게 나타난 서경훈 수행인에게는 박 형제님의 모친이 사고사를 당했다고 거짓말을 했습니다. 정말로, 내가 귀신에 씌지 않고서는 어떻게 그런 짓을 할 수 있단 말입니까? 오, 주님 저를 절대 용서하지 마시고 불구덩이에 던져주소서. 저의 죄 값을 달게 받게 나이다.

새벽 다섯 시가 되기까지 이십 분이 남았습니다. 오늘은 부활절 예배가 있는 날입니다. 예수님이 십자가에 못 박히시고 피 흘려 죽은 후에 사흘 만에 부활하신 날입니다. 예수님의 죽음으로써 온 인류의 죄가 사해졌습니다. 오늘 저는 반석 교회의 부활절 예배를 집전할 자격이 없습니다. 대신 저는 반석 교회에서 박 형제님을 만나 그에게 내 죄를 솔직히 고백할 것입니다. 그가 내게 내리는 어떠한 처벌도 달게 받을 것입니다. 또한, 저는 오늘 부활절 날에 새 사람으로 태어나기기로 결심했습니다. 부활절 예배가 시작되기 전에 제주 서부 경찰서에 찾아가 자수할 것입니다.

하나님, 부디 저를 용서하지 마세요. 죽을 때까지 지은 죄를 회개하면서 살아가겠습니다. 그동안 저를 믿고 따라 준 성도님들, 새 목사님을 맞으시고 반석교회를 잘 지켜나가 주십시오.

강 목사가 남긴 글을 보고 난 후 이튿날 이른 시각. 예약도 하지 않은 채로 제주 공항으로 향했다. 전날, 서울에 일이 생겨서 내일 올라가야 한다고 부모님에게 말해두었다. 가방 하나를 맨 채로 공항에 도착하고 나서 탑승 수속을 밟은 후 이십여 분 대기실에 앉았다. 커다란 통 유리창 너머 활주로에서 하늘색 비행기가 옆구리로 막 승객을 토해내고 있었다. 시선을 위로 올리자 푸르른 하늘이 와락 안겨왔다. 전날, 찬형 선배의 말이 떠올랐다.

「박 형제님의 죽음에 대해 조심스럽게 네 가지 추정을 해볼 수 있어. 첫째, 박 형제님이 단지 방화하겠다고 위협해서 강 목사님에게서 진실을 알고자 했는데, 실수로 방화해서 자신이 죽게 되었을 경우. 둘째, 박 형제님이 오로지 강 목사님을 방화로 죽이려고 했는데 실수로 자신도 죽게 되었을 경우. 셋째, 박 형제님이 강 목사님과 함께 방화로 죽으려고 했을 경우. 넷째, 박 형제님이 자신의 죽음으로써 강 목사님 죄를 거두어 가려고 했을 경우. 이 가운데에서 어느 게 맞는지는 알 길이 없어. 중요한 건 이 네 가지의 어느 경우에나 강 목사님이 죽음을 회피하지 않고 순순히 받아들였다는 점이지. 막상 박 형제님의 몸과 교회에 불이 붙자, 강 목사님은 그걸 피하려고 하지 않았어. 자신이 죽더라도 박 형제님만은 살려야 하는데, 미처 손쓸 겨를 없이 박 형제님의 몸에 불이 붙자 선택의 여지가 없게 된 거야. 강 목사님은 자신의 눈앞에서 박 형제님이 숨을 거둬버리면, 그의 죽음에 대한 죄책감으로 자신은 더 이상 살아야 할 면목도 가치도 없다고 생각했겠지. 그래서 박 형제님과 함께한 거야. 그가 할 수 있는 최선의 행동이었다고 봐.」

외투 호주머니에서 금빛 가루가 든 스카치테이프를 꺼내 햇빛에 비추어보았다. 희미하게 오색영롱한 빛이 퍼져 나왔다. 속으로 외쳤다.

오, 만물에 편재하시는 신이여! 영혼의 빛이신 예수님! 박 형제님과 그의 모친 그리고 강 목사님의 영혼을 잘 인도하소서.

후 기

이 번 소설은 내가 명상을 해온 20여년의 결과물이다. 내 나름 인생의 지고한 질문을 품고 틈틈이 호흡하면서 수행자 행세를 하긴 했지만, 아직도 갈 길이 멀다. 그래도 큰 병 한번 걸리지 않고 살아온 게 명상 수행을 해온 덕이라고 생각한다. 또한, 내 속의 무궁무진한 잠재력이 의미 있게 발휘되어 현재 번듯한 소설가의 길을 걸어가게 된 점도 마찬가지라 본다.

이 책은 그간 내가 사유해 온 동서양 명상의 본질을 새롭게 해석한 예수를 통해 그려본 거다. 여러 모로 미진한 면이 없지 않겠지만, 이렇게 첫 시도로 내 고민의 산물을 수확하기로 했다. 눈 밝은 강호의 명상 수행가들에게 아낌없는 훈수를 부탁드린다.

아무쪼록 부와 명예, 권력과 인연 없이 침묵 속에서 내면의 빛을 간직한 채 수행하는 여러분들에게 이 책이 차 한 잔의 여유를 주길 바란다. 이 책을 우주의 비밀을 찾아나선 수행의 도반들에게 바친다.

끝으로 내게 찬란한 이 세상을 선물로 준 부모님에게 큰 절을 드립니다.

고수유

참고 자료

1. 『예수는 신화다』(티모시 프리케 외, 미지북스)
2. 『법화경과 신약성서』(민희식, 블루리본)
3. 『예수와 붓다』(민희식, 블루리본)
4. 『성서의 뿌리』(민희식, 블루리본)
5. 『신비주의의 위대한 선각자』(에두아르 쉬레, 사문난적)
6. 『오벨리스크』(권영흠, 스틸로그라프)
7. 『이집트 상형문자 읽는 법』(마크 콜리어 외, 루비박스)
8. 『블랙 아테나』1·2(마틴 버낼, 소나무)
9. 『고대 이집트의 지혜 헤르메티카』(티모시 프리케 외, 김영사)
10. 『이집트 사자의 서』(서규석, 문학동네)
11. 『티벳 사자의 서』(파드마 삼바바, 정신세계사)
12. 『예수평전』(조철수, 김영사)
13. 『서양 문명을 읽는 코드 신』(김용규, 휴머니스트)
14. 『만들어진 신』(리처드 도킨스, 김영사)
15. 『한국 신화의 비밀』(조철수, 김영사)
16. 『수메르 신화』(조철수, 김영사)
17. 『헤르메스학 입문』(프란츠 바르돈, 좋은 글방)
18. 『마법사의 책』(그리오 드 지브리, 루비박스)
19. 『불제자였던 예수』(엘리자베스 클레어, 밀알)
20. 『가장 길었던 한주』(닉 페이지, 포이에마)
21. 『예수는 실제로 무슨 말씀을 하셨을까? : Q 복음서』(클라우스 S. 크리거, 피피엔)
22. 『연금술: 현자의 돌』(안드레아 아로마티코, 시공디스커버리)
23. 『법화경』(이운허, 동국역경원)
24. 『또 다른 예수- 도마복음 풀이』(오강남, 예담)
25. 『유대교 신비주의 카발라』(조지프 댄, 안티쿠스)
26. 『요세푸스』1·2·3·4(플라비우스 요세푸스, 생명의 말씀사)
27. 『파이돈』(플라톤, 이제이북스)
28. 『영혼에 관하여』(아리스토텔레스, 궁리)
29. 『오픈 성경』(아가페)
30. C3TV 온라인 성경 http://bible.c3tv.com/bible/main/

이문열《아우와의 만남》

이문열의 소설을 다 읽었다 해도 이 책에 수록된 작품들을 읽지 않고는 결코 이문열 문학을 논할 수 없다!

박범신《겨울강 하늬바람》

영원한 청년 작가 박범신이 혼신의 힘을 다해서 쓴 이 소설에는 시대의 아픔을 껴안는 그의 문학 정신이 녹아 있다.

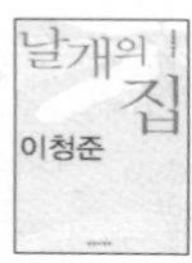

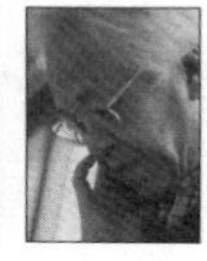

이청준《날개의 집》

초기작부터 최근작에 이르기까지, 이청준 문학의 큰 흐름을 형성하는 소설 중에서 가장 중요한 작품들을 엄선했다.

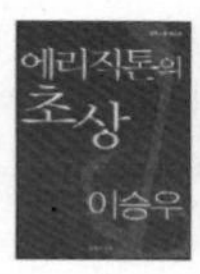

이승우《에리직톤의 초상》

'스물두 살의 천재'라는 찬사를 들으며 화려하게 등단한 이래 관념을 소설화하는 독특한 작품세계를 펼쳐 온 이승우의 대표작!

박영한《왕룽일가》

서울 근교의 우묵배미라는 농촌을 삶의 무대로 살아가는 사람들의 슬프지만 우스꽝스런 이야기들을 형상화한 박영한의 대표작!

윤흥길《낫》

일본에서 먼저 출간되어 대단한 화제를 불러일으킨 이 작품은 윤흥길 소설만이 갖고 있는 특별한 매력을 물씬 풍기고 있다.

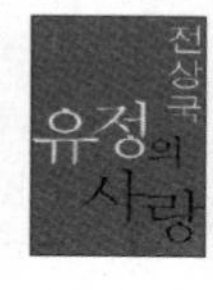

전상국《유정의 사랑》

전형적인 사랑 이야기와 김유정의 평전이 자연스레 녹아 한 편의 퓨전 소설 형식을 취하며 문학의 새 지평을 연 놀라운 작품이다.

윤후명《무지개를 오르는 발걸음》

윤후명이 아니면 도저히 쓸 수 없는 특유의 문체와 독특한 작품 분위기, 그리고 각별한 재미!

이순원《램프 속의 여자》

전방위 작가 이순원이 외롭고 슬픈 한 여자를 통해 우리가 살아온 각 시대의 성의 사회사를 살펴본 탁월한 소설이다.

고은주《아름다운 여름》

아나운서인 여자와 우울증 환자인 남자의 이야기를 통해 '진짜' 당신을 만날 수 있게 해주는 '오늘의 작가상' 수상작.

이호철《판문점》

분단 문학을 새로운 차원으로 끌어올린 이호철의 대표작 중 미국과 프랑스에서 출간되어 호평 받은 작품만을 엄선했다.

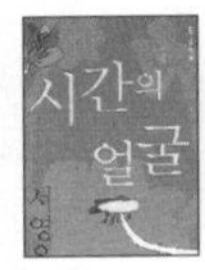

서영은《시간의 얼굴》

'너를 진정으로 사랑하여 나를 부수고 다른 나로 태어나려는' 주인공의 열망을 심정적으로 온전히 치른 역작.

김원우《짐승의 시간》

유니크한 작품세계를 구축하고 있는 김원우 문학의 원형을 보여주는, 젊은 시절의 열정을 고스란히 바친 첫 번째 장편소설.

한승원《아버지와 아들》

토속적인 세계와 역사의식을 통해 민족적인 비극과 한을 소설화하면서 독보적인 세계를 구축한 한승원의 '기리야마 환태평양 도서상' 수상작.

송영《금지된 시간》

미국 펜클럽 기관지에 소설이 소개되어 새롭게 주목받은 송영이 심혈을 기울여서 쓴 한 몽상가의 이야기.

조성기《우리 시대의 사랑》

성과 사랑의 경계에 대한 질문을 던지며 많은 화제를 모았던 이 작품은 조성기를 인기 소설가로 만들어준 출세작이다.

구효서《낯선 여름》

다양한 주제를 섭렵하면서 독특한 자기 세계를 구축하고 있는 우리 시대의 중요한 소설가 구효서의 야심작.

한수산《푸른 수첩》

짙은 감성과 화려한 문체로 한 시대를 풍미했던 한수산이 전성기 때의 문학적 열정으로 그려낸 빛나는 언어의 축제.

문순태《징소리》

향토색 짙은 작품으로 우리 소설의 한 축을 굳게 지키고 있는 문순태는 이 작품에서 한에 대한 미학의 극치를 보여준다.

김주영《즐거운 우리집》

한국 문단의 탁월한 이야기꾼 김주영의 주옥같은 작품들을 한자리에 묶은 대표작 모음집.

조정래《유형의 땅》

'네티즌이 선정한 2005 대한민국 대표작가' 조정래의 문학적 뿌리는 이 책에 수록된 빛나는 단편소설이다.